青春文庫

図説 神さま仏さまの教えの物語

今昔物語集

小峯和明［監修］

青春出版社

はじめに

『今昔物語集《こんじゃくものがたりしゅう》』は今から九百年ほど前の平安《へいあん》時代末期に作られた説話文学の大作で、その話数は一千話以上にも及びます。しかも未完成に終わったため、中世の長い間埋もれていて、注目されるようになるのは江戸時代も下がってからになります。芥川龍之介《あくたがわりゅうのすけ》が小説のネタにしたことなどから、一般にも知られるようになり、近代に甦《よみがえ》った古典の代表といえます。いったい、いつ、誰が、何のために作ったのか、基本的なことは不明のままで、今もおおきな謎に包まれています。

その世界は、インド（天竺《てんじく》）、中国（震旦《しんだん》）、日本（本朝《ほんちょう》）という三部から構成され、当時の全世界をあらわそうとした壮大なスケールを持っていたことがうかがえます。

天竺から始まるのは、仏教の始まりと伝来をテーマとするからで、物語は釈迦《しゃか》が迷える人々を救うために天上界《てんじょうかい》から降りてきて母摩耶《まや》の胎内《たいない》に宿るところから始まります。仏教をひろめた釈迦の生涯をたどり、仏とは何かという追究から『今昔物語集』は人間の探求に乗り出すことになります。仏教のさまざまな霊験《れいげん》や奇跡の物語を通して、人間とは何か、人がこの世をどう生きるのか、熱く語ってやみません。次から次へと起こる奇怪な事件や不思議な出来事、そこに生きる人々の姿をあますところなくとらえ、描いてみせたのが『今昔物語集』だといえましょう。

本書はそのような『今昔物語集』の世界を、仏教伝来の歴史と日本人独自の信仰に焦点を当てて、わかりやすく読み解いています。代表的な説話にもとづいて、釈迦や阿弥陀仏《あみだぶつ》、観音《かんのん》や地蔵菩薩《じぞうぼさつ》をはじめ、さまざまな神仏とその信仰に生きる人々の様子をより鮮明にイメージできるように工夫《くふう》されており、図版をながめるだけでも充分楽しめる本となっています。今から九百年も昔の人が何を感じ、考え、どのように生きていたのか、現在の我々と変わらない息づかいを感じ取り、今の自分を見つめ直す機会にしていただければと思います。

近年、『今昔物語集』は世界でも注目されており、英語や中国語に翻訳され、韓国語やベトナム語の翻訳も進められています。文字通り、〈今は昔〉の物語世界を堪能《たんのう》していただければこれにまさるものはありません。

小峯 和明

図説　神さま仏さまの教えの物語 今昔物語集●もくじ

第二章　日本仏教の聖たち

第三章　平安人の死生観

第四章　神仏の加護と信仰

第五章　異形のものたちの世界

カバー写真提供／国立国会図書館
本文写真提供／矢田寺、京都大学附属図書館、国立国会図書館、アフロ、東京国立博物館、DNPアートコミュニケーションズ
本文デザイン・DTP／ハッシィ

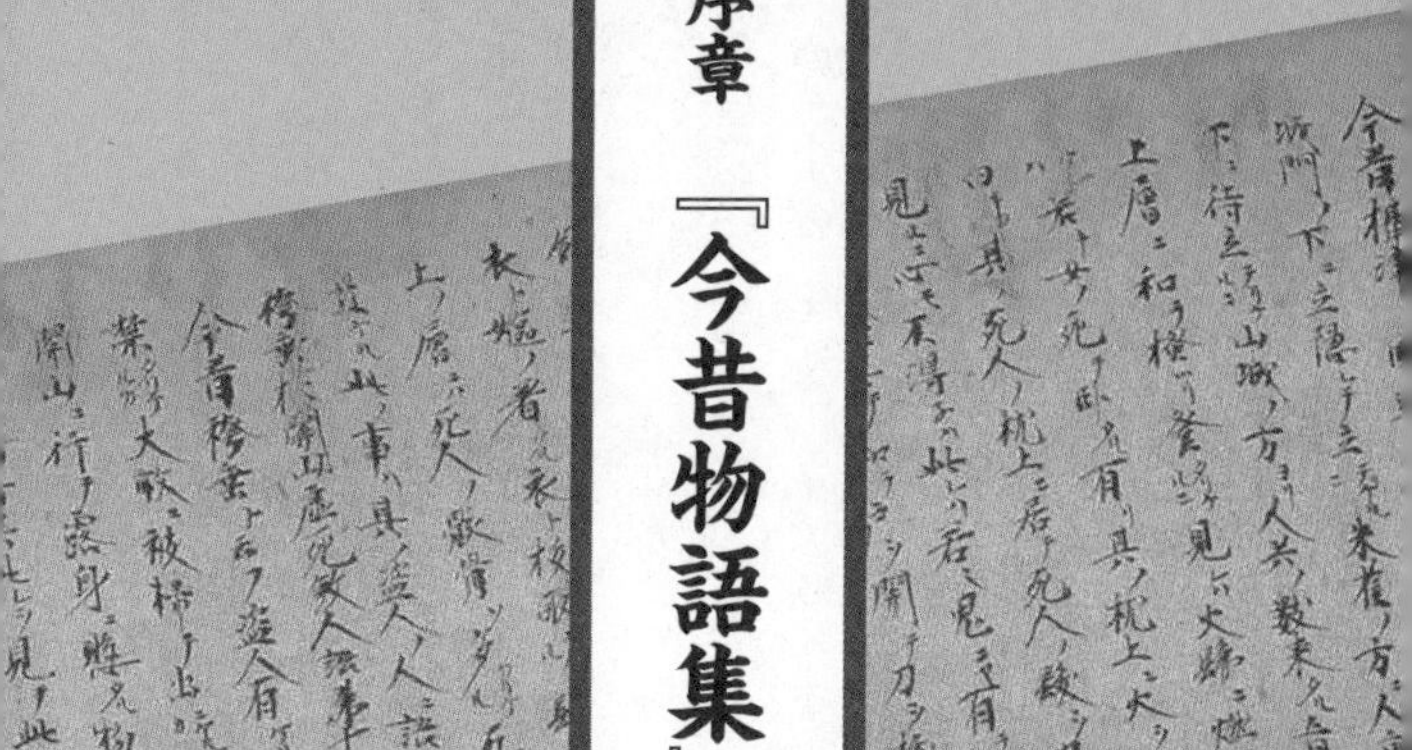

序章　『今昔物語集』とは何か

序章
『今昔物語集』とは何か

『今昔物語集』のあらすじ

仏教の伝播と浸透の歴史を綴った説話群

武士の台頭期に登場した説話集

「今は昔……」というおなじみの言葉で始まる『今昔物語集《こんじゃくものがたりしゅう》』は、インド・中国・日本の説話一〇五九話を全三十一巻（巻八、巻十八、巻二十一は欠巻）に収録する日本最大の説話集である。

成立したのは十二世紀前半、平安時代末期のいわゆる院政期《いんせいき》にあたる。新興勢力である武士が台頭し、中世へと向かう転換期であった。白河院《しらかわいん》、鳥羽院《とばいん》、後白河院《ごしらかわいん》、後鳥羽院《ごとばいん》と続くなかで、後半は保元《ほうげん》・平治《へいじ》の乱、治承《じしょう》・寿永《じゅえい》年間の源平争乱《げんぺいそうらん》を経て、承久《じょうきゅう》の乱と戦乱が繰り返されていく、まさに激動の時代である。

一方、平安時代に真言《しんごん》、天台《てんだい》の密教《みっきょう》が席巻《せっけん》した仏教界では、貴族の子弟が高位の役職を占めたことなどにより世俗化と腐敗が進行。武力を持つようになった寺院同士がしばしば紛争を起こした。比叡山延暦寺《ひえいざんえんりゃくじ》、三井寺《みいでら》、興福寺《こうふくじ》などが中心とな

平安末期から中世にかけて編纂された説話集

	年代	作品名	編者	分類
中古	平安初期	『日本霊異記』	景戒	日本最古の仏教説話集
	平安中期	『三宝絵』	源 為憲	仏教説話
	平安後期	『江談抄』	大江 匡房	世俗説話
		『今昔物語集』	不明	仏教説話と世俗説話
		『打聞集』	不明	仏教説話
		『宝物集』	平 康頼	仏教説話
中世	鎌倉初期	『発心集』	鴨 長明	仏教説話
		『古事談』	源 顕兼	世俗説話
	鎌倉前期	『宇治拾遺物語』	不明	世俗説話
	鎌倉中期	『十訓抄』	六波羅二﨟左衛門入道あるいは菅原為長	世俗説話
		『撰集抄』	不明	仏教説話
		『古今著聞集』	橘 成季	世俗説話
		『沙石集』	無住道暁	仏教説話
	室町前期	『吉野拾遺』	不明	世俗説話
		『三国伝記』	沙弥玄棟？	仏教説話と世俗説話

説話集は仏教説話と世俗説話に大きく分けられるが、『今昔物語集』は仏教説話と世俗説話両方を含み、1000以上の説話から成る。

ったこの争乱は、様々な権門《けんもん》を巻き込んだ社会問題となるなど、まさしく歴史は大きな転換点に到達していた。

このような変革期には、蓄積された文化を集大成した類聚《るいじゅう》作品が多出する傾向にある。その要《かなめ》として誕生したのが、従来の説話を網羅《もうら》し、仏教の歴史を軸に今一度整理することで新しい世界観を創出しようとした『今昔物語集』であった。

仏法の形成をたどる物語

説話とは仏教の教えをテーマと

する「仏教説話」と、世間の興味深い逸話《いつわ》を集めた「世俗説話」の二種類がある。『今昔物語集』では仏教説話と世俗説話の比率が二対一となっており、これらの説話群が大きく天竺《てんじく》（インド）、震旦《しんだん》（中国）、本朝《ほんちょう》（日本）の三部に振り分けられている。

さらに天竺部は仏教説話、震旦部と本朝部はそれぞれ仏教説話と世俗説話に分類され、また、それぞれで同テーマの説話群が固まりを成している。

これらを緻密《ちみつ》な構成によって配列し、物語集の主題であるインドにおける仏教の誕生から、中国を経て日本へ渡り、浸透するという、仏教の始まりとその伝播《でんぱ》の歴史を説話群を通して語るものである。

その仏法史《ぶっぽうし》に相関する形として世俗説話の王法史《おうほうし》が対置される。世俗の支配者である国王や皇帝、天皇を登場させて王法の理念を描き出そうとする説話群もある一方で、男女の数奇な愛や滑稽譚《こっけいたん》なども含まれ、多彩な内容を擁《よう》するものとなっている。

これらの逸話を漢文読み下し文のきびきびした文体によってじつにリアルに描き出し、物語に登場する多彩な人々それぞれの生き様を浮き彫りにしたのである。

時代の変革期にあたって仏法の生成に立ち返り、あるべき世と人の生死に迫ろうとする……。それが『今昔物語集』なのである。

『今昔物語集』の世界観

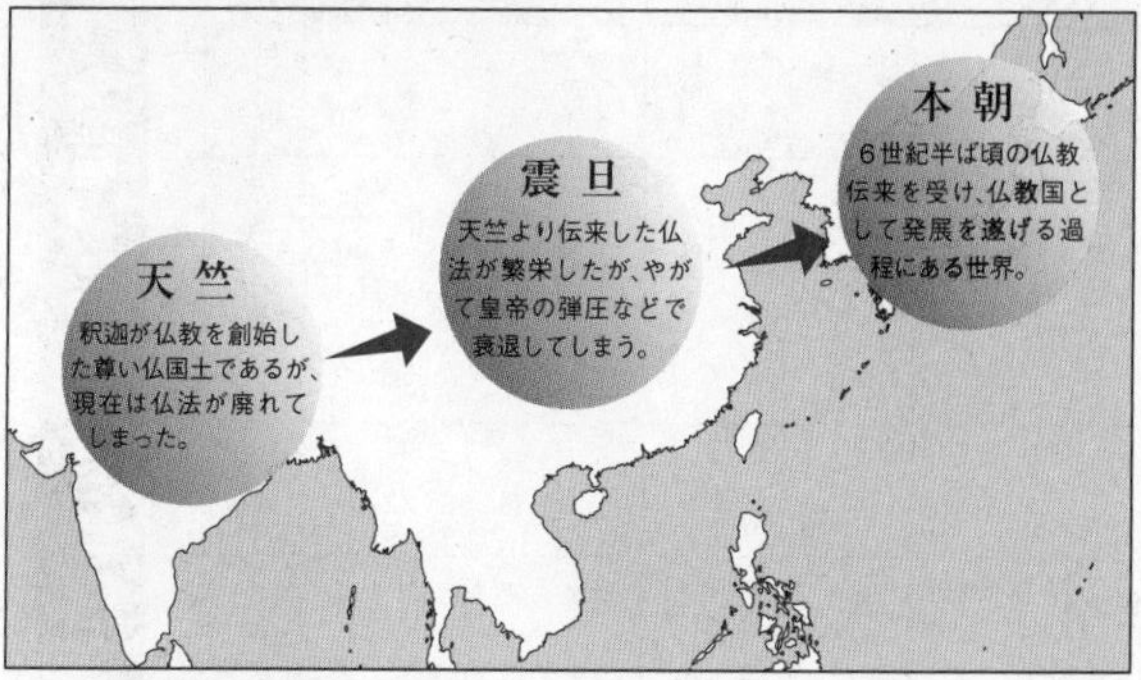
本朝
6世紀半ば頃の仏教伝来を受け、仏教国として発展を遂げる過程にある世界。
震旦
天竺より伝来した仏法が繁栄したが、やがて皇帝の弾圧などで衰退してしまう。
天竺
釈迦が仏教を創始した尊い仏国土であるが、現在は仏法が廃れてしまった。

『今昔物語集』の世界観は、天竺・震旦・本朝という三国の物語を基軸として構成されている。

『今昔物語集』写本（鈴鹿本）

著者も編者もはっきりしない『今昔物語集』であるが、鎌倉中期に成立した最古の写本「鈴鹿本」により現在まで伝えられてきた。
（京都大学図書館所蔵）

『今昔物語集』全巻構成表

部	巻	主題	話数	内容			
天竺	一	天竺	38	1〜8	釈迦の出世・成道	仏の出世	仏伝（仏教創始）
				9〜16	外道の迫害	教団成立	
				17〜28	釈迦の近親者や人々の出家（20・24表題のみ）		
				29〜38	在家信者の帰依		
	二	天竺	41	1〜2	釈迦の父母	教化	
				3〜5	釈迦の前世・因縁		
				6〜7	釈迦の弟子たちの教化		
				8〜41	釈迦の教化		
	三	天竺	35	1〜6	釈迦の弟子たち	救済	
				7〜12	異類・畜生		
				13〜18	転生・転身		
				19〜27	供養・聞法		
				28〜35	釈迦の入涅槃・荼毘・舎利	仏の涅槃	
仏法							

四	五	六	七
天竺		震旦	
天竺・仏後	天竺・仏前	震旦・仏法	震旦・仏法
1〜15 釈迦の弟子・比丘たち 16〜22 仏像や経の霊験 23〜27 後代の比丘たち（23本文未完） 28〜35 雑多 36〜41 仏の経や霊験・冥界	1〜6 王・后 7〜12 本生（国王を含む） 13〜29 動物（本生を含む）（13本文未完） 30〜32 雑多	1〜10 仏教伝来・流布（7・8本文未完） 11〜30 諸仏霊験 31〜48 諸経霊験	1〜43 諸経霊験（33〜40欠・43本文未完） 44〜48 経蔵霊験・冥界
阿育王頃／後代	天竺史／釈迦出世以前の世俗	仏教伝来／仏宝	法宝
釈迦仏入滅後		三宝霊験	
仏法	世俗（王法）	仏法	

部	巻	主題	話数	内容		
震旦	八	欠	欠	(諸菩薩・諸僧の霊験譚か?)	(僧宝) 三宝霊験	仏法
	九	震旦・孝養	46	1〜14 孝子 15〜21 友情・転生 22〜36 殺生応報・冥界 37〜42 現報 43〜46 孝子	因果応報	
	十	震旦・国史	40	1〜8 王・后 (3本文未完)	震旦史	世俗(王法)
				9〜15 賢臣	賢臣	
				16〜22 武人・信義 23〜27 学芸・風雅	技芸	
				28〜35 国王・国家関連 36〜40 雑多	世俗諸譚	
本朝	十一	本朝付仏法	38	1〜3 日本仏教の創始者 (3本文未完) 4〜12 奈良・平安時代の高僧 13〜38 諸寺縁起	伝教伝来・流布	仏法

本朝						
			(19・20・33・34・37表題のみ／14・16本文未完)		伝教伝来・流布	仏法
十二	本朝付仏法	40	1〜2	諸塔縁起	伝教伝来・流布	仏法
			3〜10	諸法会縁起	伝教伝来・流布	仏法
			11〜24	諸仏霊験	三宝霊験 仏法	仏法
			25〜40	法華経霊験	三宝霊験 法宝	仏法
十三	本朝付仏法	44	1〜44	法華経霊験	三宝霊験 法宝	仏法
十四	本朝付仏法	45	1〜28	法華経霊験	三宝霊験 法宝	仏法
			29〜39	諸経霊験	三宝霊験 法宝	仏法
			40〜45	真言・雑	三宝霊験 法宝	仏法
十五	本朝付仏法	54	1〜54	往生	三宝霊験 法宝	仏法
十六	本朝付仏法	40	1〜40	観音菩薩霊験 (40表題のみ)	三宝霊験 法宝	仏法
十七	本朝付仏法	50	1〜32	地蔵菩薩霊験	三宝霊験 僧宝	仏法
			33〜41	諸菩薩霊験	三宝霊験 僧宝	仏法
			42〜50	諸天霊験 (50本文未完)	三宝霊験 僧宝	仏法
十八	欠	欠		(諸僧の霊験譚か？)	三宝霊験 僧宝	仏法

部	巻	主題	話数	内容		
本朝	十九	本朝付仏法	44	1〜18 出家	因果応報	
				19〜22 転生・仏物盗用（15・16表題のみ）		
				23〜34 孝養・報恩（33本文未完／34表題のみ）		
				35〜44 三宝加護		
	二十	本朝付仏法	46	1〜14 天狗・野猪・狐（8・14表題のみ）		
				15〜19 冥界		
				20〜40 悪報転生・現報・驕慢		
				41〜46 慈悲感応、在俗の菩薩道		
	二十一	欠	欠	（天皇・后の説話か）	本朝史	世俗（王法）
	二十二	本朝	8	1〜8 藤原氏（8本文未完）	賢臣	
	二十三	本朝	14	（1〜12欠）	技芸	
				13〜16 武芸	肉体的技芸	
				17〜25 強力・相撲		
				26 馬芸		

本朝				
二十四	本朝付世俗	57	1〜6 工芸・技能 7〜22 医術・陰陽道・卜占（12・17表題のみ） 23〜24 管絃 25〜30 漢詩文 31〜57 和歌	知的技芸 技芸
二十五	本朝付世俗	14	1〜14 武士（8・14表題のみ）	武勇
二十六	本朝付宿報	24	1〜24 宿報（6表題のみ）	宿報
二十七	本朝付霊鬼	45	1〜31 霊・鬼・精（14本文未完） 32〜41 野猪・狐 42〜45 鬼神	霊鬼
二十八	本朝付世俗	44	1〜44 滑稽	滑稽
二十九	本朝付悪行	40	1〜30 盗賊・殺害（16表題のみ） 31〜40 動物	悪行
三十	本朝付雑事	14	1〜14 恋愛・愛別離苦（6・7本文未完）	恋愛
三十一	本朝付雑事	37	1〜32 雑多（2・4本文未完） 33〜37 国家・国土関連	雑事
世俗（王法）				

序章
『今昔物語集』とは何か

『今昔物語集』の成り立ち

誰によって書かれ
どのように作られたのか

『今昔物語集』の謎

『今昔物語集』は日本最大の説話集でありながら、その編纂者《へんさんしゃ》、もしくは作者は不明である。単独、もしくは複数で編纂にたずさわったものかどうかすら判明していないが、語彙《ごい》、表現方法、文体などが統一されていることから、複数であったとしても編纂レベルで統一が図られていたことがうかがえる。

その作者に関しては従来より様々な説が唱えられてきた。

古くは源 隆国《みなもとのたかくに》作の『宇治大納言物語《うじだいなごんものがたり》』と混同して隆国を作者と考える説もあったが、隆国が没した承暦《しょうりゃく》元年（一〇七七）以降の説話も多く収録されていることから、現在では否定されている。

それ以外には、隆国の事業を息子鳥羽僧正《とばそうじょう》が引き継いだとする説、白河院の勅撰《ちょくせん》説、南都《なんと》の学僧説、延暦寺《えんりゃくじ》にゆかりの深い藤原氏《ふじわらし》または橘氏《たちばなし》出身の出家者《しゅっけしゃ》、さらには無名の貴族、僧など単独、複数にかかわらず『今昔物語集』に関わった人物として数多くの名が挙げられているものの、いずれも決定打に欠け、確証には至っていない。

確実なことは作者が京都を本拠地とし、貴重な料紙《りょうし》を大量に使用できる立場にいたこと、そして成立が十二世紀前半であることくらいである。

歴史に埋もれた説話集

このように『今昔物語集』の作者が判明しないのは、その成立事情や意図についても、作者はもちろんほかの史料でも言及していないことが第一の理由である。それに加え、この説話集が長い間、歴史のなかに埋没していたこととも無縁ではないだろう。

『今昔物語集』がようやく日の目を見るのは十八世紀、江戸時代に入ってからなのである。享保《きょうほう》期に本朝部のみ、しかも抜粋、改編してはいるものの、『考訂今昔物語《こうていこんじゃくものがたり》』が公刊されたことでこの説話集は古典として認知され、天保《てんぽう》四年（一八三三）に国学者伴信友《こくがくしゃばんのぶとも》が書写してから研究が進むようになった。

彼らが祖本としたのは遅くとも鎌倉《かまくら》時代にまでには書写されたと思われる「鈴鹿《すずか》本《ぼん》」である。現在、多くの写本のほとんどはこの鈴鹿本を書写したもので、鈴鹿本に次ぐ中世の古写本としては「大東急《だいとうきゅう》記念文庫本」があるが、巻三十一の数枚しか現存しない。

それでも以後、『今昔物語集』は明治時代から大正時代にかけて脚光を浴び、全文を掲載した書籍が公刊された。また、作家の芥川龍之介《あくたがわりゅうのすけ》が『今昔物語集』の説話を典拠に『羅生門《らしょうもん》』『鼻《はな》』『芋粥《いもがゆ》』などの短編を発表したこともあり、世間に広く知られるようになった。

一方、研究も重ねられ、昭和時代には『今昔物語集』は古典の名著として不動の地位を得るまでになる。その多彩な内容から歴史、美術、宗教、民俗など様々な分野を包括《ほうかつ》した古典として重要な位置を占め、今や翻訳され、海外にも発信されつつある。

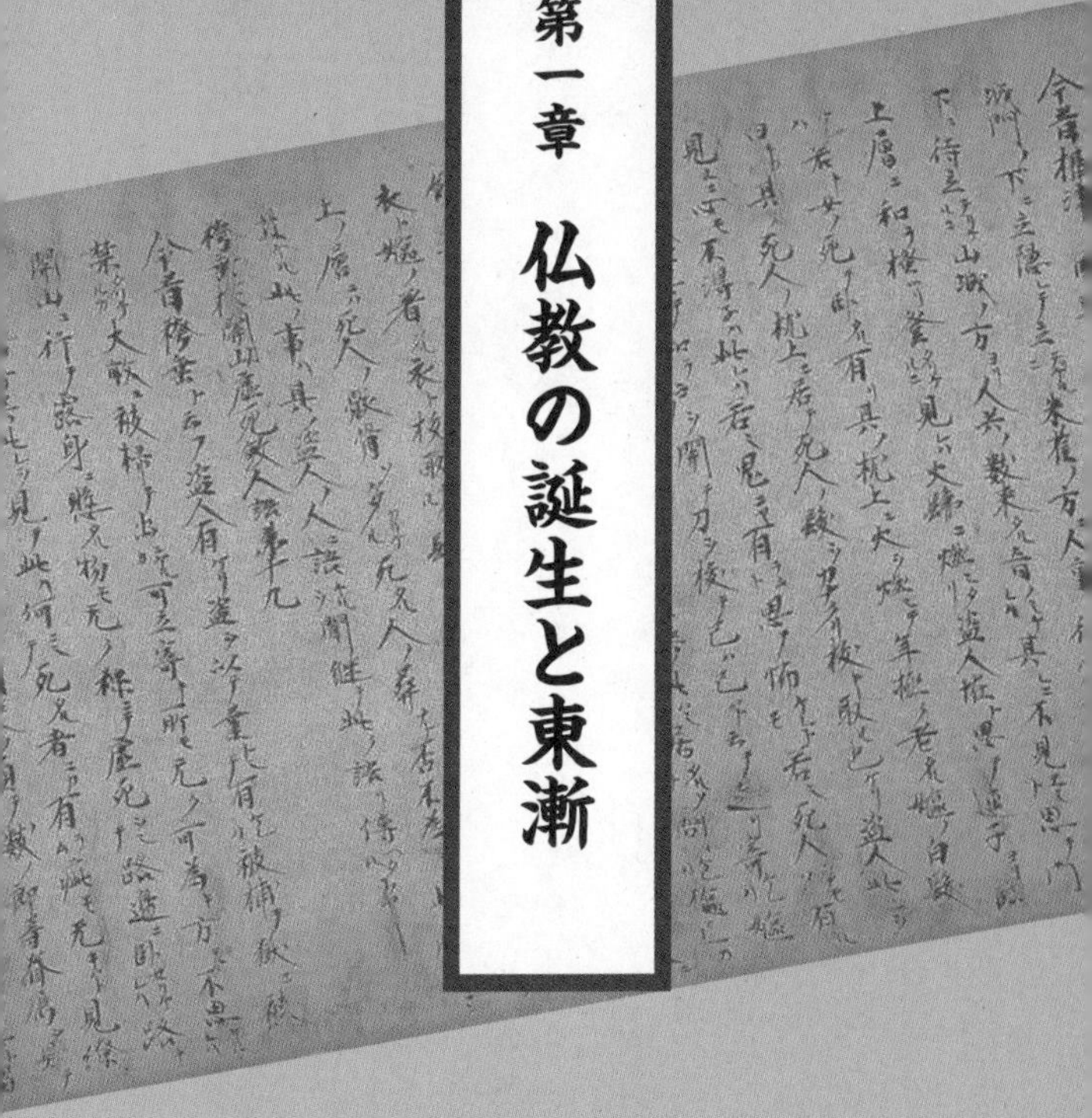

第一章

仏教の誕生と東漸

第一章
仏教の誕生と東漸

釈迦の生涯

出生譚から説法の原理までを語る
仏教開祖の物語

●王子から仏教の開祖へ

『今昔物語集《こんじゃくものがたりしゅう》』は「今は昔、釈迦如来《しゃかにょらい》は、まだ仏におなりにならないとき、釈迦菩薩《ぼさつ》と申して、兜率天《とそつてん》の内院《ないいん》という所に住んでおいでになった」と、釈迦の生誕前の姿から書き起こされ、以下その生涯を語る巻一の説話群が続く。

釈迦（ゴータマ・ブッダ）はインド・ネパール国境の王国に生まれた実在の人物。シャーキャ族の王子として何不自由なく暮らしていたが、無常《むじょう》を観じてすべてを捨てて修行に入り、悟《さと》りを開いたという仏教の開祖である。『今昔物語集』では釈迦の伝記と教えが、日本独自の解釈を交えた説話群によって語られていく。

巻第一、二話は釈迦が天上界からこの世に降りて迦毘羅衛国《かびらえ》（カピラヴァストゥ）の浄飯王《じょうぼんおう》の息子として生まれる出生譚《しゅっしょうたん》である。

国王と摩耶《まや》夫人は、白象に乗って空からやってきた菩薩が夫人の体内に入る夢を

釈迦の出家のきっかけとなった四門出遊

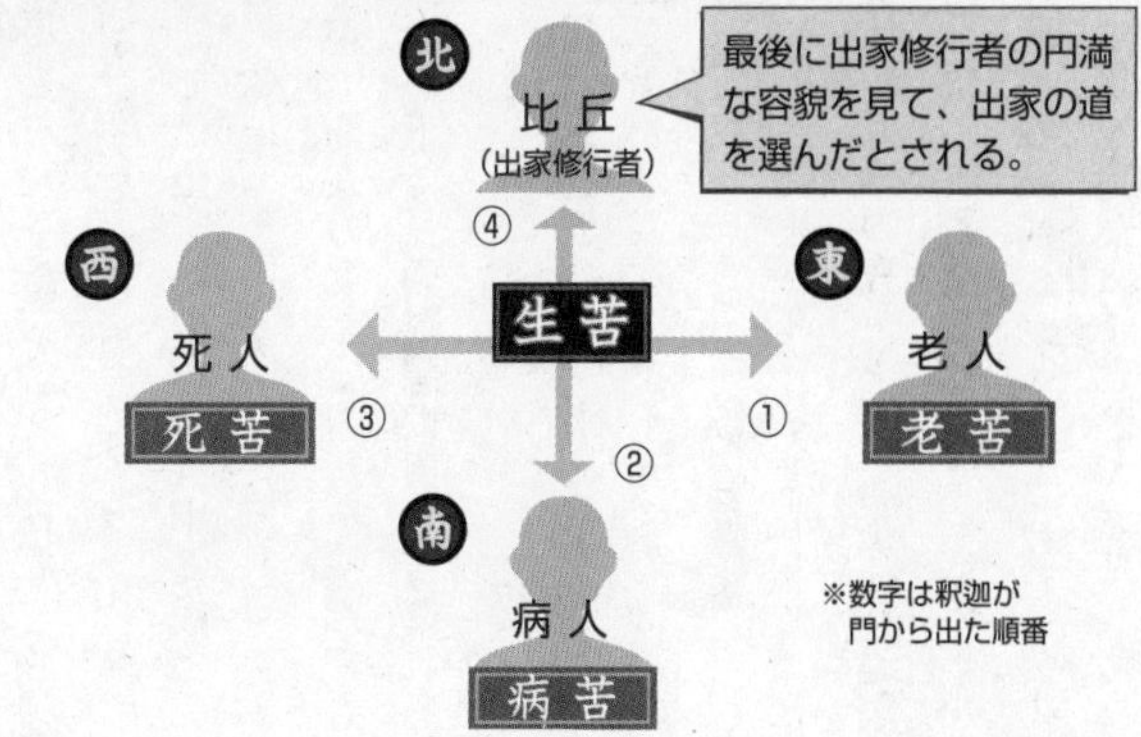
北
比丘
（出家修行者）
最後に出家修行者の円満な容貌を見て、出家の道を選んだとされる。
④
西
死人
死苦
③
生苦
東
老人
老苦
①
②
南
病人
病苦
※数字は釈迦が門から出た順番

釈迦は４つの城門で、それぞれ老人・病人・死人に出会う。自身が体現する「生」と合わせて「生・老・病・死」の４つの苦しみに直面した釈迦は、最後に北門にて出家者に出会い、出家を決意したとされる。

見て、尊い子が生まれることを知った。やがて、夫人が嵐毘尼園《らんびにえん》（ルンビニー）を散策しているとき、右の脇《わき》の下から釈迦が生まれたと語られる。

釈迦は四天王《してんのう》に守られながら幸せな日々を送っていたが、あるとき老、病、死の苦しみと出家《しゅっけ》修行者を目の当たりにして無常を悟り（四門出遊《しもんしゅつゆう》）、人々の生老病死《しょうろうびょうし》の四苦《しく》を克服させたいと願って、出家を決意。そして父王や妃《きさき》たちが悲しみ、出家を押し留めるなか、深夜、こっそりと城を出ていった。

十九歳の釈迦は冠《かんむり》と髻《もとどり》のなか

の明宝《みょうほう》を外して髪を剃《そ》り、仏たちの導きによって身体の飾りをすべて脱ぎ捨てて、浄居天《じょうごてん》の衣《ころも》と袈裟《けさ》を交換して山に入り修行の道に入った。

物語では出家時の釈迦は十九歳となっているが、実際の出家は二十九歳だったという。

やがて仙人のもとで苦行を積んでも悟りを得られなかった釈迦は、ブッダガヤの菩提樹《ぼだいじゅ》の下で長い瞑想《めいそう》に入り、これを妨げようとする悪魔《あくま》を退《しりぞ》けてついに悟りを得る。

以後、釈迦が実子、叔母など近親者をはじめ、多くの人々を教化《きょうげ》していった。

例を示せば、巻一第十五話では、仏の奇跡譚《きせきたん》がある。年老いるまで子のなかった提何長者《だいかちょうじゃ》が妻とともに樹神《じゅしん》に祈ったところ、妻が懐妊《かいにん》。しかもお腹の子が男の子であると、釈迦の弟子舎利弗《しゃりほつ》（シャーリプトラ）から教えられて喜んでいた。ところが仏教以外の教えを説く六師外道《ろくしげどう》がお腹の子は女だと言い張り、女を男に変じる薬だと偽って毒薬を飲ませ、その妻をお腹の子もろとも殺してしまう。悲嘆に暮れる長者が釈迦に相談したところ、妻の火葬《かそう》の日、釈迦は炎のなかから現われた十三歳の少年を自然太子《じねんたいし》と名づけて長者に授けた。のちにこの子が長者を教化して仏道《ぶつどう》

釈迦の足跡と八大聖地

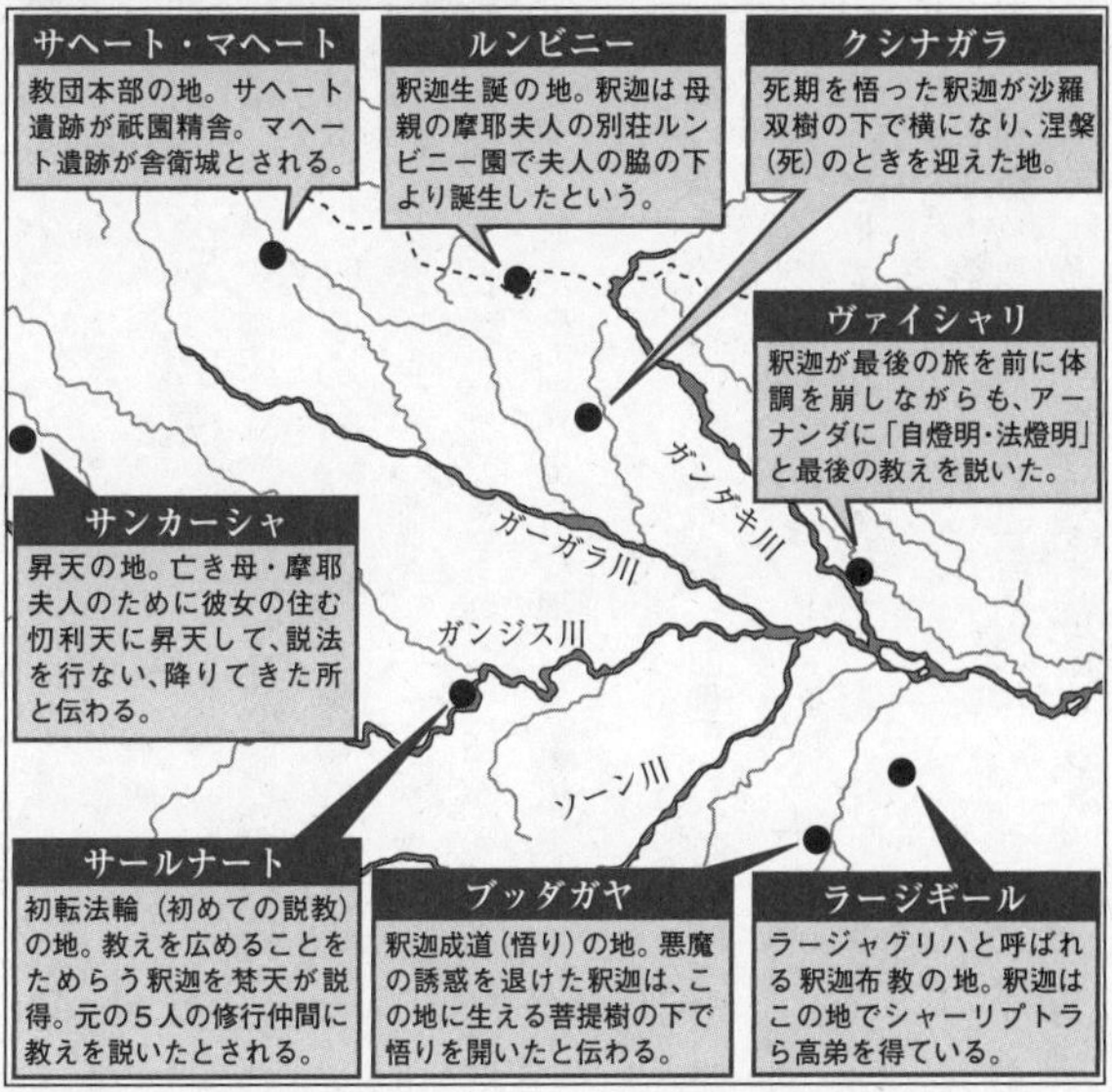
サヘート・マヘート
教団本部の地。サヘート遺跡が祇園精舎。マヘート遺跡が舎衛城とされる。
ルンビニー
釈迦生誕の地。釈迦は母親の摩耶夫人の別荘ルンビニー園で夫人の脇の下より誕生したという。
クシナガラ
死期を悟った釈迦が沙羅双樹の下で横になり、涅槃(死)のときを迎えた地。
ヴァイシャリ
釈迦が最後の旅を前に体調を崩しながらも、アーナンダに「自燈明・法燈明」と最後の教えを説いた。
ガンダキ川
ガーガラ川
サンカーシャ
昇天の地。亡き母・摩耶夫人のために彼女の住む忉利天に昇天して、説法を行ない、降りてきた所と伝わる。
ガンジス川
ソーン川
サールナート
初転法輪（初めての説教）の地。教えを広めることをためらう釈迦を梵天が説得。元の５人の修行仲間に教えを説いたとされる。
ブッダガヤ
釈迦成道(悟り)の地。悪魔の誘惑を退けた釈迦は、この地に生える菩提樹の下で悟りを開いたと伝わる。
ラージギール
ラージャグリハと呼ばれる釈迦布教の地。釈迦はこの地でシャーリプトラら高弟を得ている。

釈迦が足跡を刻んだ場所は、八大聖地として現在も信仰を集めている。

釈迦 関連年表

前6～5世紀頃

年齢	仏教史
0	釈迦(ゴータマ・ブッダ)、ルンビニーにて誕生する。(諸説あり)
29	釈迦、カピラバストゥを出て出家者となる。
35	釈迦、ブッダガヤにて悟りを開き仏陀（覚者）となる。 釈迦、最初の説法を行なう（初転法輪）。 サンガ（教団）が成立する。 シャーリプトラ、マウドガリヤーヤナらが弟子となる。 女性の出家を認め、比丘尼教団が成立する。
80	釈迦、最後の旅に出る。 釈迦、クシナガラにて入滅する。

に入れたという。

●前世と現世を結ぶ因果

巻二は、その釈迦の説法を讃《たた》える説話群が収録されている。説法は、人々の善悪の状況はすべて前世《ぜんせ》の行為に基づくという考えの上に立脚し、その人の前世の行為を説き明かす形式で進められる。

たとえば、大長者の子で生まれつき指から光を放っていた男が両親の死後、乞食《こつじき》になったが、墓から掘り出した両親の遺体が黄金になり、再び大金持ちになるという話がある。

これについて釈迦は、この男は前世に長者の子で、母を罵倒《ばとう》したため地獄に堕《お》ち、現世《げんせ》で貧《ひん》の境遇となったという。しかし、この男は前世で泥《どろ》の仏像の指を修理していたため、現世で指から光を放ち、掘り出した両親の死体が黄金になったのだと説き明かしている。

『今昔物語集』における釈迦説法の根底にあるのは、前世の行ないが現世に反映されるという前世と現世との因縁《いんねん》思想である。

釈迦の教え

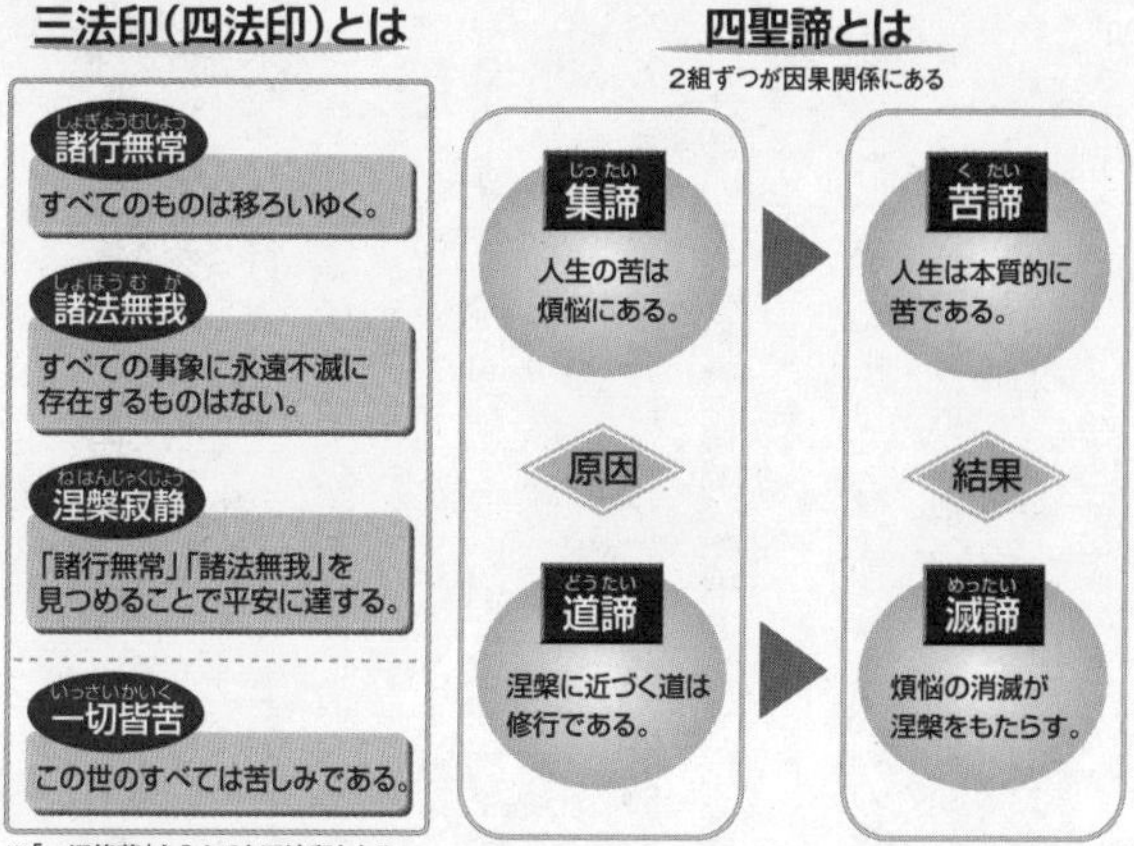
三法印（四法印）とは
諸行無常《しょぎょうむじょう》
すべてのものは移ろいゆく。
諸法無我《しょほうむが》
すべての事象に永遠不滅に存在するものはない。
涅槃寂静《ねはんじゃくじょう》
「諸行無常」「諸法無我」を見つめることで平安に達する。
一切皆苦《いっさいかいく》
この世のすべては苦しみである。
四聖諦とは
2組ずつが因果関係にある
集諦《じったい》
人生の苦は煩悩にある。
苦諦《くたい》
人生は本質的に苦である。
原因
結果
道諦《どうたい》
涅槃に近づく道は修行である。
滅諦《めったい》
煩悩の消滅が涅槃をもたらす。
※「一切皆苦」を入れると四法印となる

巻一第二十七話にも、仏道に入りたいと願うも、釈迦の弟子たちから善行がないと断られた貧しい老人が、前世で一度「南無仏《なむぶつ》」と唱《とな》えていたことを釈迦が指摘し、出家を許された逸話《いつわ》が語られている。

こうした前世と現世をつなぐ因《いん》果観《がかん》から正しい生き方を説くことが、釈迦の説法を貫く原理となっている。

仏法の伝来史を語る物語

『今昔物語集』冒頭にあたる天竺《てんじく》部《ぶ》の巻一に、釈迦の物語が置かれた理由はなぜか。

それはやはり物語全体を通して、天竺以来の仏教伝来の歴史を語ることを目的にしているためである。

物語の語り手は天竺（インド）・震旦《しんだん》（中国）・本朝《ほんちょう》（日本）三国の説話を収集編纂《へんさん》し、それを仏法流伝の時間軸に沿って一話一話再配置して、仏教東漸《とうぜん》の歴史を表現しようとしたのである。

そのため説話の時間軸についても、涅槃《ねはん》後何年といった形で釈迦の死を起点にしている。

ただしこれらの説話群は単に釈迦の物語のみを一元的に描き出したものではなく、その周縁部《しゅうえんぶ》の逸話を積極的に取り入れ、多角的に釈迦の時代を見ようとしているのが特徴である。

『今昔物語集』が成立した当時は、釈迦の教えが失われてしまうという末法思想《まっぽうしそう》が世を覆《おお》っていたが、物語はこの現実も排除していない。

こうした多層性がより物語に深みをもたらし、仏教に向き合う人々の生々しい現実を描き出すこととなった。

第一章
仏教の誕生と東漸

十大弟子

経典結集による教団の確立と仏法の広まり

巻一から巻五にまたがる天竺部には釈迦の弟子たちにまつわる説話も数多く収録されているが、その弟子のなかでも初期仏教教団の中心となった十人が「十大弟子《じゅうだいでし》」と呼ばれる。

●十大弟子による仏法教化

十大弟子は釈迦の名代《みょうだい》として各地を回って教化《きょうげ》したが、そのひとり舎利弗《しゃりほつ》（シャーリプトラ）は智恵《ちえ》第一と称えられた人物であった。巻一第十話にはその舎利弗が外道《げどう》に法力《ほうりき》争いを挑まれ、洪水や山を出現させた外道に対し、大象や拳《こぶし》を現わしてこれをことごとく破り、仏の法力を天下に示して、この外道たちを仏道に帰依《きえ》させたという話がある。

また、巻三第四話にはこの舎利弗の意外な前世も明かされている。釈迦から、豪華な供物《くもつ》を受け取っているため肥えていると指摘された舎利弗は動揺し蟄居《ちっきょ》した。

そのため国内から仏事ができず困っていると訴えが出てきた。釈迦は、舎利弗の前世は毒蛇だったから執念深く、私の言葉を恨《うら》みに思っているのだと人々に説明し、舎利弗に仏法《ぶっぽう》の師になるようにと諭《さと》し、ようやく仏事が再開できたという。

摩訶迦葉《まかかしょう》（マハーカーシャパ）は苦行《くぎょう》による清貧《せいひん》の実践を行なった弟子である。巻二第六話にはこの摩訶迦葉が望んで貧しい老婆から腐った米汁の布施《ふせ》を受けると、この老婆はたちまち天上界に生まれ変わって天女《てんにょ》となり、老婆が摩訶迦葉を供養《くよう》したという説話がある。このとき、釈迦は阿難《あなん》（アーナンダ）に「この老婆は真心を込めた施《ほどこ》しをしたので大きな福を得た」と説き、人々に施しの精神を養う布施を勧めるよう諭したという。

弟子たちは布教のためには思わぬ方法も用いた。巻三第二十六話では仏法を信じない国に赴《おもむ》いた迦旃延《かせんねん》（カーティヤーヤナ）が、その国の女性を教化して光を放つ美女とし、その女性を后《きさき》に入れることでついに国王を教化した布教説話が収録されている。

弟子たちと釈迦の関わりのなかで仏の教えが披瀝《ひれき》され、弟子たちの行動のなかで仏法の広まりが語られる。『今昔物語集』の読者は、これらの説話群を通して仏の

釈迦の十大弟子

シャーリプトラ（舎利弗）	智慧《ちえ》第一	釈迦の弟子アッサジに出会い、モッガラーナとともに釈迦に弟子入りした。高弟随一といわれるが、釈迦より先に病死。
モッガラーナ（目犍連）	神通《じんずう》第一	シャーリプトラとともに釈迦の弟子となり、誰にも勝る神通力で知られた。同じ盗賊に2度襲われたあと、神通力によって前世の宿業を知り、死を受け入れた。
マハーカッシャパ（摩訶迦葉）	頭陀《ずだ》第一	出家後、生涯を通じて衣食住の執着を払い、修行を続けた。釈迦入滅後、教団の後継者となり、第1回仏典結集を提案する。
アーナンダ（阿難陀）	多聞《たもん》第一	釈迦の従弟で側《そば》によく仕えたが、悟りを開けなかった。しかし、第1回仏典結集の直前、ようやく悟りを得たとされる。
ウパーリ（優婆離）	持律《じりつ》第一	理髪師の身から釈迦に弟子入りした。戒律に精通し、第1回仏典結集の際にも釈迦の戒律を取りまとめたという。
プンナ（富楼那）	説法《せっぽう》第一	弁舌に長けた弟子で、わかりやすい説法を行なったという。釈迦の存命中から辺境の土地へ移り、布教に生涯を捧げた。
アルニッダ（阿那律）	天眼《てんげん》第一	釈迦の従弟ともいわれ、不眠・不臥の修行の果てに失明。しかし、そのおかげで真理を見通す智慧の眼（天眼）を得る。
カーティヤーヤナ（迦旃延）	論議《ろんぎ》第一	釈迦の弟子となって以降、説法の旅に出て、王侯貴族を中心に仏法を広めたといわれる。
スブーティ（須菩提）	解空《げくう》第一	祇園精舎を寄進した長者スダッタの子で、釈迦の教えのひとつ「空（物事に執着しないこと)」を誰よりも理解したという。
ラーフラ（羅睺羅）	密行《みつぎょう》第一	釈迦の息子でカピラヴァストゥの後継者として育てられたが、釈迦の影響を受けて出家。釈迦の定めた規則を最もよく守ったとされる。

教えに身近に接し、また確認できるよう工夫されているのである。

●経典結集で確立した仏教教団

十大弟子にまつわる最後の説話は仏典結集《ぶってんけつじゅう》である。釈迦入滅《にゅうめつ》後、仏法の教えを正しく確認するため弟子たちが集会を開いた。それが仏典結集である。巻四第一話ではそのときの説話がある。

弟子の阿難はまだ悟りを開いていないため参加資格がなかったが、結集の日、ようやく悟りを得たので参加させてほしいと申し出てきた。その証《あかし》として鍵の穴から入ってみせたという。

この不思議な力により阿難は長老に定められ、「如是我聞《にょぜがもん》（私はこのように聞いた）」と釈迦の教えを語り始めた。それはまるで釈迦を再現したようであったため、仏の弟子のなかでも阿難が最も優れていると理解されたと語り伝えられているという。

この釈迦の教えが経典として確立した説話であり、十大弟子の説話群は締めくくられる。

巻4
16話

天竺・震旦に伝わる仏像の霊験

仏尊の図像表現は釈迦の入滅後、400年が経過した西暦1世紀末頃、ギリシア文化の影響を受けて、ガンダーラやマトゥラーにおいて始まったという。『今昔物語集』にはこうした仏像や仏画にまつわる霊験《れいげん》が記されている。

たとえば、巻4第16話では貧しいふたりの女が仏像の画を依頼したが、代金が足りなかったため仏師《ぶっし》は親切心からふたりの代金を合わせて一体の仏画を描いた。

ところがこれを知った女たちが仏師を詰問《きつもん》したため、仏師が仏画に祈ったところ、この絵がふたつに分かれたという。

また第17話には、ある貧しい人が仏像の眉間《みけん》にはめ込んでいる宝の玉を盗み取ろうとしたところ、仏像がうなだれて玉を取らせてくれたという話がみられる。

第一章
仏教の誕生と東漸

アショーカ王

仏教をインド全域に広げた王の業績

王が后のために建てた仏塔

中インドの地方教団に過ぎなかった仏教をインド全域に広めたのが、前三世紀頃、インドに空前の大帝国を成立させたマウリヤ朝第三代目のアショーカ王である。このアショーカ王にまつわる説話が『今昔物語集』にいくつか収録されている。たとえば巻四第五話では地獄をつくって罪人を落とす話がある。この地獄には近づいたら最後、突き落とされてしまう掟《おきて》があった。

あるとき聖人《せいじん》を突き落としたところ、地獄が蓮《はす》の池に変じたと報告を受けた王が地獄の近くにやってきた。このとき、王も例外ではないと獄卒《ごくそつ》に地獄へ堕《お》とされそうになるが、王は獄卒も同じだと言って獄卒を突き落としてしまう。しかし王はここで無益を悟り、地獄を廃止したという。

この説話に片鱗《へんりん》を残すように、アショーカ王はもともと暴虐《ほうぎゃく》な王であったが、

マウリヤ朝の版図とアショーカ王碑文

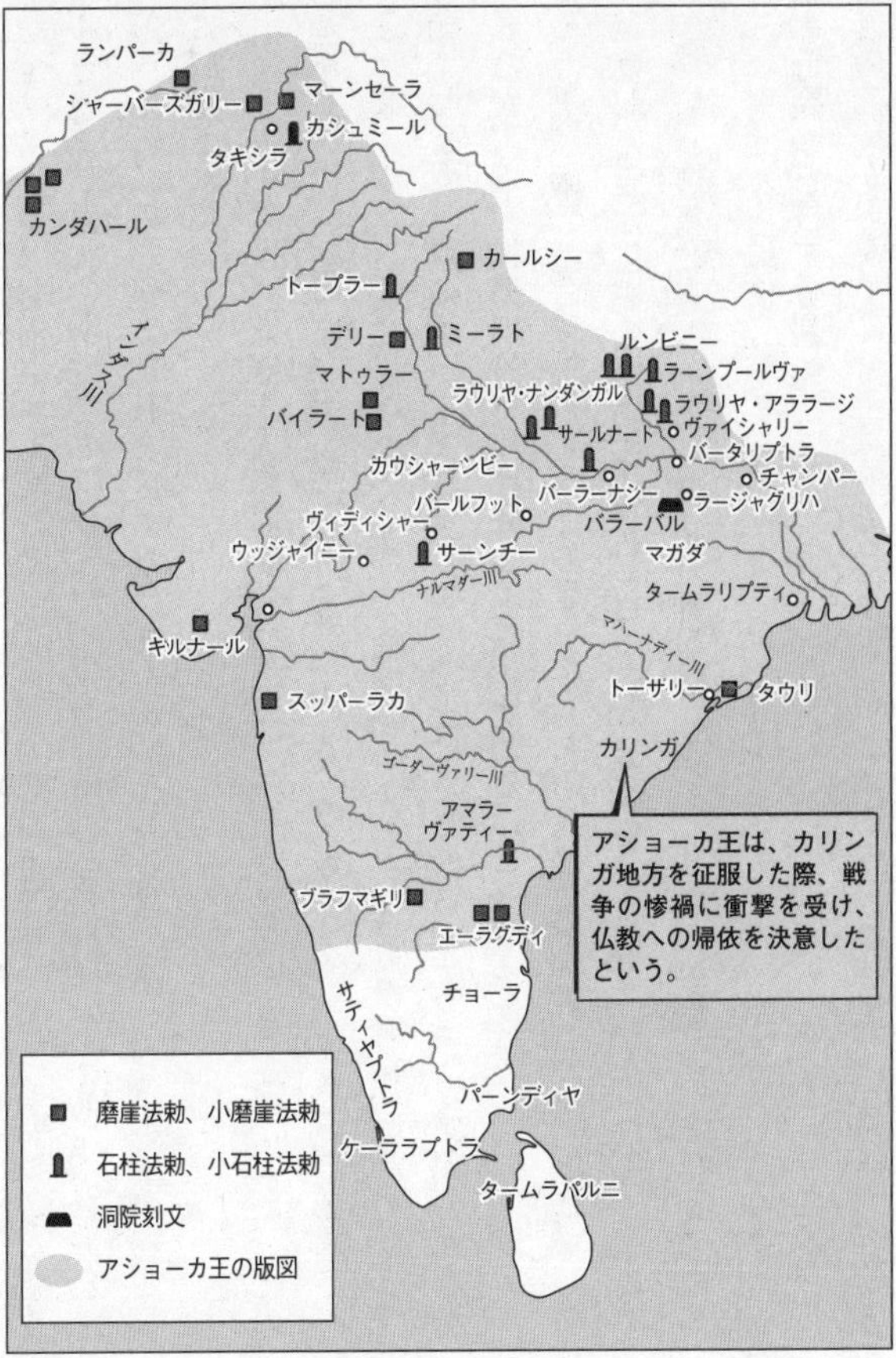
ランパーカ
シャーバーズガリー
マーンセーラ
カシュミール
タキシラ
カンダハール
カールシー
トープラー
デリー
ミーラト
インダス川
マトゥラー
バイラート
ルンビニー
ラーンプールヴァ
ラウリヤ・ナンダンガル
ラウリヤ・アララージ
サールナート
ヴァイシャリー
パータリプトラ
カウシャーンビー
チャンパー
バーラーナシー
ラージャグリハ
バールフット
バラーバル
ヴィディシャー
ウッジャイニー
サーンチー
マガダ
ナルマダー川
タームラリプティ
キルナール
マハーナディー川
トーサリー
タウリ
スッパーラカ
カリンガ
ゴーダーヴァリー川
アマラーヴァティー
アショーカ王は、カリンガ地方を征服した際、戦争の惨禍に衝撃を受け、仏教への帰依を決意したという。
ブラフマギリ
エーラグディ
チョーラ
サティヤプトラ
パーンディヤ
ケーララプトラ
タームラパルニ
磨崖法勅、小磨崖法勅
石柱法勅、小石柱法勅
洞院刻文
アショーカ王の版図

即位九年のカリンガ遠征において、戦争の残酷さと罪悪を身をもって体験し、慈悲《じひ》と平和を説く仏教に心を寄せて帰依した。以後、熱心な仏教徒となり、インド全土に八万四千の仏塔《ぶっとう》を建て仏教を広めたとされる。その背景にまつわる説話が巻四第三話に収録されている。

アショーカ王には八万四千人の后があったが、王子がひとりもいなかった。そのうち寵愛《ちょうあい》していた第二の后が懐妊し、金の光を放つ男の子が生まれると予言された。王は喜ぶが、これに嫉妬《しっと》した第一の后はその子が生まれた直後、猪《いのしし》の子とすり換えてしまう。猪の子が生まれたと知った王はけしからぬことだと第二の后を流《る》罪《ざい》にしたが、のちに第二の后と再会して真相を知ることとなった。

すると王は第二の后以外のすべての后を腹立ち紛《まぎ》れに殺害。しかし、ほどなくこれを後悔した王が供養のために建立したのが八万四千の仏塔だったという。また、これに伴い、龍宮《りゅうぐう》に奪われていた仏舎利《ぶっしゃり》を奪い返し、仏塔に安置したと伝えられる。

◉根本分裂から枝末分裂へ

釈迦の死後からすでに百年以上を経ていたアショーカ王の時代、仏教教団の教線《きょうせん》

仏教教団の分裂

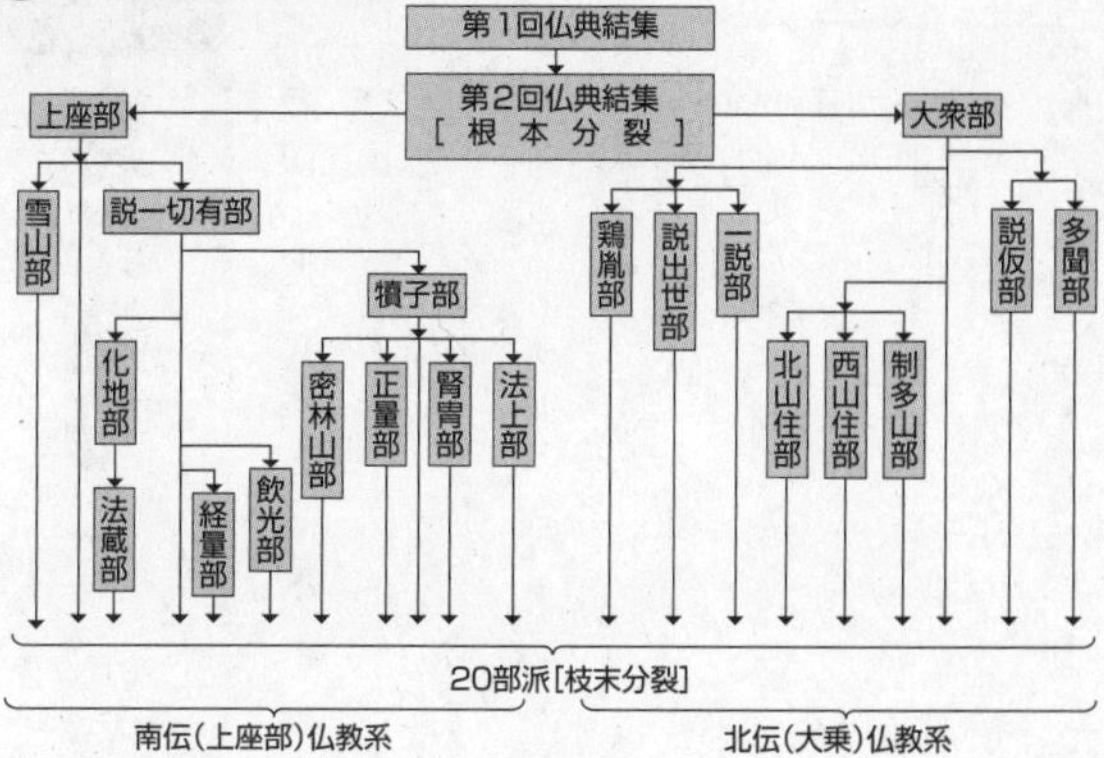

第１回仏典結集
第２回仏典結集
［根本分裂］
上座部
大衆部
雪山部
説一切有部
犢子部
化地部
法蔵部
経量部
飲光部
密林山部
正量部
賢冑部
法上部
鶏胤部
説出世部
一説部
北山住部
西山住部
制多山部
説仮部
多聞部
20部派［枝末分裂］
南伝（上座部）仏教系
北伝（大乗）仏教系

第２回仏典結集が行なわれた際、戒律を巡って対立が発生。仏教教団は大衆部と上座部に分裂。さらに20の部派に分裂した。

が拡大し、変革期を迎えていた。

戒律《かいりつ》を巡り、厳格に遵守《じゅんしゅ》する長老中心の上座部《じょうざぶ》と、より緩やかな運用を求める大衆的な大衆部《たいしゅうぶ》とに分裂する。これを根本分裂《こんぽんぶんれつ》という。

このとき教法の乱れを防ぐため第二回仏典結集が行なわれて、さらに仏教教団は第二の分裂を引き起こす。大衆部、上座部が合わせて十八～二十の部《ぶ》派《は》へ分裂した。これを枝末分裂《しまつぶんれつ》と呼ぶ。それぞれの部派は独自の教義を作り、互いに論争を繰り広げて布教を拡大させた。上座部仏教は東南アジアへ広まり、大衆部は中国・日本など東アジアへと広まっていく。

第一章
仏教の誕生と東漸

鳩摩羅焔

戒律を破りながらも仏法を中国に伝えた
インド僧の物語

シルクロードを越えて中国へ

仏教は仏典結集の後、上座部と大衆部に分裂してそれぞれが発展するが、このうち大衆部は一般民衆の救済を目指す大乗《だいじょう》仏教へと発展する。大乗仏教の思想を理論的に確立したのが南インド出身の龍樹《りゅうじゅ》（ナーガルジュナ）であり、その特徴としては民衆救済、釈迦以前にも仏がいたという過去仏《かこぶつ》、出家をしない在家《ざいけ》信仰の重視などが挙げられる。

やがて北伝《ほくでん》仏教と呼ばれるように、これが異文化交流の過程で中国、さらには日本にも伝わった。

仏教の中国伝来にはインドから中国へ仏教を広めようとした伝道と、中国からインドに仏教を学びにきた求法《ぐほう》の二種類がある。

『今昔物語集』ではそのどちらも記されているが、前者に関してはインドから西域《さいいき》、シルクロードを経て中国に仏教を伝えようとした提婆《だいば》、無着《むじゃく》と世親《せしん》兄弟などの説話が収められている。

インドにおいて「空《くう》」の思想を体系化した龍樹と提婆の出会いは劇的で、智恵の応酬《おうしゅう》が繰り広げられる。龍樹は教えを請《こ》いにきた提婆に会う代わりに水を入れた小さな箱を与えた。

すると提婆は針を入れて返した。周りの弟子たちがさっぱり意味が分からないと言うと、龍樹はその意味を教えた。

曰《いわ》く、龍樹が「私の智恵は小さな箱の水のようだが、あなたの万里《ばんり》の風景のような智恵をこの小さな箱に浮かべて欲しい」と箱を渡したのに対し、提婆が「自分の針ほどの智恵で、大海のような智恵を極めたい」という思いを伝えたというのである。

仏法を震旦にもたらした父子

こうした伝法《でんぽう》の説話群のなかでも注目すべきが、中国への仏教請来《しょうらい》を念じた聖人父子の苦難を伝える巻六第五話の鳩摩羅焔《くまらえん》の話である。

古代インドに、赤栴檀《しゃくせんだん》の木で造った釈迦像があった。鳩摩羅焔は、中国に仏教を伝える決心をして仏像を盗み出し、シルクロードを横断して中国まで運ぼうとする。

あまりにも過酷な旅だったため、昼は鳩摩羅焔が仏像を背負い、夜は仏像が鳩摩羅焔を背負った。

途中、亀茲国《きゅうじ》（クチャ）では王が鳩摩羅焔の意志に感激したが、中国への道のりはまだ程遠く、年老いた鳩摩羅焔が中国までたどりつくのは難しいと考えた。そこで鳩摩羅焔に子をもうけて意志を継がせるべきだと諭《さと》すが、鳩摩羅焔は女性に近づいてはならないという不邪淫戒《ふじゃいんかい》を理由に断った。

しかし王から仏法を中国に伝える大切さを説得され、ついに戒律を破って王の娘と結婚し、生まれた鳩摩羅什《くまらじゅう》（クマラジーヴァ）が父の遺志を継いで仏像を中国に伝えた。こうして聖人父子の苦難の末に、中国に仏法が根付いたことを伝えている。

これは実際に四〇一年に長安《ちょうあん》に到着し、『妙法蓮華経《みょうほうれんげきょう》』の漢訳など中国仏教の発展に寄与したとされる鳩摩羅什の誕生秘話である。

鳩摩羅焔の経路

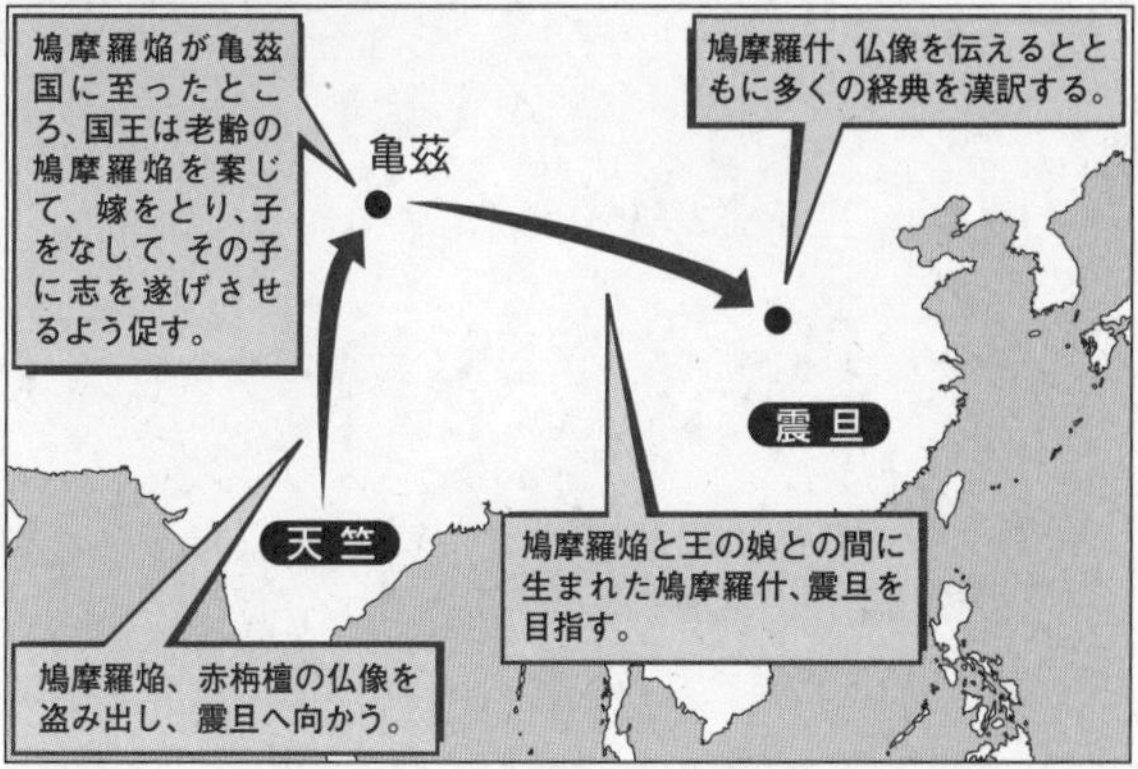
鳩摩羅焔が亀茲国に至ったところ、国王は老齢の鳩摩羅焔を案じて、嫁をとり、子をなして、その子に志を遂げさせるよう促す。
亀茲
鳩摩羅什、仏像を伝えるとともに多くの経典を漢訳する。
震旦
天竺
鳩摩羅焔と王の娘との間に生まれた鳩摩羅什、震旦を目指す。
鳩摩羅焔、赤栴檀の仏像を盗み出し、震旦へ向かう。

震旦（中国）に仏法が伝わっていないことを憂えた鳩摩羅焔は、仏像を盗み出して中国へ渡ることを決意する。

亀茲の風景

鳩摩羅焔が滞在したとされるシルクロード上の町・亀茲（クチャ）。

巻4
24話

龍樹の意外な過去

大乗仏教を確立し『中論《ちゅうろん》』を著した龍樹だが、『今昔物語集』の巻4第24話はその意外な過去を伝える。

龍樹はまだ出家前、外道の法を習っていた。あるとき、3人で相談し姿を隠すことができる隠形《おんぎょう》の薬を作ると、宮殿に出入りして后妃《こうひ》たちを次々と犯した。

后たちから姿が見えない者たちに肌を触られると聞かされた王は、隠形の薬によるものと察知し、宮殿内におしろいをまかせておいた。

いつものように3人は忍び込んだが、その足跡から存在を推量されふたりが斬られてしまう。

龍樹のみは心のなかでたくさんの願《がん》をかけたおかげか、王が隠形の者はふたりであったと引き上げ、命拾いをして宮殿を脱出。そして外道の法を捨てて出家したという。

第一章
仏教の誕生と東漸

中国仏教の始まり

数々の苦難を経て拡がった仏法と達磨大師の登場

始皇帝に弾圧されたインド僧

鳩摩羅焔をはじめ、多くのインド僧が中国へ仏法を伝えようとしたが、『今昔物語集』によれば、当初は迫害を受けるなどしてうまくいかなかったようだ。

震旦《しんだん》部《ぶ》の巻六はこうした震旦（中国）への仏法伝来の苦難の物語から始まり、第一話は、紀元前二二一年に、中国を統一した秦《しん》の始皇帝《しこうてい》の時代の仏法伝来の説話で幕を開けている。

釈《しゃく》利房《りぼう》というインド僧が十八人の尊者《そんじゃ》を伴い、中国へ仏法を伝えに渡来《とらい》した。ところが始皇帝は今まで眼にしたことのない僧形《そうぎょう》に不審を抱き、投獄してしまう。すると釈迦如来が金色《こんじき》の人となって現われ、釈利房らを救い出したという。こうして秦の始皇帝の時代の仏法伝来は失敗に終わった。

続く第二話では西暦一世紀半ば、後漢《ごかん》の明帝《めいてい》の時代にインド僧摩騰迦《まとうが》が仏法をもたらした話が伝えられる。明帝に聖人が来るという夢告《むこく》があり、摩騰迦がやってきた。皇帝はこれを手厚くもてなして帰依《きえ》したが、大臣や道教《どうきょう》の僧たちは快く思わず摩騰迦に法力競《ほうりきくら》べを挑んだ。

お互い相手方の法文《ほうもん》に火をつけたところ、摩騰迦の仏舎利《ぶっしゃり》と経典は虚空《こくう》に浮かんだが、道士の方の法文はまたたくまに燃え尽きてしまった。さらに道士のなかには悶《もだ》え苦しんで死ぬ者まで現われた。道士の完敗であり、以後、仏法が受容され広まったという。

一方、第四話では三世紀の三国時代の仏教伝来の話を伝えている。仏法伝来のため呉《ご》の孫権《そんけん》のもとを訪れた康僧会《こうぞうえ》が、法力で仏舎利を取り出したという説話を収録し、中国仏教はこの時代から始まったと記している。

❁達磨大師の苦難

こうして中国でも受容された仏法は南北朝《なんぼくちょう》時代に王朝が帰依したこともあり、隆盛を迎えたが、華美《かび》な信仰が主流となった。

たとえば六世紀、真冬でも早朝二時から政務をとるなど意欲的な名君として名高

中国への仏伝年表

100年	初期大乗仏教経典が制作され、中国へ伝来し始める。 ※『今昔物語集』では後漢の明帝の時代（57～75年）とされる。
372年	朝鮮半島の高句麗に仏教公伝。その後、新羅・百済にも伝わる。
400年頃	中国僧・法顕《ほっけん》がインド、スリランカを旅行する。
401年	鳩摩羅什が長安に至り、中国仏教成立に寄与。
520年	インドの達磨が梁の武帝と会い、禅が伝来する。
552年	中国で末法思想が流行し、浄土宗の基礎が固まる。
589年	隋が中国を統一。地論宗祖・慧遠、天台宗祖・智顗《ちぎ》、三論宗祖・吉蔵《きちぞう》が活躍する。
600年頃	インドに密教が広まる。
629年頃	唐の玄奘がインドに旅立つ。
650年頃	インドで密教が成立し、中国で浄土宗が確立する。
750年頃	中国で密教が確立する。 ※『今昔物語集』では善無畏《ぜんむい》、金剛智がそれぞれ大悲胎蔵、金剛界の両部曼荼羅をもたらしたとする。
1000年頃	中国で禅宗が隆盛となる。

い梁《りょう》の武帝《ぶてい》は、仏教を通じた理想社会の実現を目指し、多くの豪華な大寺院を建立したことでも知られている。

この時代、禅《ぜん》をもたらした菩提《ぼだい》達磨《だるま》大師が当時の中国仏教を批判して梁の皇帝と対立する話が第三話にある。

達磨は弟子を中国布教に遣《つか》わしたが受け入れてもらえず、この弟子は追放され亡くなった。

梁の武帝は大寺院を建立して数体の仏像を鋳造《ちゅうぞう》しており、この功徳《くどく》を聖人に認めてもらいたいと考え、聖人と名高い達磨を召しだ

中国皇帝と仏教

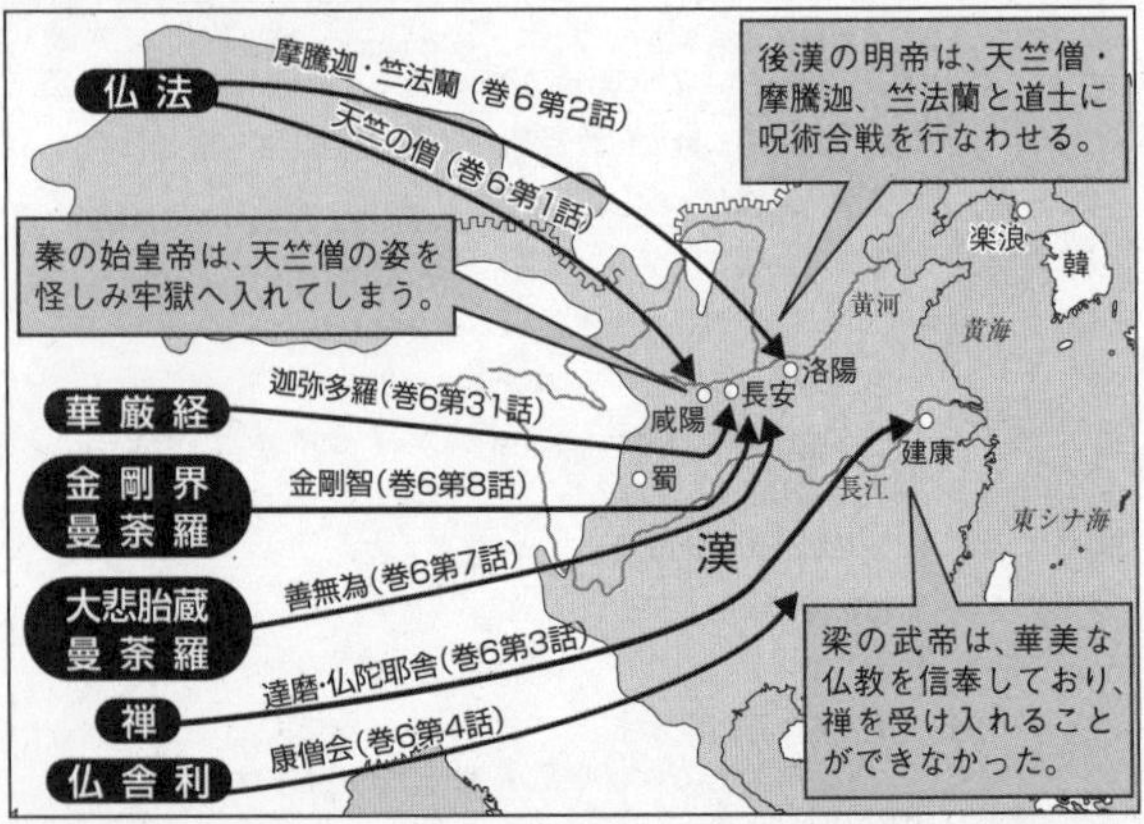

後漢の明帝は、天竺僧・
摩騰迦、竺法蘭と道士に
呪術合戦を行なわせる。
仏法
摩騰迦・竺法蘭（巻6第2話）
天竺の僧（巻6第1話）
秦の始皇帝は、天竺僧の姿を
怪しみ牢獄へ入れてしまう。
楽浪
韓
黄河
黄海
洛陽
長安
咸陽
華厳経
迦弥多羅（巻6第31話）
建康
蜀
長江
金剛界曼荼羅
金剛智（巻6第8話）
東シナ海
漢
大悲胎蔵曼荼羅
善無為（巻6第7話）
禅
達磨・仏陀耶舎（巻6第3話）
梁の武帝は、華美な
仏教を信奉しており、
禅を受け入れること
ができなかった。
仏舎利
康僧会（巻6第4話）

『今昔物語集』震旦部のはじめでは仏教伝来にまつわる苦難が綴られる。

した。しかし達磨大師はこれは真の功徳ではないと批判したため、追放されてしまう。達磨について『今昔物語集』は「□山（おそらく嵩山《すうざん》）へ入った」としているが、その後の記述はない。この地で弟子慧可《えか》を得て中国禅宗の祖となったという。

さらにその後、伝説化が進み、『今昔物語集』では宋雲《そううん》という勅《ちょく》使《し》が旅の途中で異国の僧と出会い、王が亡くなったことを告げられるという不思議な体験をしたが、この僧がすでに故人となっていた達磨であったという。

巻10
32話

国王の逸話

巻10は中国の国史《こくし》として、日本側の資料に基づく中国故事を収録する。その特徴は、仏法史の面から中国王朝の興亡を語ろうとしている点にある。この国史には多くの王が登場しており、第32話は盗人《ぬすびと》が国王になる話がある。

ある父子が国王の蔵に盗みに入るが、見張り役の息子は父が逃げ切れないと悟り、生き恥をさらすよりはと父を殺して逃げ去った。その後、国王はその息子をおびき出そうと様々な策を弄《ろう》するが、息子は智恵でそれをくぐりぬける。

やがて隣国の新王が国王の娘に求婚してきた。その新王は計略でもって王になった盗人だったという顚末《てんまつ》である。

ただし、具体的な王の名は記されておらず、『生経《しょうきょう》』を原拠とする天竺《てんじく》の話であるといわれる。

第一章
仏教の誕生と東漸

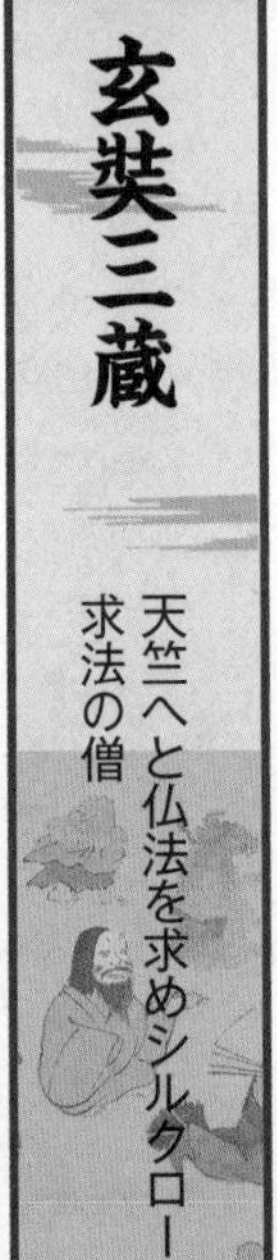

玄奘三蔵

天竺へと仏法を求めシルクロードを踏破した求法の僧

●危機を救った般若心経

無仏《むぶつ》であった中国に仏法をもたらした鳩摩羅焰や達磨らに対して、中国から仏法の盛んな世界へ求法《ぐほう》に赴《おもむ》いた人物の代表が玄奘《げんじょう》である。

玄奘は一般には小説『西遊記《さいゆうき》』の三蔵法師《さんぞうほうし》のモデルとして知られる唐《とう》初期の僧で、六二九年、国禁《こっきん》を犯して求法の旅に出立。シルクロードを経てインドのナーランダ寺院に至った。ここで仏教学を学び、またインド各地に求法の旅を続け、膨大な数の経典、仏像とともに長安《ちょうあん》に帰国。のちにその漢訳を行なったことで知られている。『今昔物語集』巻六第六話にはインドへと向かう玄奘の様々な説話が霊験譚《れいけんたん》とともに語られている。

旅の途中、玄奘が広大な野原を彷徨《さまよ》っているうちに日が暮れてしまう。闇のなか玄奘が途方に暮れていると、五百人ばかりの人々が近づいてきた。人に会えたと玄奘が喜んだのも束の間《つかま》、それは異形《いぎょう》の鬼《おに》どもであった。だが、玄奘が一心に『般《はん》若心経《にゃしんぎょう》』を唱えると、鬼どもは退散したという。

実際、玄奘が著した旅行記『大唐西域記《だいとうさいいきき》』には、バーミヤン国に至る道は山は高く谷は深く妖怪《ようかい》や山賊《さんぞく》が出没するとあり、玄奘もたびたびこうした苦難に見舞われたことは想像に難くない。

このあと説話は、玄奘が『般若心経』を授けられた話へ移る。玄奘はある山中で体がただれ、臭気《しゅうき》を発して倒れ臥《ふ》している病人と遭遇した。聞けば、膿《うみ》を吸い取ってもらえれば完治するという。玄奘は迷うことなく自ら舐《な》めて膿を吸い出した。するとたちまち病人は観世音菩薩《かんぜおんぼさつ》に変じ、経を伝授したという。それが『般若心経』だったのである。

奈良時代、光明皇后《こうみょうこうごう》自らが病人の膿を吸い出したところ、それが如来《にょらい》だったという伝説が残されているが、この説話に基づいたものと推測される。

❁海賊をも教化した法力

インドに到着した玄奘は、ナーランダー寺院で戒賢論師《かいけんろんし》の弟子となった。戒賢論師はこのときすでに百六歳。病に苦しむことが多く死のうとしたが、三人の天使が現われ、「中国から法を受けに僧がやってくる」と言われ思いとどまった。それが玄奘であった。

こうして法を授けられた玄奘は、ほかの国へ向けて旅立つが、恒伽河（ガンガー河）を下る途中、十数隻《せき》の船に分乗した盗賊団に襲われ、衣服や財宝を奪われた。さらに盗賊たちは美しい玄奘を秋祭りのいけにえにしようとこれを捕らえた。覚悟を決めた玄奘が来世《らいせ》の再生を一心に祈ると奇跡が起こった。突然、四方から暴風が起こり、木々を吹き折り、船を覆《くつがえ》してしまったのである。驚いた盗賊たちは玄奘が唐から求法に来た人であると知るや、後悔して奪った財宝をすべて返したのだった。

玄奘は彼らに五戒《ごかい》を授けて報《むく》いたという。

こうして苦難の旅を得て経典を中国に請来《しょうらい》した玄奘は、弟子たちとともに『大《だい》般若波羅蜜多経《はんにゃはらみたきょう》』など数多くの経典を翻訳し、中国仏教の発展に大きく貢献することとなる。

この玄奘の生涯を描いた絵巻に、鎌倉時代成立の『玄奘三蔵絵』がある。

玄奘三蔵求法の旅

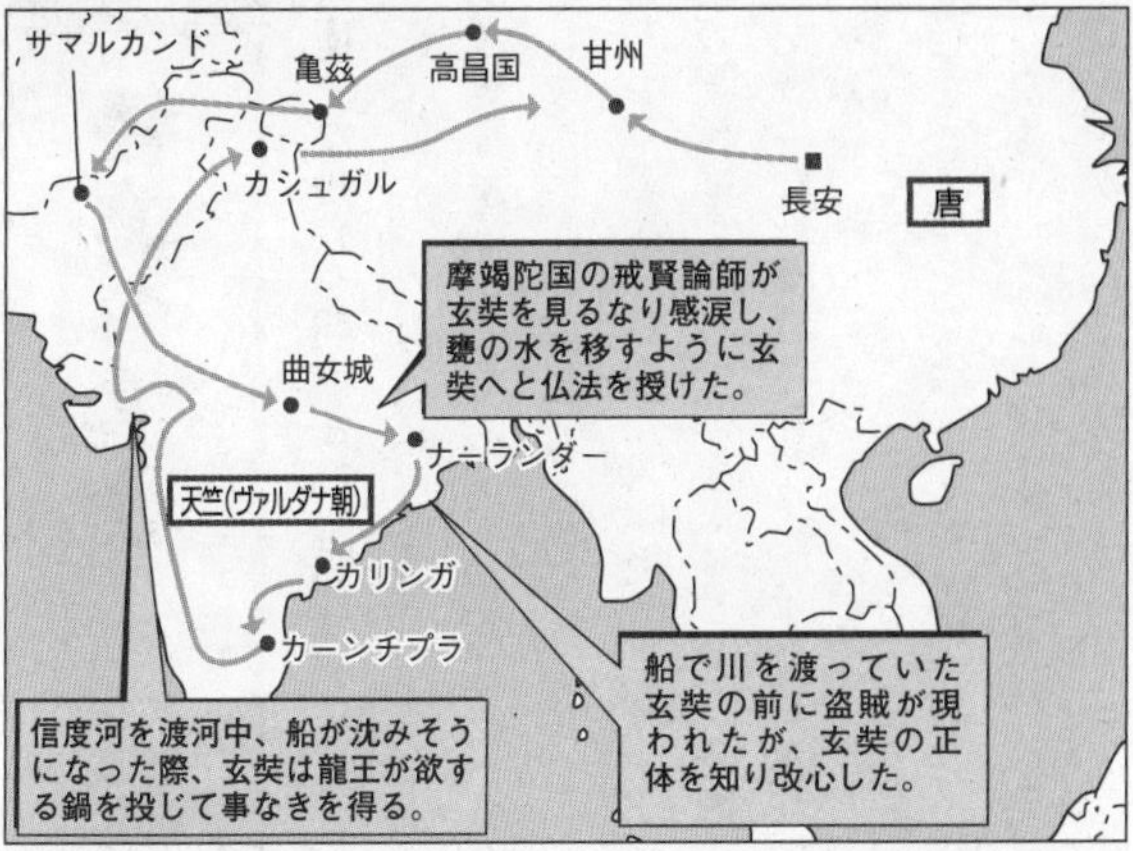
サマルカンド
亀茲
高昌国
甘州
カシュガル
長安
唐
摩竭陀国の戒賢論師が
玄奘を見るなり感涙し、
甕の水を移すように玄
奘へと仏法を授けた。
曲女城
ナーランダー
天竺(ヴァルダナ朝)
カリンガ
カーンチプラ
信度河を渡河中、船が沈みそう
になった際、玄奘は龍王が欲す
る鍋を投じて事なきを得る。
船で川を渡っていた
玄奘の前に盗賊が現
われたが、玄奘の正
体を知り改心した。

『今昔物語集』巻6第6話には、インドへと向かう玄奘の旅が様々な霊験譚とともに語られている。玄奘の旅によって多くの仏典が中国へもたらされ、漢訳されることとなる。

ナーランダー寺院

玄奘が学んだといわれるナーランダー寺院。釈迦の没後、仏教を学ぶ重要な場所となり、インドにおける仏教の滅亡まで、インド仏教を支える重要拠点となった。

経典の霊験

写経によって広まった経典の功徳と不思議な力

呪術的な効果も期待された写経

中国に伝わった経典は、写経《しゃきょう》によって広まっていく。写経は供養などの目的で経典を書写することである。初期仏教では経典は口承《くしょう》で伝えられたため書写は行なわれなかったが、紀元前後に興《おこ》った『大般若経』や『法華経《ほけきょう》』では書写の功徳《くどく》が重視されるようになった。ただしインドでは写経はあまり普及しなかったようで、最古の写経はインドではなくインド文化圏の周辺部から発見されている。中国では二世紀後半から漢訳された仏典が書写されて広まり、四~五世紀頃から写経が盛んになった。

写経が広まった要因のひとつは、経典そのものや写経の行為に霊験があると考えられたためで、『今昔物語集』震旦部にも、中国で敬《うやま》われたいくつかの経典にまつわる霊験譚が収録されている。

震旦部で霊験を起こした経典

華厳経《けごんきょう》	正式名称を『大方広仏華厳経』といい、「華で飾られた広大な教え」という意味を持つ。釈迦の悟りの内容を示し、東大寺の大仏として知られる毘盧遮那仏の智慧がすべての衆生を照らすと説く。
最勝王経《さいしょうおうきょう》	空の思想を基調とし、この経を崇める国王が施政すれば国は豊かになり、四天王などの諸天善神が国を守護するとされる。4世紀頃に成立した『金光明経』を義浄が漢訳したもの。
観無量寿経《かんむりょうじゅきょう》	大乗仏教の経典のひとつで、王舎城の悲劇的な物語を舞台として、釈迦が念仏の重要性を説く。
薬師経《やくしきょう》	無明の病を治す法薬を与える医薬の仏・薬師如来の十二大願を説く経典で、正式名称は『薬師瑠璃光如来本願功徳経』。玄奘によって漢訳された。
大般若経《だいはんにゃきょう》	正式には『大般若波羅蜜多経』。全600巻の膨大な巻数に及ぶ大乗仏教の基礎的教義の集大成。
涅槃経《ねはんぎょう》	『大般涅槃経』と呼ばれ、釈迦の入滅を叙述し、その意義を説く。

経典には霊験があると考えられ、いくつかの経典にまつわる霊験譚が『今昔物語集』に見られる。病を治したり、寿命を延ばしたりする一方、鬼を退治したり雨を降らせたりと、呪術的な霊験も紹介されている。

なかでも目立つのが地獄の苦を逃れて生き返る蘇生譚《そせいたん》で、巻六第三十三話に、一度は亡くなってしまうが地蔵《じぞう》菩薩を造った功徳により『華厳経《けごんきょう》』の一行の詩を授けられ、それを唱えることで蘇生したという話がある。また、第三十五話には生前、悪行を行なったが『華厳経』を書写しようと願《がん》を立てていたことで許されて蘇生し、『華厳経』を書写したという話がみえる。さらに蘇生だけでなく『薬師《やくし》経《きょう》』の功徳で健康を得られたり、『維摩経《ゆいまぎょう》』の功徳で極楽往生《ごくらくおうじょう》を遂げたという霊験も紹介されている。

第一章
仏教の誕生と東漸

朝鮮三国

百済から仏法、新羅から仏像、
高句麗から僧が日本へ伝来

●朝鮮半島から日本へ仏法伝来

インドから中国へと伝わった仏法はやがて四世紀末以降に朝鮮《ちょうせん》三国へと伝播《でんぱ》した。まずは高句麗《こうくり》へ伝来し、ついで百済《くだら》へ伝えられ、高句麗、百済を介して五世紀後半に新羅《しらぎ》に伝来した。そして五五二年（『日本書紀《にほんしょき》』に基づく）、六世紀半ば、百済の聖明王《せいめいおう》から日本の欽明《きんめい》天皇にもたらされたのである。

『今昔物語集』ではインド、中国、日本の三部構成だが、わが国に仏法を伝えた朝鮮半島の諸国も、聖徳太子《しょうとくたいし》伝をはじめいくつかの説話に登場している。とくに本《ほん》朝《ちょう》部《ぶ》の始まりに当たる巻九第一話の聖徳太子伝では、百済から仏法が、新羅から仏像が伝来し、高句麗の僧が登場する逸話《いつわ》が登場し、朝鮮三国のそれぞれが仏法伝来と関わりがあることを示唆している。

しかし朝鮮半島といっても、『今昔物語集』における朝鮮三国に対する意識は、微妙に異なる。仏教を伝えた百済は仏法伝来にまつわる話がほとんどを占めるが、正式な国交のない高句麗は登場回数が少ない。また、のちの統一王朝「高麗《こうらい》」の名もしばしば見え、院政《いんせい》期の日宋《にっそう》貿易によるものか、文化的イメージの説話が多い。

古代三国のほかの二国とは異なる展開を見せるのが新羅で、巻十六第十九話には、新羅の国王の后《きさき》が不義密通《ふぎみっつう》を犯して国王に捕らえられるも、日本の長谷観音《はせかんのん》に祈願して救われ、財物を長谷寺に奉納したという。日本の観音の霊験を称《たた》え、新羅に対する優越意識が現われているといえる。

これらの違いは日本の三国に対する歴史観とともに、日本への仏法伝来での朝鮮三国が果たした役割をはっきり意識していたことによるのだろう。

仏教伝来と朝鮮三国

恵慈法師が聖徳太子の師となる。
高句麗
聖徳太子８歳のとき、釈迦如来の仏像を日本へもたらす。
新羅
聖徳太子６歳のとき、経論を日本へもたらす。聖徳太子８歳のとき、百済僧日羅が来日し、弥勒菩薩像をもたらす。僧の道欣が来日し、聖徳太子に仕える。
百済

朝鮮半島の諸国も、聖徳太子伝をはじめとしていくつかの説話に登場し、仏教の日本伝来に大きく貢献する様子が描かれている。

こらむ

芥川文学と『今昔物語集』①

『鼻』と巻二十八第二十話

平安時代に成立した『今昔物語集』を蘇らせた近代作家のひとりが芥川《あくたがわ》龍《りゅう》之介《のすけ》である。彼は同集を典拠としていくつもの名作を生みだしている。巻28第20話を題材にしたのが芥川龍之介の短編『鼻《はな》』である。

5、6寸の滑稽《こっけい》な長い鼻を人々にからかわれていた禅智内供《ぜんちないく》が、その長い鼻を短くすることに成功し、これで笑われなくなるだろうと安心したところ、今度は短くなった鼻が笑われたため、禅智内供の自尊心は傷つけられ、鼻が短くなったことを恨むようになった。するとあるとき、鼻が元の滑稽な長い鼻に戻っていた。内供はこれで自分を笑う者はいなくなると安心したという話である。

鼻を通して人の不幸を笑い、妬《ねた》むという人間の微妙な心理をついた作品だが、元の『今昔物語集』では、同じく長い鼻に悩む禅智内供自身の滑稽譚となっている。大きな鼻がかゆくてたまらない内供は、鼻を湯で蒸してなかの虫を出すなどしていた。

その長い鼻で困るのは食事の邪魔になることである。弟子に板で鼻を持ち上げさせて食事を摂《と》っていたが、いつもの弟子が病で倒れたため、童子《どうじ》にその代わりをさせたところ、良い具合だったので喜んでいた。ところがその童子がくしゃみをしたとたん、板が外れ、長い鼻が粥《かゆ》のなかに落ち、粥が飛び散った。怒り狂った内供は我を忘れ、「高貴な方の鼻を持ち上げているときにこんなことをしでかしたらどうする気だ。ばか者」と童子を罵倒《ばとう》した。しかし、こんな鼻はほかにはいないとかえって嘲笑《ちょうしょう》されたという、内供の錯誤を笑う滑稽譚で終わっている。

第二章　日本仏教の聖たち

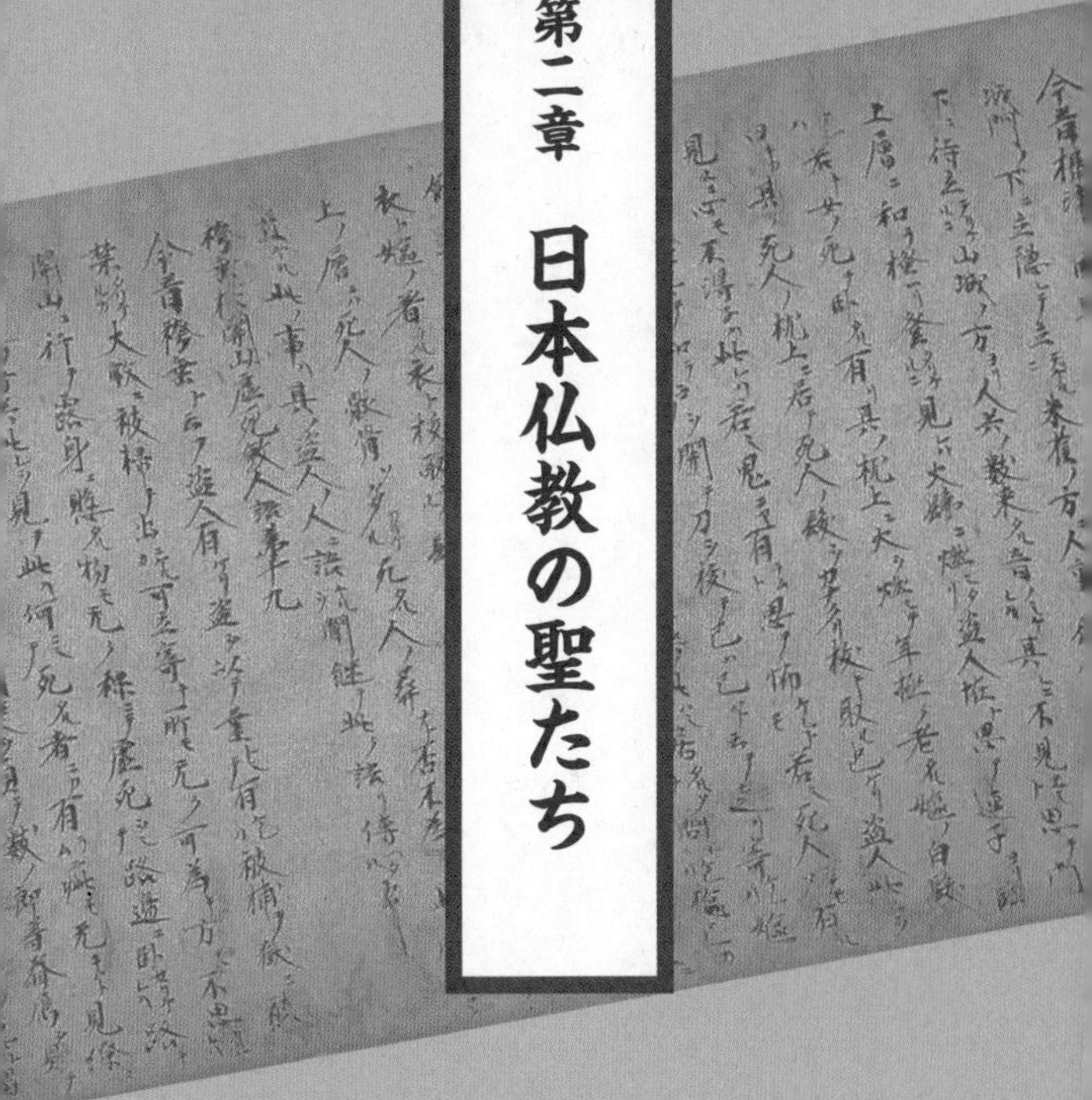

第二章

日本仏教の聖たち

聖徳太子伝

日本仏教の礎を築いた聖人の生涯と太子信仰

仏教を浸透させた聖徳太子

巻十一からの本朝部《ほんちょうぶ》は、仏教伝来間もなくの日本で、その振興に寄与した聖徳《しょうとく》太子《たいし》の説話群に始まる。巻十一第一話は太子の不思議な生誕秘話から説き起こされる。それは母が胎内に救世菩薩《ぐぜぼさつ》が宿る夢を見て懐妊《かいにん》し、厩《うまや》で生まれたという釈迦《しゃか》の誕生譚、キリストの誕生譚などの影響を受けたとみられる神秘性の高い内容である。

以後、聖徳太子は六歳のとき、中国で仏道修行をしていたという前世《ぜんせ》を明らかにしたうえで、百済《くだら》から渡来《とらい》した経論《きょうろん》を見て、六斎日《ろくさいにち》に帝釈天《たいしゃくてん》と梵天《ぼんてん》が政治を見に現われるので、殺生《せっしょう》を禁ずるべきだと天皇に奏上《そうじょう》したり、八歳で百済僧日羅《くだらそうにちら》と対面した際には眉間《みけん》から光を放つなど、神秘的な伝説に彩られた幼年期を経て、仏法と関連させながらその生涯の事績を紹介し、日本仏教の祖にふさわしい聖人としての姿が示される。

法隆寺夢殿

現在の夢殿は、聖徳太子信仰が広まる天平時代の建立。『今昔物語集』ではこの夢殿で聖徳太子が瞑想をし、隋へと渡って経典を受け取ってくるという話が登場する。

だが、聖徳太子の若かりし頃は、まだ外来の宗教である仏教の受容に反対する勢力も少なくなかった。太子は蘇我馬子《そがのうまこ》らとともに三宝興隆《さんぼうこうりゅう》（仏教興隆）に心を砕こうとしたが、仏教に反対する物部守屋《もののべのもりや》は天然痘《てんねんとう》の流行を仏教のせいにして尼《あま》を鞭《むち》打ったり、堂を焼くなど妨害を行なった。そして太子が守屋を討とうとしているという密告によって両者の間には決定的な亀裂が入り、武力衝突に至る。

この戦いの際、太子が四天王《してんのう》に寺の創建の請願《せいがん》を立てて加護《かご》を願い、勝利ののちに建立したのが四天王寺である。

さらに叔母の推古《すいこ》天皇が即位すると、摂政《せっしょう》に任命された太子は三宝興隆を国の方針に掲げ、憲法十七条にもその旨《むね》を記した。『勝鬘経《しょうまんぎょう》』を講義した際には蓮華《れんげ》が降り注いだため、その地に橘寺《たちばなでら》を建立《こんりゅう》したと記す。

また、聖徳太子は中国の先進文化や技術を学び外交関係を結ぶべく、当時の中国王朝の隋《ずい》に遣隋使《けんずいし》を派遣したことでも知られる。説話では遣隋使の小野妹子《おののいもこ》には隋の皇帝に会うだけでなく、聖徳太子が前世に持っていたという経を取りに行かせる役割も与えている。しかし妹子が持ち帰ったのは太子の弟子のものだったため、太子は鵤《いかるが》（斑鳩）の宮のそばの夢殿《ゆめどの》に籠《こも》って七日七夜瞑想《めいそう》し、魂に経典を受け取りに行かせたという。

その後、太子は妃《きさき》に仏法のなかった世界に教えを広めることができたと伝え、予言どおり妃と同じ日に亡くなったと伝える。そして、第一話は「此《こ》の朝に仏法の伝はる事は、太子の御世《みよ》より弘《ひろ》め給《たま》へる也《なり》」として、太子を日本仏教史の開祖と称《たた》えて締めくくられる。

遣隋使の経路

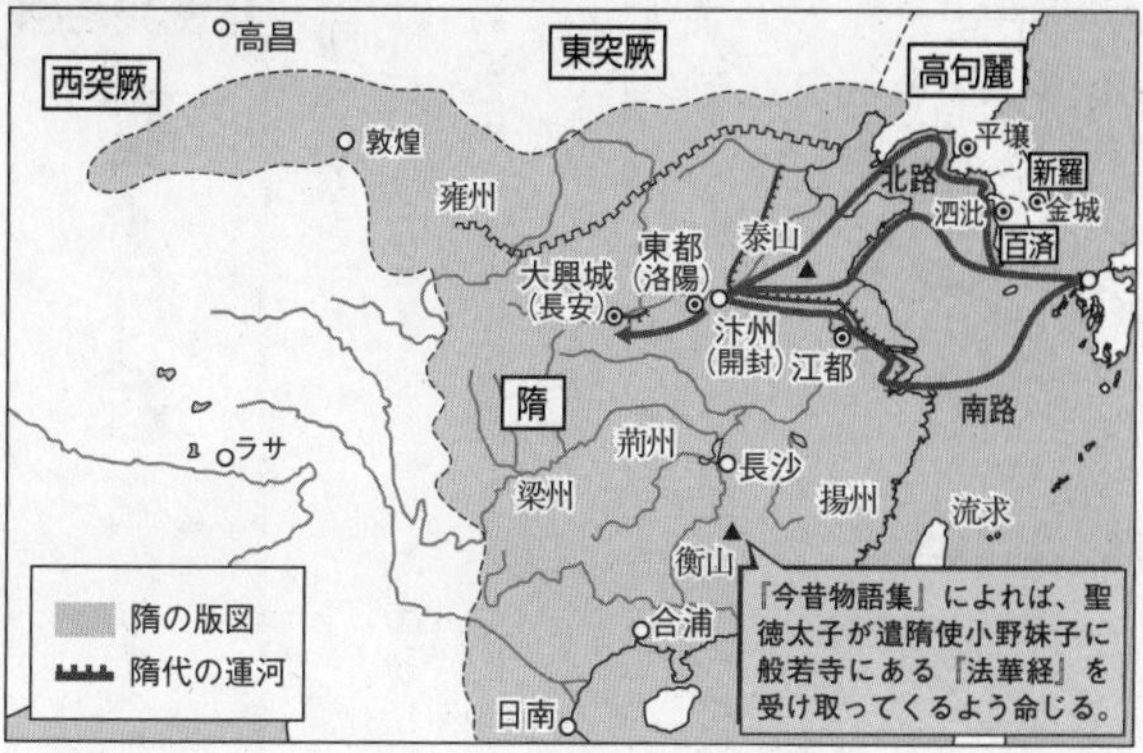
高昌
東突厥
西突厥
高句麗
敦煌
平壌
新羅
北路
泗沘
金城
百済
雍州
泰山
東都（洛陽）
大興城（長安）
汴州（開封）
江都
隋
南路
ラサ
荊州
長沙
梁州
揚州
流求
衡山
合浦
日南
隋の版図
隋代の運河
『今昔物語集』によれば、聖徳太子が遣隋使小野妹子に般若寺にある『法華経』を受け取ってくるよう命じる。

遣唐使の航路から推測すると、遣隋使は朝鮮半島沿岸をつたって隋へと渡る北路か、九州から東シナ海を渡って揚州へと至る南路のいずれかを取ったと考えられる。

光明皇后が広めた太子信仰

聖徳太子の数々の伝説は奈良時代の光明《こうみょう》皇后が傾倒した太子信仰に端を発すると考えられる。皇后は兄たちの陰謀によって自害に追い込まれた長屋王《ながやおう》の亡霊を恐れ、僧行信《ぎょうしん》の進言により聖徳太子の加護に救いを求めるようになった。その後、聖徳尊霊の法華経《ほけきょう》講読を行ない、法隆寺《ほうりゅうじ》に寄進して夢殿を完成させるなど、聖徳太子信仰に傾斜していき、こうした過程で太子信仰が始まり、神秘的な聖徳太子像が形成されていったのである。

聖・行基

仏の教えを民衆へと浸透させた「文殊菩薩の化身」

●民衆へ仏教を布教

聖徳太子によって興隆が図《はか》られるも、あくまで国家を鎮護《ちんご》するための宗教であった仏教を民衆の間に浸透させたのが奈良時代の僧行基《ぎょうき》である。

河内《かわち》の国に生まれた行基は十五歳で飛鳥寺《あすかでら》の道昭《どうしょう》を師として出家《しゅっけ》すると、仏教の社会的実践として、仏教本来の目的である人々の救済活動（民間布教）とともに、寺の建立、道路や橋の建設を行なうなど、社会事業を手がけた。やがて彼のもとには多くの人々が慕《した》って集まり、「行基菩薩」と崇《あが》められ、弟子と信者で宗教集団を形成するようになった。

『今昔物語集《こんじゃくものがたりしゅう》』本朝部の巻十一第二話にはそんな行基の説話を収録している。

それによれば、行基は幼い頃から仏法を賛嘆する言葉を唱《とな》え、その声で人々を感動させたという。長じて聖武《しょうむ》天皇に認められ大僧正《だいそうじょう》にもなったが、一方でそんな行基を妬《ねた》む人がいた。それが元興寺《がんごうじ》の智光《ちこう》である。優れた学問僧であった智光は、学問の浅い行基の出世を深く恨んだまま亡くなったが十日後蘇生《そせい》した。そして、行基を憎みそしった罪により罰を受けたのち、許されて帰ってきたと語り、行基のもとに詫《わ》びに行ったと記されている。

物語ではこのあと、ふたりの因縁《いんねん》を語る。それによると、かつて智光は和泉国《いずみのくに》の人の家に仕えた下童《しもわらわ》であった。仏道修行を決意してその家を出ることになったとき、主人の家の幼い娘が、功徳のためにと袴《はかま》の片方を縫って差し出した。童は出家《しゅっけ》して智光となるが、主人の娘はまもなく亡くなった。その娘が行基の前世であった。やがて名僧となった智光はある法会《ほうえ》で小僧に議論をしかけられ、怒ったことがあったが、その小僧こそ生まれ変わった行基であったというのである。説話は、行基は畿内《きない》四十九か所の寺を建立し、道を作り、橋を架け、文殊菩薩《もんじゅぼさつ》の化身《けしん》と語り伝えられていると称えて終わっている。

なお、行基が文殊菩薩であるという説は第七話にもあり、ここでは東大寺《とうだいじ》大仏の開眼供養《かいげんくよう》の導師《どうし》に招かれたインド僧が行基は文殊菩薩の化身だと知らしめている。

●弾圧される側から大僧正へ

このように民衆のみならず国家からも崇められた行基だが、じつは当初、弾圧される存在であった。

当時の仏教は鎮護国家を祈願するためのもので、政府は僧尼令《そうにりょう》によって寺院、僧尼を厳しく統制していた。

僧尼になるには政府の許可が必要で、僧尼になっても都を離れた自由な布教活動は認められなかったのである。

養老《ようろう》元年（七一七）には民間に布教して多くの信者を集める行基を、朝廷は「小僧《しょうそう》行基」と蔑称《べっしょう》し、その伝道を僧尼令に違反し、民衆を扇動《せんどう》するものとして弾《だん》圧《あつ》した。

しかし、民衆による行基の人気は高まる一方で、行基集団は膨《ふく》れ上がる。それを見た政府も行基に対する態度を改めた。集団の動員力を東大寺の大仏造立に活用したのである。

行基がこれに応じたことで大仏造立は早急に進められた。その功績により行基は僧侶の最高位である大僧正に任命されたのである。

行基による社会事業

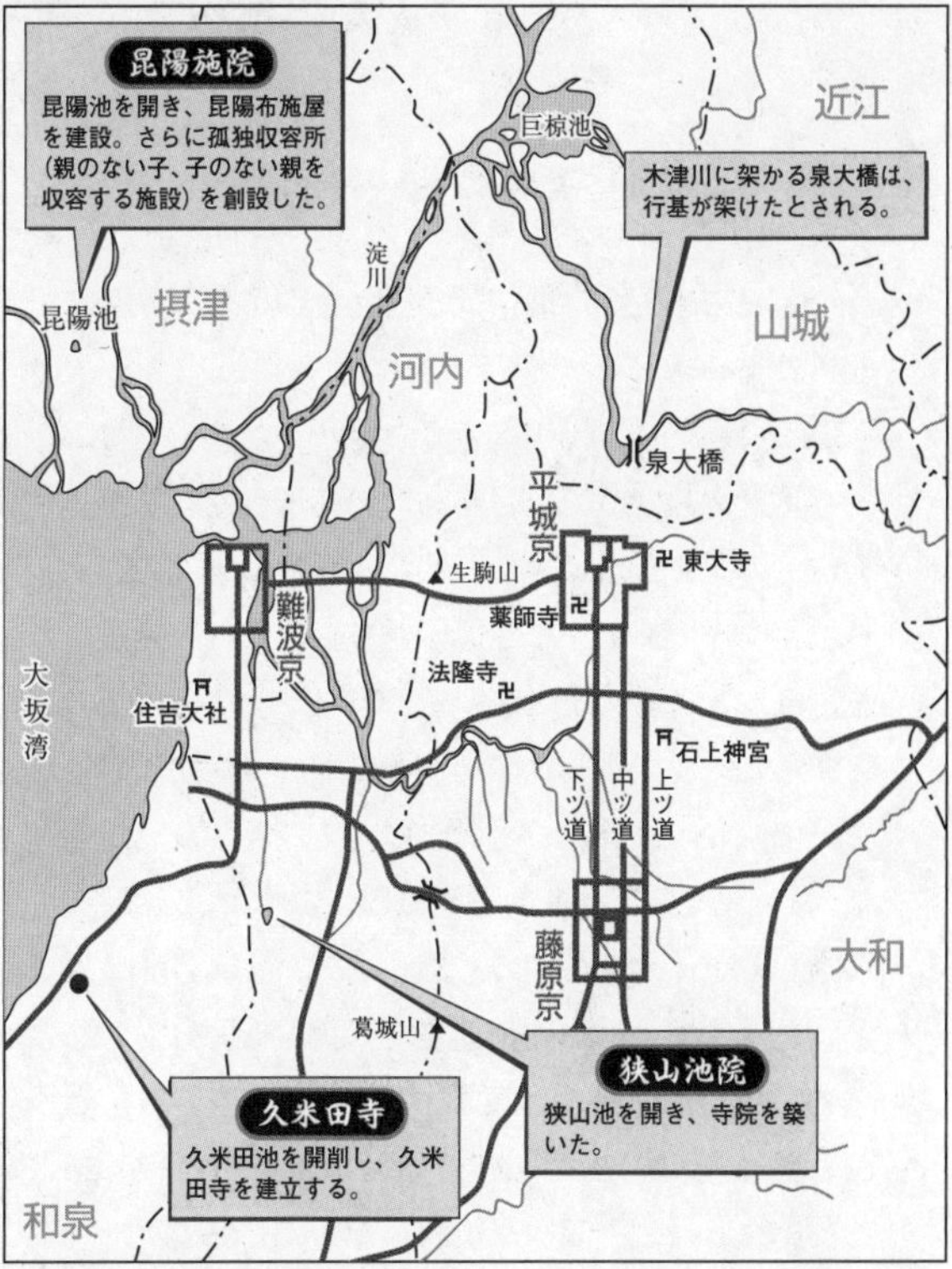
昆陽施院
昆陽池を開き、昆陽布施屋を建設。さらに孤独収容所（親のない子、子のない親を収容する施設）を創設した。
木津川に架かる泉大橋は、行基が架けたとされる。
近江
巨椋池
淀川
昆陽池
摂津
山城
河内
泉大橋
平城京
東大寺
生駒山
薬師寺
難波京
法隆寺
大坂湾
住吉大社
石上神宮
下ツ道
中ツ道
上ツ道
大和
藤原京
葛城山
狭山池院
狭山池を開き、寺院を築いた。
久米田寺
久米田池を開削し、久米田寺を建立する。
和泉

行基は民衆の間に入って仏教を広めつつ、多くの社会事業に携わり人々の崇敬を集めた。天平13年（741）までに和泉・河内・摂津・山城などで行なった事業は、池15、溝6、堀4、樋3、道1、港2、布施屋9という。

巻 17
37 話

非情なる行基の説法

行基《ぎょうき》の布教活動に関する説話が巻 17 第 37 話にみられる。

ある母親が 10 歳をすぎても足が立たず、つねに食べ物を欲しがって泣き叫んでいる子を連れて行基の法会の席にやってきた。ところがその子はここでも泣き叫んで母に説法を聞かせない。これを見た行基はなんと「その子を淵《ふち》に捨てなさい」と命じたのである。人々が怪訝《けげん》な顔をするなか、母親がその子を淵に投げ入れると、その子はすぐに浮かび上がるや、目を見開いて「あと3年徴収しようとしたのに」と憎しみを込めて言い放った。

行基はこの子は母親の前世での貸しを取り立てるため、現世で子となって取り憑《と つ》いていたと告げた。

これは聴聞の福徳を妨げる者は誰であれ敵であるという、行基の姿勢を反映したものである。

第二章
日本仏教の聖たち

役行者

鬼神を使役し、空を舞う神通力を操る修験道の祖

鬼神を駆使する行者

文武《もんむ》天皇三年（六九九）、『続日本紀《しょくにほんぎ》』に役行者《えんのぎょうじゃ》を伊豆《いず》へ配流《はいる》したという記事がある。役行者は鬼神《きじん》を使役《しえき》し、空を舞うという神通力《じんつうりき》の持ち主としてされる伝説的な人物で、山岳修行によって呪術を獲得する修験道《しゅげんどう》の祖とされる。

この役行者については『今昔物語集』巻十一第三話でも紹介されている。それによると、役行者は四十年以上葛城《かつらぎ》山《さん》の洞窟で暮らし、孔雀明王《くじゃくみょうおう》の呪術《じゅじゅつ》を習得し、鬼神たちを使役していた。そんなある日、役行者は蔵王権現《ざおうごんげん》のために吉野《よしの》の金峯山《きんぷせん》と葛城山に橋を架けるよう鬼神たちに命じた。鬼神たちは困惑し、葛城山の神一言《ひとこと》主神《ぬしのかみ》が「役の優婆塞《うばそく》は、既に謀《はかりごと》を成して国を傾けむと為《す》る也」と朝廷に訴え出たため、朝廷はただちに役行者を捕らえようとしたが容易に捕らえることができない。役人は一計を案じ、母を捕らえて役行者をおびき出した。行者は投降し、伊豆

役行者の伝説

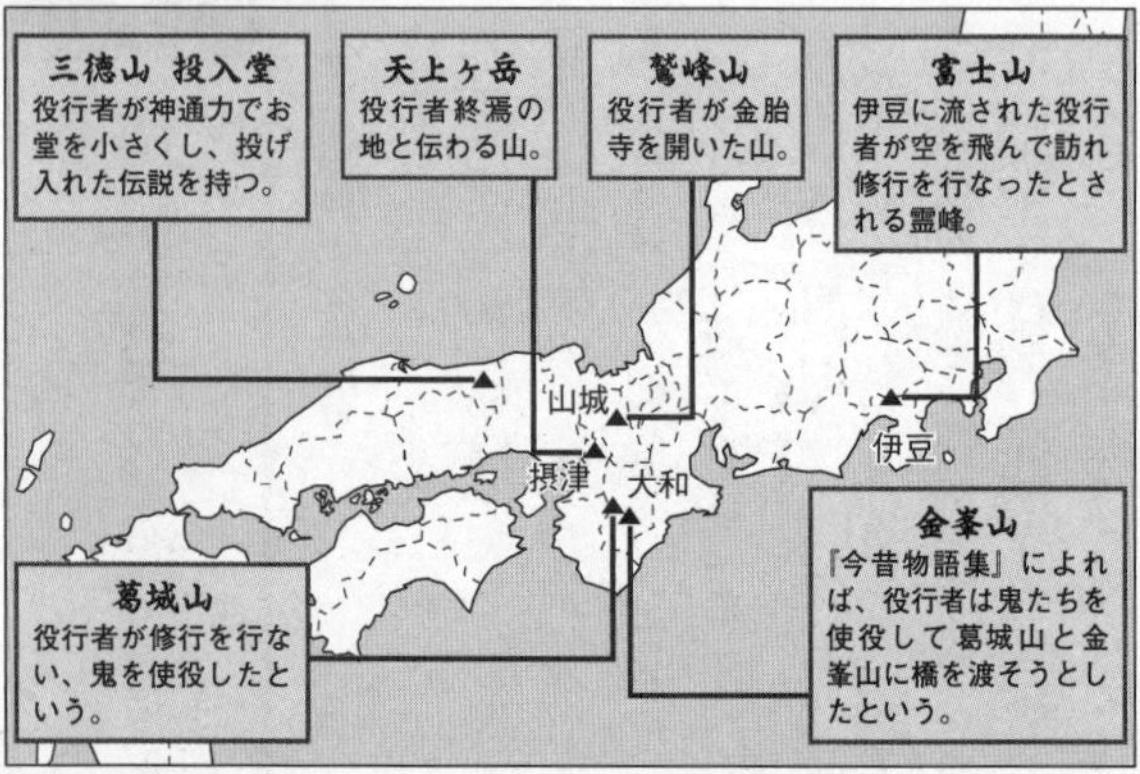
三徳山 投入堂
役行者が神通力でお堂を小さくし、投げ入れた伝説を持つ。
天上ヶ岳
役行者終焉の地と伝わる山。
鷲峰山
役行者が金胎寺を開いた山。
富士山
伊豆に流された役行者が空を飛んで訪れ修行を行なったとされる霊峰。
山城
摂津
大和
伊豆
金峯山
『今昔物語集』によれば、役行者は鬼たちを使役して葛城山と金峯山に橋を渡そうとしたという。
葛城山
役行者が修行を行ない、鬼を使役したという。

修験道の祖役行者は、『今昔物語集』に鬼や一言主神を使役したとされる説話が登場する。正史である『続日本紀』にも同様の記事がみられ、全国各地に伝説を残している。

に流罪になった。

この役行者の説話が誕生した背景には、修験道の存在がある。

日本では古来より山岳は神霊の住まう世界として崇められてきたが、奈良時代に入ると、呪術を獲得するため山林で修行する山岳修行が盛んになった。平安時代に入ると天台宗《てんだいしゅう》や真言宗《しんごんしゅう》などの密教《みっきょう》と結びつき、修験道が成立する。超自然的な法力《ほうりき》を獲得し、呪力《じゅりょく》を駆使《くし》する実践的な信仰であった。こうした呪法《じゅほう》に民衆が惹《ひ》きつけられ、修験道信仰のなかで役行者の伝説が創出されたとみられる。

第二章
日本仏教の聖たち

鑑真と戒律

命がけの渡日の果てに成し遂げられた授戒制度

●戒師を求めて唐へ

聖武《しょうむ》天皇の時代、天皇・皇族の病平癒《やまいへいゆ》などを願うため、多くの得度《とくど》（剃髪《ていはつ》して出家すること）が行なわれ、大量の僧尼《そうに》が出現した。だが、これは経典を読めない僧尼が出現するなど質の低下をもたらすこととなった。さらに当時は、僧侶になれば税が減免されたこともあって、勝手に出家して私度僧《しどそう》となる者の増加も社会問題となっていた。

朝廷は僧尼の質を高めるために、得度した僧尼を正式な僧侶にする授戒《じゅかい》制度を確立する必要に迫られていたのである。

授戒とは僧には守るべき戒律《かいりつ》があり、その戒律を守るという誓いを立てて正式の僧侶になる儀式である。

この戒律を授ける授戒では、三人の指導者と七人の証明者の三師七証《さんししちしょう》が必要とされたが、当時の日本には戒律を授ける資格を持つ僧侶が少なかった。

そこで中国から戒師を招聘《しょうへい》するべく、天平《てんぴょう》五年（七三三）、興福寺《こうふくじ》の普照《ふしょう》、栄叡《ようえ》が遣唐使《けんとうし》とともに入唐《にっとう》。揚州《ようしゅう》の大明寺《だいめいじ》で戒律を広めていた鑑真《がんじん》に僧の招聘を要請したのである。

鑑真はこれに応《こた》えて自ら渡日する決意をし、船に乗り込んだ。

●命がけの渡航の果てに失明

『今昔物語集』巻十一第八話はこの鑑真の事績を収録している。

七五三年に鑑真は多くの人々に引き止められながらも龍興寺《りゅうこうじ》を出発し、数か月かかって薩摩国《さつまのくに》に到着したと記されている。だが当時の船旅は命がけであったことに加え、鑑真の場合は密出国だったこともあり、出航するだけでも多くの苦労を伴《ともな》った。しかも仲間割れによる密告や難破《なんぱ》、愛弟子《まなでし》の死、さらに鑑真自身も失明するなど度重なる困難に見舞われたが、それらを乗り越え、この六回目の試みでようやく日本の地を踏むことができたのである。

こうした鑑真渡日に至る苦難は有名であるが、その詳細は『今昔物語集』には記

鑑真の来日

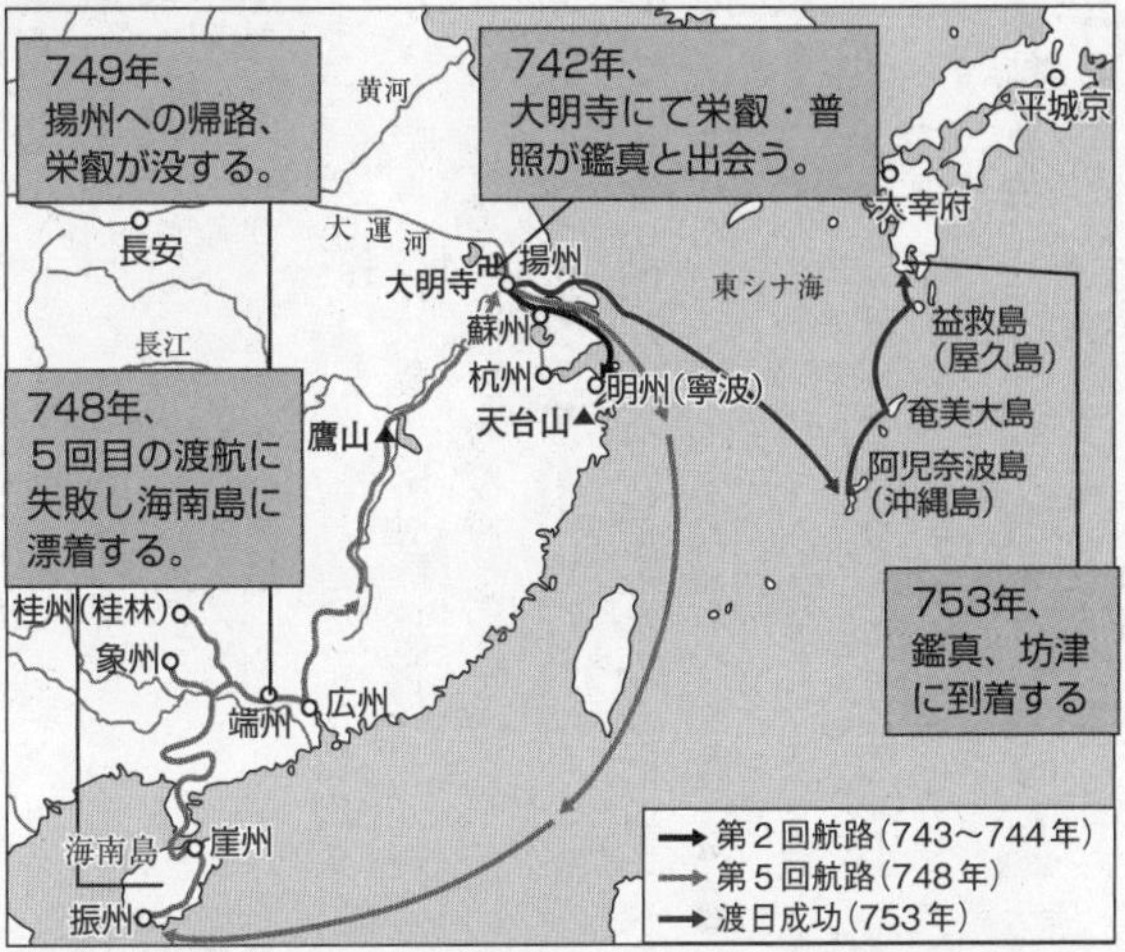
749年、
揚州への帰路、
栄叡が没する。
742年、
大明寺にて栄叡・普照が鑑真と出会う。
748年、
５回目の渡航に失敗し海南島に漂着する。
753年、
鑑真、坊津に到着する
黄河
大運河
長安
長江
揚州
大明寺
蘇州
杭州
明州（寧波）
天台山
鷹山
東シナ海
平城京
大宰府
益救島
（屋久島）
奄美大島
阿児奈波島
（沖縄島）
桂州（桂林）
象州
端州
広州
海南島
崖州
振州
第２回航路（743～744年）
第５回航路（748年）
渡日成功（753年）

５度の失敗にもくじけず、６回目で渡日に成功した鑑真は、僧の質の低下に悩む日本における戒律制度の確立に尽力した。

唐招提寺

三戒壇の設立を成し遂げた鑑真であったが、その後は戒壇制度の確立に伴い特権を失う可能性のある仏教界との対立から、大僧正を辞任し、唐招提寺に籠ってしまう。

されていない。

弟子や仏舎利《ぶっしゃり》、仏像、経典などをもたらした鑑真の来日を聖武天皇は喜び、「東《とう》大寺《だいじ》に戒壇《かいだん》を築き、戒律を伝えてほしい」と詔《みことのり》を下した。これに応えて鑑真は戒壇を築き、天皇はもちろん、后《きさき》、皇子らに沙弥戒《しゃみかい》を授けている。これは出家しない人たちが受けるいわば僧侶見習いになる儀式である。

こうして鑑真は以後大宰府観世音寺《だざいふかんぜおんじ》、下野薬師寺《しもつけやくしじ》にも戒壇院を設立して三戒壇《さんかいだん》を成立させ、日本における授戒制度を確立したのである。また、鑑真によって律宗《りっしゅう》が開かれ、南都《なんと》仏教の形が整うこととなる。

物語ではその頃なかなか治らなかった后の病を、鑑真が薬で治したため、大僧正の位を授けられたと伝える。しかし鑑真は辞退した。また新田部親王《にいたべしんのう》の旧宅を賜《たまわ》り、居宅としたのが、今の唐招提寺《とうしょうだいじ》と記されている。

そして天平宝字《てんぴょうほうじ》七年（七六三）五月六日、鑑真は七十六歳でその生涯を日本で閉じた。

『今昔物語集』によれば、顔を西に向け結跏趺坐《けっかふざ》の状態で死を迎えたとされ、それは第二の菩薩である証明だといわれたと伝えている。

巻11
6話

政治に口出しした玄昉

鑑真の説話に続く巻11第6話では、聖武天皇に重用された僧玄昉《げんぼう》の説話と、それを排除しようとした藤原広嗣《ふじわらのひろつぐ》の乱の顚末《てんまつ》とその後の鏡明神縁起《かがみみょうじんえんぎ》が描かれている。玄昉は入唐《にっとう》して法相宗《ほっそうしゅう》を学び、多くの経典を持ち帰った。その後、朝廷に仕え僧正となったがとくに光明《こうみょう》皇后の信頼が篤《あつ》かった。藤原不比等《ふひと》の孫に当たる広嗣は、天平《てんびょう》12年（740）、これを批判して反乱を起こしたが、かえって天皇の怒りを買い、反乱は失敗に終わる。

しかし、広嗣は怨霊《おんりょう》となって玄昉に襲い掛かった。玄昉の前に現われるとその体をつかんで空に上げ、体をばらばらに引き裂いて地上に落としてしまったという。

玄昉自身は天平18年（746）に筑紫《つくし》で没しているが、当時広嗣の怨霊によって死に追い込まれたと噂されていた。

第二章

日本仏教の聖たち

空海と真言密教

入定信仰によって広まった弘法大師の超人伝説

神秘的な伝説に彩られた生涯

南都六宗に代わる国家鎮護の仏教として、大同《だいどう》元年（八〇六）、唐より密教《みっきょう》をもたらしたのが弘法大師《こうぼうだいし》空海《くうかい》である。その一代記ともいえる説話が巻十一第九話に収録されている。

讃岐国《さぬきのくに》の佐伯《さえき》氏のもとに生まれ、仏縁《ぶつえん》の深い幼少期を過ごした空海は、やがて母の兄阿刀大足《あとのおおたり》について漢籍《かんせき》を学んだ。その大足の勧《すす》めで上京して大学に入学するが仏縁を求める道を断ち難く、大学を出奔《しゅっぽん》して仏道修行に入る。土佐国《とさのくに》の室戸岬《むろとみさき》で虚空蔵求聞持法《こくうぞうぐもんじほう》を修していると、口に明星《みょうじょう》が入るという神秘体験を得、二十二歳で東大寺で具足戒《ぐそくかい》を受けた。

そして夢のお告げの導きにより密教の経典『大日経《だいにちきょう》』を発見すると、これを理解するため遣唐使《けんとうし》に従って延暦《えんりゃく》二十三年（八〇四）に入唐し、恵果《けいか》に密教を学んだ

空海 関連年表

年号（西暦）	年齢	出来事
宝亀5年（774）	1歳	讃岐国多度郡に生まれる。
延暦7年（788）	15歳	この頃上京し、阿刀大足に就いて学ぶ。
延暦10年（791）	18歳	大学の明経科に入学。以降約6年間、山林などで修行する。
延暦16年（797）	24歳	『聾瞽指帰』（のちの『三教指帰』）を著す。
延暦23年（804）	31歳	東大寺で得度。留学僧として遣唐使船に乗り、唐に渡る。
延暦24年（805）	32歳	長安で恵果に師事し、密教の正統を受け継ぐ。
大同元年（806）	33歳	日本に帰国し、『請来目録』を献上する。
大同4年（809）	36歳	入京許可が下り高雄山寺に移る。最澄、嵯峨天皇との交流が始まる。
弘仁3年（812）	39歳	高雄山寺で大悲胎蔵および、金剛界の灌頂を行ない、最澄らが入壇する。
弘仁4年（813）	40歳	最澄に『理趣釈経』の借覧を求められるも拒絶する。
弘仁8年（817）	44歳	高野山開創に着手。
弘仁12年（821）	48歳	満濃池の修築工事を指揮し、3か月で完成させる。
弘仁13年（822）	49歳	東大寺に灌頂道場が建立され、空海に修法が命じられる。
弘仁14年（823）	50歳	朝廷から東寺を賜る。
天長5年（828）	55歳	この頃、綜芸種智院を創立する。
天長9年（832）	59歳	高野山で万燈万華会を行なう。
承和2年（835）	62歳	高野山にて入定する。
延喜21年（921）		弘法大師の諡号を贈られる。

のである。

その留学中のことである。皇帝から宮廷の壁に書かれていた書の修復を命じられた空海は「口に歌《くわ》へ、二《ゆたつ》の手に取《とり》て、二の足に挟《はさ》める也《なり》」と両手両足と口の五か所で筆を持ち、「樹」の字を書き上げた。

また、文殊《もんじゅ》菩薩の化身に命じられて川の水の上に文字を書くと、その文字は崩れることなく流れた。

このように書にまつわる逸話は多く、帰国後も応天門《おうてんもん》の額の「応」の字の最初の点がなくなっていたので、筆を投げ上げて点をつけたとされる。

この続編ともいうべき説話が巻十一第二十五話で、高野山《こうやさん》創建の話が語られる。空海は唐で「禅定《ぜんじょう》に入るべき霊穴《れいくつ》に落ちよ」（第九話では「我が伝へ学べる所の秘密《ひみつ》の教、流布相応《るふそうおう》して弥勒《みろく》の出世《しゅっせ》まで可持《たもつべ》き地有《ちあ》らむ、其所《そのところ》に可落《おつべ》し」）と願って三鈷杵《さんこしょ》を投げていたが、帰国後その場所を探し始めた。猟師《りょうし》に導かれ、高野山に入ると檜《ひのき》が二股になったところに三鈷杵が刺さっていた。

空海は大変感動し、京に戻って役目を辞退し、高野山に金剛峯寺《こんごうぶじ》を開いた。自ら入定《にゅうじょう》の場所を用意し、結跏趺坐《けっかふざ》して大日如来の手印を結び、六十二歳で入定した。

真言密教の聖地・高野山

壇上伽藍
真言密教の根本道場（修行の中心)。配置は大師によって計画された。
金剛峯寺
高野山の総本山。かつては高野山の総称だった。現在の金剛峯寺は、江戸時代まで青巌寺と呼ばれていた。山内最高位の座主が住む房である。
弘法大師御廟
奥之院
一ノ橋を入口とし、大師が入定する廟が、奥之院の最も奥にある。
大門
高野山の玄関。現在の門は1705（宝永２）年に建てられた。
女人堂
徳川家霊台
中ノ橋
一ノ橋
根本大塔
六時の鐘
御影堂
不動堂
金堂
一乗院
勧学院
苅萱堂
金剛三昧院
宿坊寺院
N
0
200m

空海は弘仁７年(816)、高野山を賜り、翌年よりこの山に密教の道場として壇上伽藍の建立を開始。以後、真言密教の聖地として高野山には無数の堂宇が建ち並ぶ。

奥之院

入定した空海が今も衆生を見守っているとされる高野山の奥之院。『今昔物語集』巻11第９話の前半部分は、入定伝説が記される『修行縁起』と同様の内容である。

●入定信仰により発展した超人伝説

空海の説話群は、没後から十一世紀末までに生まれた伝説を反映する。

空海は数多く伝記が書かれており、その数は六五〇にものぼるといわれている。最も早い祖型伝記のひとつである九世紀半ばの『空海僧都伝《くうかいそうずでん》』にはすでに伝説化・超人化がみられ、口の中に明星が飛来、『大日経』の夢告、丹生津神《にうつしん》の帰依《きえ》などが登場する。

寛平《かんぺい》七年（八九五）の『贈大僧正空海和上伝記《ぞうだいそうじょうくうかいわじょうでんき》』では祈雨法《きうほう》、空海の書いた書の文字の現出などがみられ、これと前後して空海の遺言を含めた『御遺告《ごゆいごう》』が幼少の神秘体験を示した。

空海の超人伝説を絶対化したのが入定伝説である。じつは九世紀の時点では空海の入定伝説は登場せず、空海は弥勒《みろく》のいる天界に往生したと考えられていた。それが十世紀末頃の成立とされる『金剛峯寺建立修行縁起《こんごうぶじこんりゅうしゅぎょうえんぎ》』では空海は四十九日の法要で、髭《ひげ》や髪《かみ》が伸びていたと記され、生前と同じ姿のまま奥之院《おくのいん》にとどまって衆《しゅ》生《じょう》に利益《りやく》を与えるという入定伝説が広まることになった。かくして入定伝説を踏まえた伝説が生まれ、平安時代後期には超人空海の伝説が確立されたのである。

第二章
日本仏教の聖たち

最澄と天台宗

発展を約束された宇佐八幡の神託と薬師仏

天皇期待の新仏教

空海とともに延暦《えんりゃく》の遣唐使に同行して入唐し、天台教学《てんだいきょうがく》の真髄《しんずい》を学んだのが、比叡山延暦寺《ひえいざんえんりゃくじ》を開いた最澄《さいちょう》である。最澄が活躍した時代は仏教の転換期に当たっていた。平安京《へいあんきょう》に遷都《せんと》した桓武《かんむ》天皇は、僧が政治に介入するのを防ぐため平城《へいじょう》京《きょう》の寺院を新京に移すことを許可しなかった。しかし鎮護国家のために仏教は必要である。南都六宗に代わる新仏教を求めた結果、天皇は天台教学を唱えていた最澄を知り庇護《ひご》した。こうしたなか、最新の天台教学を本格的に学びたいと考えた最澄は、弟子の入唐を要請する。これを受けた桓武天皇は最澄自身を請益僧《しょうえきそう》とし、短期留学を命じた。天皇としては、最澄自身が天台山で護国の呪法《じゅほう》を会得《えとく》し、護国の呪力を高めて帰国することを望んだのである。

天皇の最澄に対する期待は、桓武天皇が帰国間もない最澄を戒師として南都の八人の高僧に対し、密教の仏と縁を結ぶ結縁灌頂《けちえんかんじょう》を行なわせていることからもうかがえる。

そんな最澄について巻十一第十話には、入唐の際の説話群が収録されている。比叡山での修行中、仏舎利《ぶっしゃり》の顕現《けんげん》を目の当たりにした最澄は、この地に寺院を建立して天台宗を広めようと考え、渡唐を決意。天台山に登り天台教学を修めた。その際、仏隴寺《ぶつろうじ》の行満座主《ぎょうまんざす》より、「かつて智者大師《ちしゃだいし》が自分の死後、二百余年に東の国からわが教えを広める者がやってくると言われたが、それがあなただ」と言われ、多く経典を与えられたという。帰国した最澄は宇佐八幡宮《うさはちまんぐう》に詣《もう》で、「比叡山に寺を建て、薬師仏《やくしぶつ》を祀《まつ》って一切衆生《いっさいしゅじょう》の病気を癒《いや》したい」と祈ると、神殿から加護を約束する声とともに、「これを着て薬師仏を造れ」と衣が投げ出されたという。その後、最澄は比叡山に帰ってその衣を着て薬師仏を造り、以後、天台宗は栄え続けていると伝えている。

また、第二十六話には、その後の話が収録されている。比叡山延暦寺の堂宇《どうう》を建立し、天台宗を広めた最澄は比叡山での戒壇院設立を朝廷に申し出る。一度は許可されなかったが、『顕戒論《けんかいろん》』三巻を著して天皇に奉《たてまつ》るなどした結果、ついに勅許《ちょっきょ》

最澄 関連年表

年号（西暦）	年齢	出来事
神護景雲元年（767）	1歳	近江国に生まれる。俗名は三津首広野。
宝亀11年（780）	14歳	国分寺僧補欠として得度し、最澄と改名する。
延暦4年（785）	19歳	東大寺で具足戒を受ける。その後、比叡山で山林修行に入る。
延暦23年（804）	38歳	還学生として遣唐使船で唐へ渡る。天台山に登り、天台教学を学ぶ。
延暦24年（805）	39歳	空海よりひと足早く唐から帰国。230部460巻もの経典類を持ち帰る。
大同4年（809）	43歳	この頃から、空海より経典を度々借用する。
弘仁3年（812）	46歳	弟子の泰範、円澄らとともに、高雄山寺で空海から灌頂を受ける。
弘仁4年（813）	47歳	泰範、円澄らを高雄山寺に派遣し、密教を学ばせる。 空海に『理趣釈経』の借用を申し入れるが断られる。
弘仁6年（815）	49歳	東国に旅立ち、上野国（群馬）、下野国（栃木）などを拠点に伝道を行なう。また、この頃、法相宗の徳一との間で、仏教教義をめぐる論争（三一権実論争）を繰り広げる。
弘仁9年（818）	52歳	大安寺で講説し、南都の学僧と論争する。
弘仁13年（822）	56歳	比叡山にて入滅。没後7日目に念願の大乗戒壇設立が勅許される。
貞観8年（866）		伝教大師の諡号を贈られる。

を得て戒壇院が建てられることとなった。そして多くの人々に戒を授けて教えを説き、五十六歳で亡くなったという。

ただし、大乗戒壇《だいじょうかいだん》設立は没後七日後に勅許されたもので、存命中のことではない。

●円仁の入唐と会昌の廃仏

大乗戒壇の設立をもって成立した天台宗は、以後、最澄の弟子たちによって密教が本格導入され、比叡山を発展させていく。とくに承和《じょうわ》五年（八三八）に入唐した円仁《えんにん》の業績は特筆に値する。円仁は長期留学が認められない還学僧《げんがくそう》であったが、なんと不法残留までして五台山《ごだいさん》や天台山、そして長安《ちょうあん》へと赴《おもむ》き、密教の大法を授けられるに至る。

しかし円仁が唐にあった頃は、時の皇帝武宗《ぶそう》が道教《どうきょう》に傾倒し、仏教に弾圧を加えるという不穏《ふおん》な情勢下にあった。『今昔物語集』の巻十一第十一話はこの武宗が行なった会昌《かいしょう》の廃仏《はいぶつ》に巻き込まれた円仁が、仏に助けられながら帰路に着く不思議な話を収録する。

皇帝は役人に命じて寺を焼き、僧を無理やり還俗《げんぞく》させていた。役人に追われた円

比叡山の伽藍と三塔

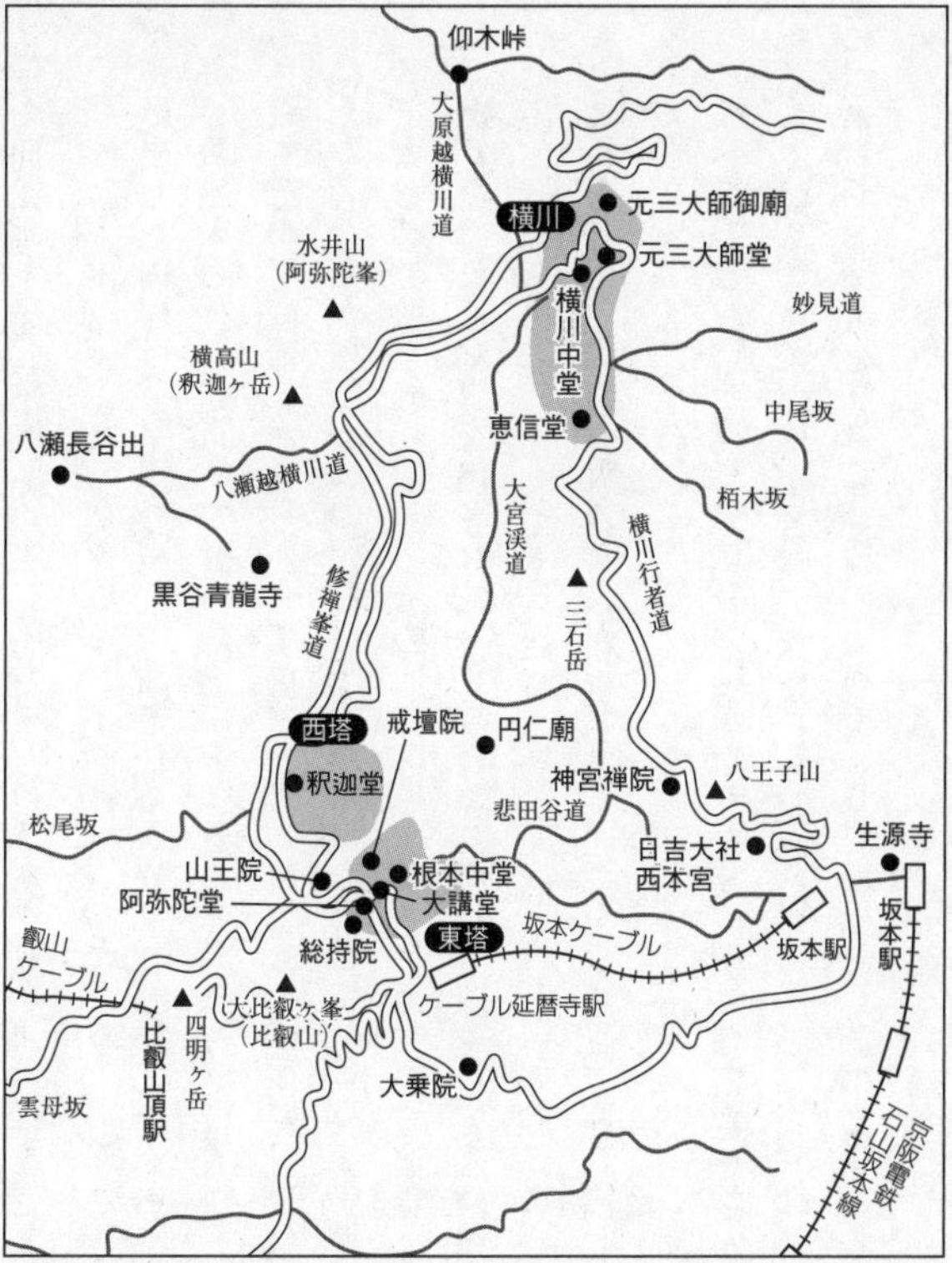

最澄が開いた比叡山は、最澄の没後も発展を続け、平安時代後期には仏教に関する最高学府へと成長。多くの僧房が営まれ、東塔・西塔・横川の３地区に分かれており、その僧房群は「三塔十六谷」と呼ばれた。最澄没後も発展を続けた比叡山は、鎌倉仏教のゆりかごとなる。

仁は仏像の間に身を隠し不動明王《ふどうみょうおう》を念じる。役人が不動明王の像を怪しんで見ていると、それが円仁の姿になったので役人は恐れて去ったという。

都を逃げ出した円仁は、堅固な城壁に囲まれたある長者の家にかくまってもらった。だが、ふとうめき声を聞いて裏の家をのぞき見ると、そこでは人が天井に逆さに吊るされ、その下の壺に血を垂らしている。さらにほかの場所を見れば、青くやせさらばえた者たちが横たわっていた。そのうちのひとりに「ここは纐纈城《こうけつじょう》といい、訪れた者を太らせて血を絞り取り、その血で纐纈《こうけち》を絞り染めにして渡世《とせい》としている。こうなりたくなければ食事を出されても食べたふりをして隙《すき》を見て逃げ出せ」と教えられた円仁は、その通りにしてさらに日本の方へ向かい、「薬師仏《やくしぶつ》よ、お助けください」と祈念した。すると大きな犬が現われ、円仁を水門まで連れ出して人里へと逃がしたのである。

さらに都へ行くと武宗が没して仏教弾圧がなくなり、円仁は密教を学んで帰国したと記されている。この円仁が苦難の旅を自ら記した『入唐求法巡礼行記《にっとうぐほうじゅんれいぎょうき》』は、九世紀の東アジア情勢を知る第一級の史料であり、傑出した旅の文学として評価が高い。

円仁の入唐と会昌の廃仏

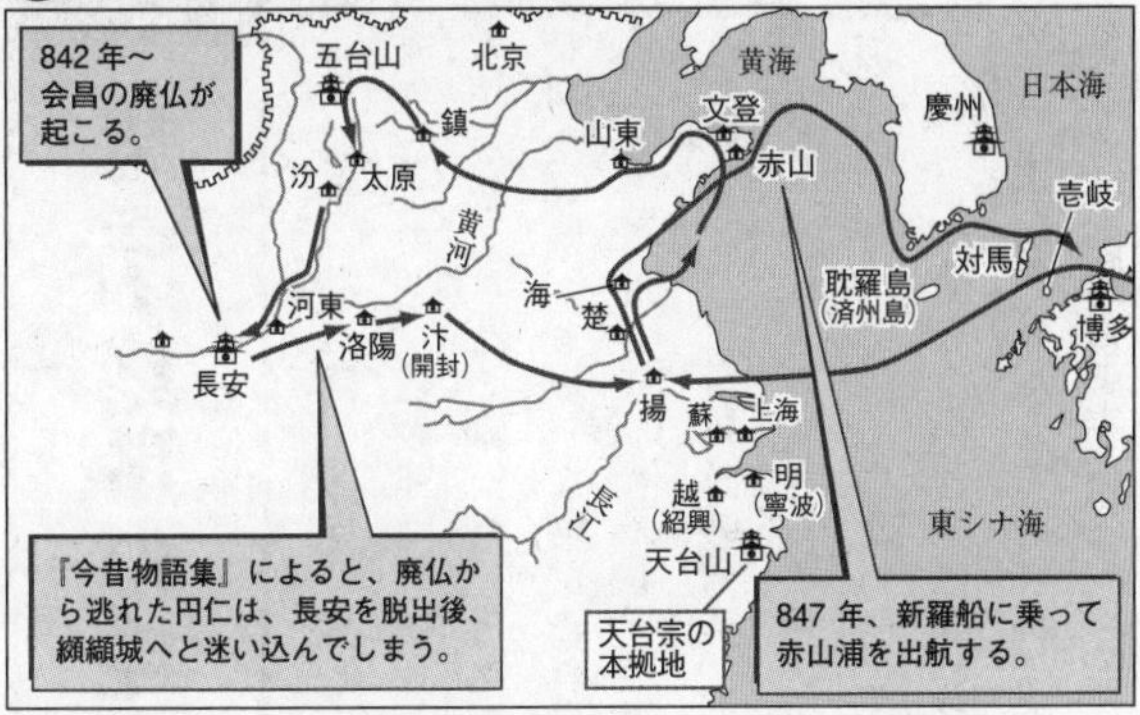
842年～
会昌の廃仏が起こる。
五台山
北京
黄海
日本海
慶州
文登
鎮
山東
赤山
汾
太原
壱岐
黄河
対馬
海
耽羅島
(済州島)
河東
楚
博多
洛陽
汴
(開封)
長安
揚
蘇
上海
明
(寧波)
越
(紹興)
長江
東シナ海
天台山
『今昔物語集』によると、廃仏から逃れた円仁は、長安を脱出後、纐纈城へと迷い込んでしまう。
天台宗の本拠地
847年、新羅船に乗って赤山浦を出航する。

最澄入滅後、その弟子たちが天台教学とともに比叡山を発展させていく。そのなかのひとり円仁は入唐の際に会昌の廃仏に直面しており、その際に仏尊に助けられた逸話が『今昔物語集』に収録されている。

その後の比叡山

ともかく円仁が唐で学んで帰国したことで、天台教学の深化と密教導入を図ることに成功した。

とくに密教においては当時隆盛を誇っていた真言宗を凌《しの》ぎ、天皇や皇太子らの帰依《きえ》を受けるまでになる。円仁の時代に天台宗は教義的にも教団的にも確立され、円仁は慈覚大師《じかくだいし》の諡号《しごう》を賜《たまわ》った。

以後、円仁の弟子の円珍《えんちん》や安然《あんねん》によって比叡山は仏教を学ぶ者にとって最高学府となり、のちに鎌倉仏教のゆりかごとなる。法然《ほうねん》、栄西《えいさい》、日蓮《にちれん》らを輩出する。

諸寺・諸塔の建立

仏教興隆の拠点が日本全国に誕生

巻十一第十三話以降、諸寺・諸塔の建立にまつわる説話が続く。天台・真言の二宗が成立したのち、仏教興隆の拠点として諸寺・諸塔が各地に建立され、仏教国日本の様相が整えられていった。ところがここには法成寺《ほうじょうじ》、平等院《びょうどういん》など藤原摂関家《ふじわらせっかんけ》が関わった寺院が登場しない。これは王法と仏法が補完し合いながら世を統治するという『今昔物語集』の構図上、摂関家の介入を敬遠したためと考えられる。

また、建立説話には当時の観音《かんのん》信仰の影響を受けた内容が多い。その一例が第三十二話の清水寺《きよみずでら》縁起。大和国《やまとのくに》の僧の賢心《けんしん》は清らかな水に引かれて山の奥に分け入り、ある翁《おきな》と出会う。そして翁から「この地に堂を建てよ。この前の林は観音を造る用材である。私が帰らないときは願いを果たしてほしい」と託される。その後、山に入った坂上田村麻呂《さかのうえのたむらまろ》（のち征夷大将軍《せいいたいしょうぐん》）はこの賢心と力を合わせ「彼所《かのところ》に岸を壊《くだ》き谷填《たにうづみ》て、伽藍《がらん》を始て建つ」と寺を建立。これが今の清水寺と伝えられる。

主な諸寺建立にまつわる説話

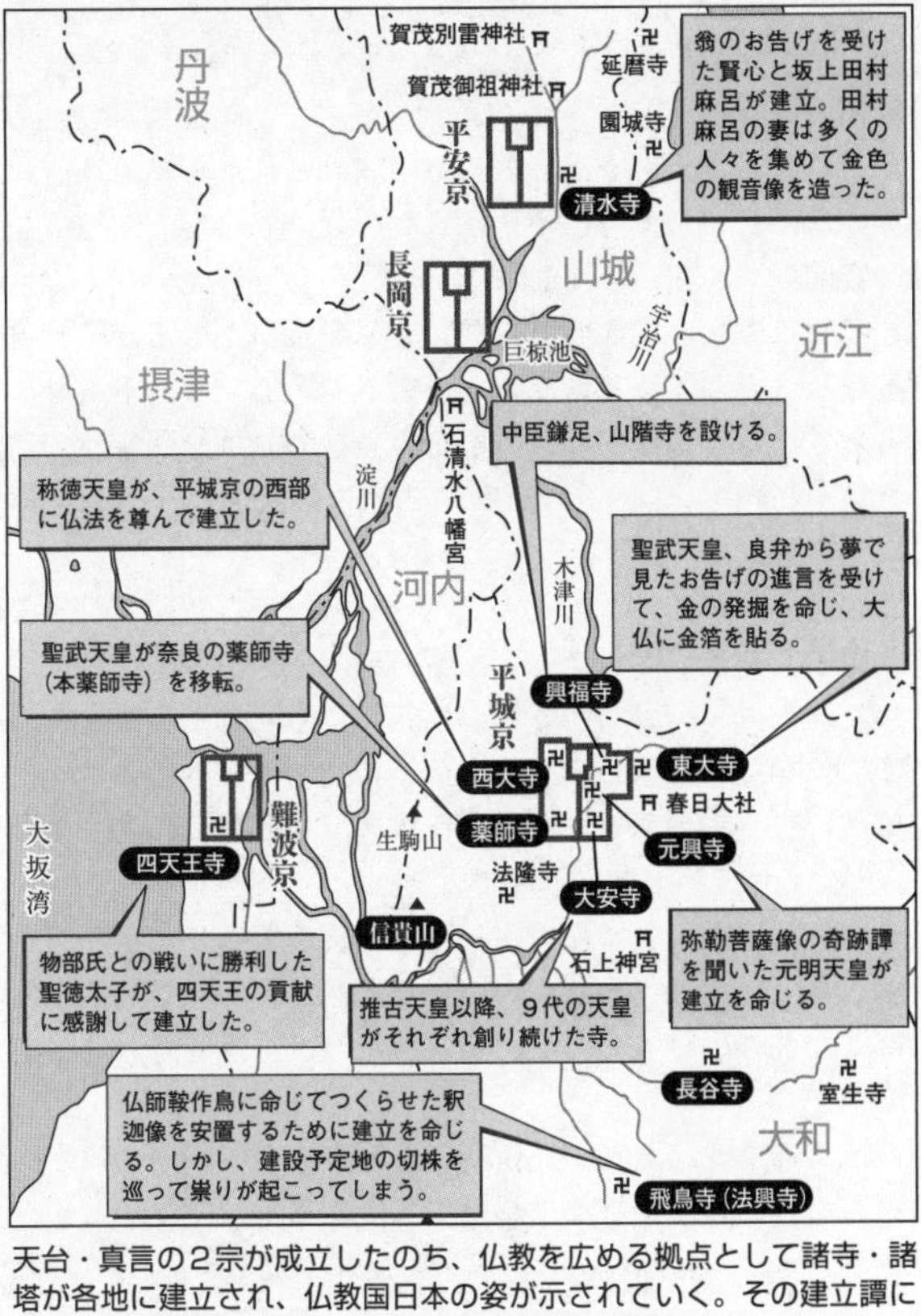

賀茂別雷神社
賀茂御祖神社
延暦寺
園城寺
丹波
平安京
清水寺
翁のお告げを受けた賢心と坂上田村麻呂が建立。田村麻呂の妻は多くの人々を集めて金色の観音像を造った。
長岡京
山城
宇治川
近江
巨椋池
摂津
石清水八幡宮
中臣鎌足、山階寺を設ける。
淀川
称徳天皇が、平城京の西部に仏法を尊んで建立した。
木津川
聖武天皇、良弁から夢で見たお告げの進言を受けて、金の発掘を命じ、大仏に金箔を貼る。
河内
聖武天皇が奈良の薬師寺（本薬師寺）を移転。
平城京
興福寺
東大寺
西大寺
春日大社
難波京
薬師寺
生駒山
元興寺
大坂湾
四天王寺
法隆寺
大安寺
信貴山
石上神宮
弥勒菩薩像の奇跡譚を聞いた元明天皇が建立を命じる。
物部氏との戦いに勝利した聖徳太子が、四天王の貢献に感謝して建立した。
推古天皇以降、9代の天皇がそれぞれ創り続けた寺。
長谷寺
室生寺
仏師鞍作鳥に命じてつくらせた釈迦像を安置するために建立を命じる。しかし、建設予定地の切株を巡って祟りが起こってしまう。
大和
飛鳥寺（法興寺）

天台・真言の２宗が成立したのち、仏教を広める拠点として諸寺・諸塔が各地に建立され、仏教国日本の姿が示されていく。その建立譚には王法と仏法が補完し合いながら世を統治する姿勢が示される。

こらむ

芥川文学と『今昔物語集』②

『羅生門』と巻二十九第十八話

芥川龍之介の『羅生門《らしょうもん》』は、生きるがために悪は許されるかという倫理的な煩悶《はんもん》をテーマに取り入れた作品である。餓死《がし》か盗人になるしか道がない下人《げにん》は、女の死体から髪の毛を抜く老婆の姿に義憤《ぎふん》を感じて老婆をなじる。

すると老婆に、この女は生前に悪事を働いたのだから、自分が髪を抜いたとて許すはずだと反駁《はんばく》されてしまう。下人は、老婆の着物をはぎ取って「自分もそうしなければ餓死する」と言い残し、闇の中に消え去った。下人の心理の変化を巧みに描写し、悪に悩む近代人の自我を巧みに表わしている。

この元の素材となったのが巻29第18話で、大筋は芥川の小説と同じである。盗みを働こうと平安京《へいあんきょう》の正門の羅城門《らじょうもん》に潜んでいた盗人は、門のなかで老婆が若い女の死体から髪を抜き取っている場面に遭遇し、老婆をなじった。すると老婆は「この人は私の亡き主人です。この髪を抜き取って鬘《かつら》にしようと思って抜いただけです」と許しを請《こ》うた。

それを聞いた盗人は死人の着物と老婆の着衣、抜き取った髪の毛を奪ってどこともなく逃げ去ったという。そしてこの羅城門にはだれも弔《とむら》う人のいない死骸がたくさん捨て置かれていたと記す。

ひとつの事件を通して、当時の王朝貴族の華やかな政治の影に潜む市井《しせい》の暗黒面を浮き彫りにしたもので、死体から髪を抜く老婆、その老婆の着衣を奪う盗人、死体放置場と化した羅城門、その描写のひとつひとつが淡々としてリアルなだけに、衝撃的な印象を与える。

第三章　平安人の死生観

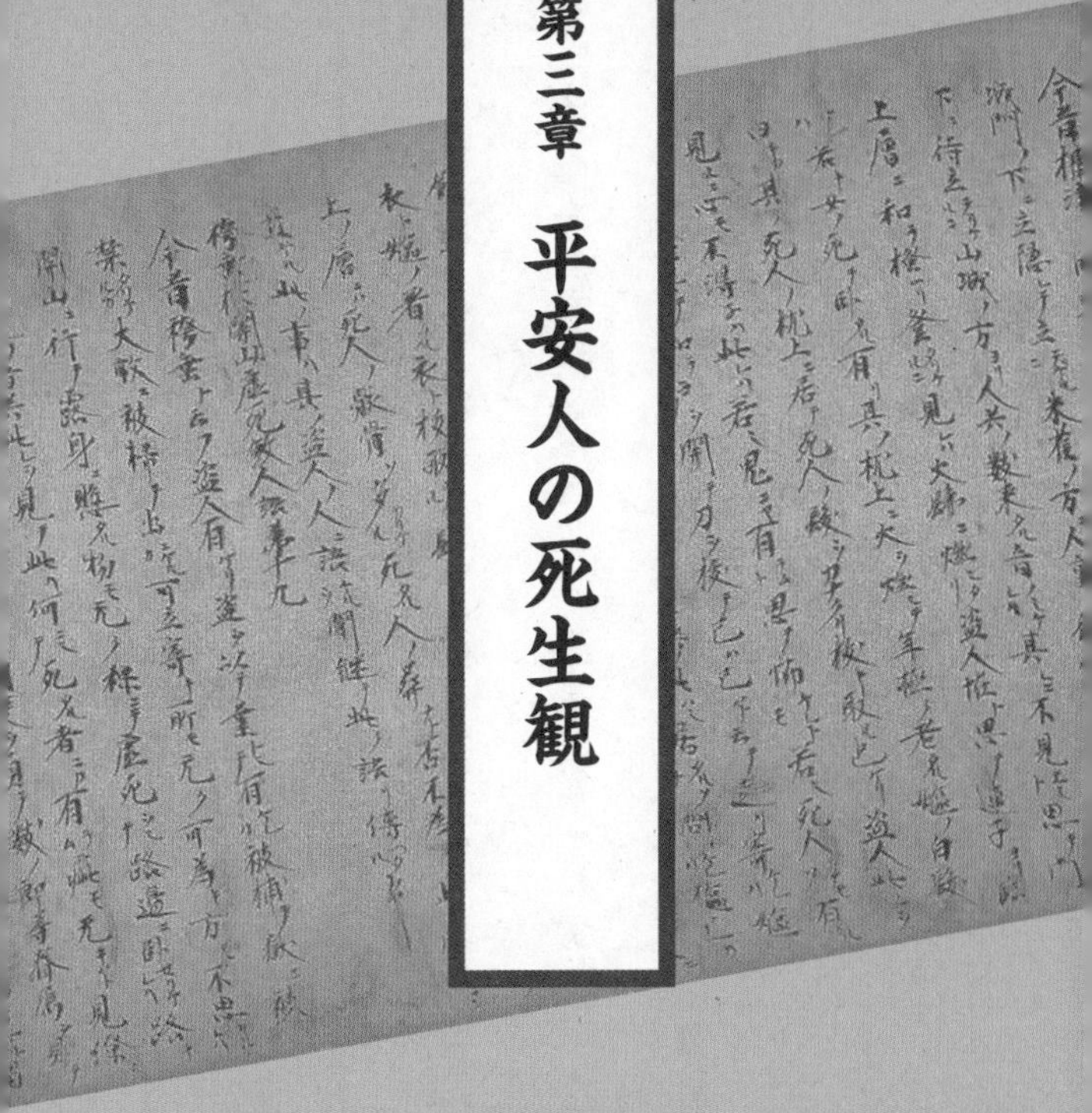

第三章 平安人の死生観

法華経の霊験

八十八話にものぼる現世利益と極楽往生の効験譚

無数に存在する経典のなかで、日本において広く信仰されたのが『法華経《ほけきょう》』である。『今昔物語集《こんじゃくものがたりしゅう》』にも巻十二第二十五話から巻十四第二十八話にかけて八十八もの法華経霊験譚《れいげんたん》が収録され、その名が登場する説話となれば実に二七七話に及ぶ。

わが国の根本経典法華経

『法華経』を国を支える根本経典と位置づけたのは聖徳太子《しょうとくたいし》で、日本最古の書籍でもある注釈書『法華経義疏《ぎしょ》』を残している。日本仏教の歴史は『法華経』に始まるといっても過言ではない。

奈良時代、『法華経』は鎮護国家《ちんごこっか》の経典として現世利益《げんせりやく》を期待され、平安時代には天台宗《てんだいしゅう》の開祖最澄《さいちょう》が自らの宗派を「天台法華宗」と名づけ、法華によって日本の仏土化を試みた。その天台宗から派生した浄土《じょうど》信仰により法華信仰は一段と高

『法華経』関連年表

紀元前 150〜紀元前 50 年頃	この頃インドにおいて成立か？　以後ユーラシア大陸に流布し、チベット語訳、ウイグル語訳、西夏語訳、モンゴル語訳、満洲語訳、朝鮮語（諺文）訳などがつくられる。
推古 14 年（606）	聖徳太子が『法華経』を講じたとの記事が『日本書紀』にみえる。
推古 23 年（615）	聖徳太子が『法華経』の注釈書『法華経義疏』を著す。
天平 6 年（734）	『最勝王経』か、『法華経』を暗誦できない者は出家者として公認されない得度の制が定められる。
天平 13 年（741）	国分寺建立の詔が出された際、光明皇后は、全国に「法華滅罪之寺」を建て、これを「国分尼寺」と呼んで『法華経』を信奉した。
天平 18 年（746）	東大寺法華会が行なわれる。
10〜12 世紀	『平家納経』をはじめ、『法華経』の装飾経が作成される。
建長 5 年（1253）	『法華経』を「仏教の最高経典」｛正法（妙法）｝とする日蓮が法華宗（日蓮宗）を開く。

まり、平安中後期の宗教行事は『法華経』を中心に営まれ、『法華経』を講釈する法華講《ほっけこう》も頻繁に催されるようになる。さらに鎌倉時代には日蓮《にちれん》が「南無妙法蓮華経《なむみょうほうれんげきょう》」と唱《とな》えれば救われると説く法華宗（日蓮宗）を興《おこ》すに至る。

『法華経』の骨子《こっし》は一切衆生《いっさいしゅじょう》を救済する「一乗妙法《いちじょうみょうほう》」、釈迦《しゃか》は過去から未来永劫《えいごう》生き続けて衆生を見守るとされる「久遠本仏《くおんほんぶつ》」、様々な菩薩《ぼさつ》たちが自利《じり》と利他《りた》を追求する生き方を示す「菩薩行道《ぼさつぎょうどう》」から成る。そしてこの功徳《くどく》は『法華経』の受持《じゅじ》・読誦《どくじゅ》・書写《しょしゃ》などによって得られると考えられた。『今昔物語集』でも何万辺も読誦する法華持経者《じきょうしゃ》や、生涯をかけて書写にいそしむ人々に関する霊験譚が数多く登場する。

●現世利益の効験

『法華経』によって受ける利益は、現世利益と死後の極楽往生《ごくらくおうじょう》のふたつに大別でき、前者においては巻十四第九話に次のような話がある。

美作国英多郡《みまさかのくにあいたのこおり》の鉄山《てつざん》で落盤《らくばん》事故が起こり、十人の採掘人のうちひとりが坑内に閉じ込められてしまった。死ぬのを待つばかりとなった採掘人は『法華経』を写経する祈願を立てながらまだ果たせてないことを悔《く》やむ。生きながらえたならば必ずや『法華経』の書写を行なうと誓い、一心に「速《すみやか》に法花（華）経我れを助け給へ」と祈り続けた。

すると穴の口が少し開き、食事が届き、さらに通り抜けられるようにもなったが、土の上の出口まではるかに高く、上れそうにない。そうしているうちにたまたま近所の三十数人がこの近くを通りかかった。穴のなかから声を耳にした彼らは葛《かずら》で籠《かご》をつくり、閉じ込められた採掘人を引き上げた。

主な『法華経』の霊験譚

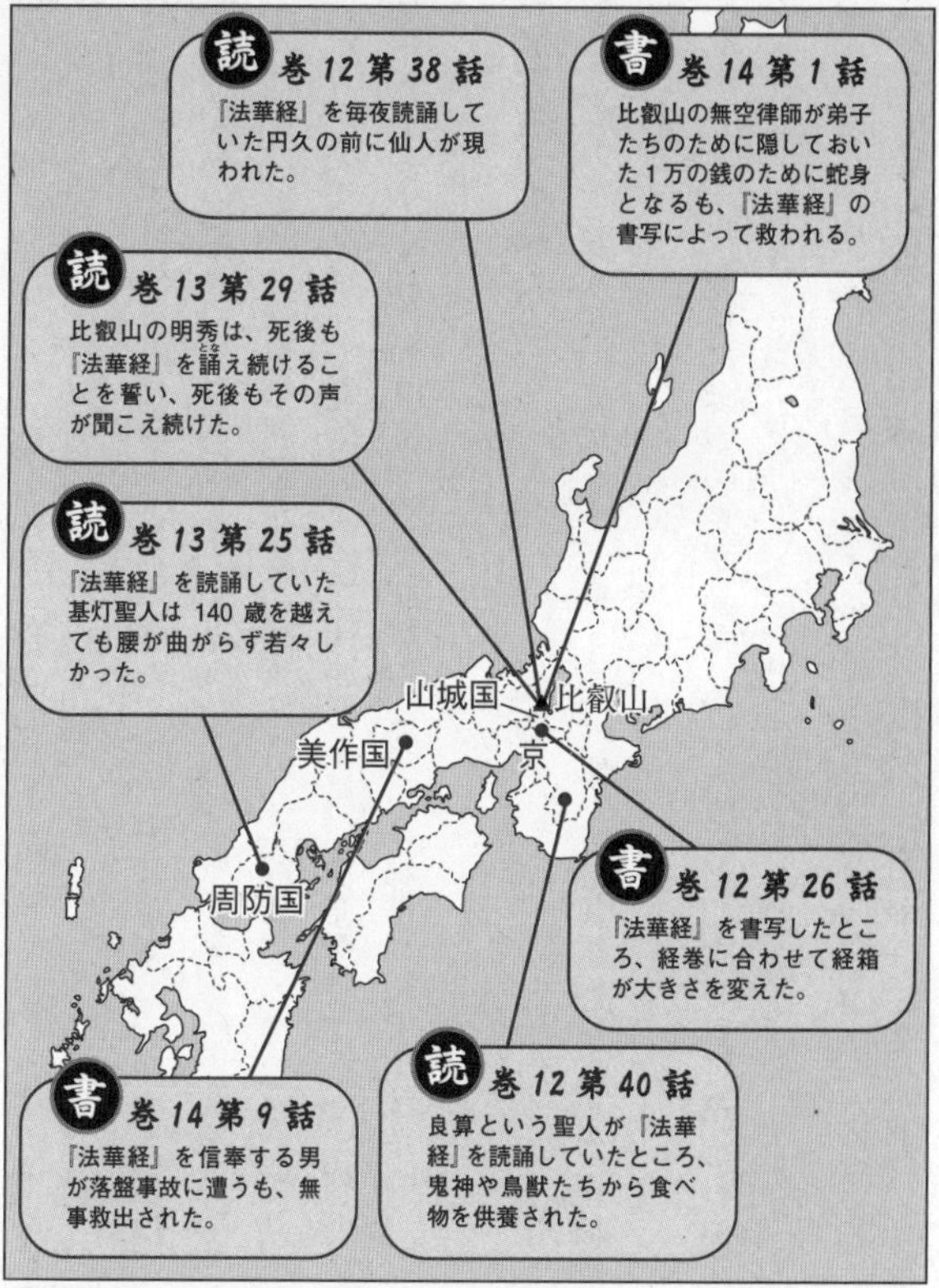
読 巻12第38話
『法華経』を毎夜読誦していた円久の前に仙人が現われた。
書 巻14第1話
比叡山の無空律師が弟子たちのために隠しておいた1万の銭のために蛇身となるも、『法華経』の書写によって救われる。
読 巻13第29話
比叡山の明秀は、死後も『法華経』を誦《とな》え続けることを誓い、死後もその声が聞こえ続けた。
読 巻13第25話
『法華経』を読誦していた基灯聖人は 140 歳を越えても腰が曲がらず若々しかった。
山城国
比叡山
美作国
京
周防国
書 巻12第26話
『法華経』を書写したところ、経巻に合わせて経箱が大きさを変えた。
読 巻12第40話
良算という聖人が『法華経』を読誦していたところ、鬼神や鳥獣たちから食べ物を供養された。
書 巻14第9話
『法華経』を信奉する男が落盤事故に遭うも、無事救出された。

『今昔物語集』のなかには数多くの『法華経』にまつわる霊験譚が収録されている。そこからは『法華経』を読んだり、書写したりすることで霊験があるとする信仰が浸透していた様子がうかがえる。

こうして命が助かった男は全国から喜捨《きしゃ》を募《つの》り、『法華経』を書写して供養《くよう》したという。

物語は「必ず可死き難《しぬべ なん》に値《あ》ふと云《い》へども、願《がん》の力に依《より》て命を存《そん》する事は、偏《ひとえ》に此《この》法花経の霊験の至所成《いたすところなり》と知《しり》て……」と『法華経』の現世利益の霊験を伝えている。

このほかにも盗人や鬼の襲撃から『法華経』の霊験によって救われた話、目が見えない人が『法華経』の霊験によって開眼した話、法華受持によって冤罪《えんざい》で殺されそうになるも仏が身代わりになって助かった話など現世利益の話は多い。

❀極楽往生の効験

極楽往生の霊験については巻十二第三十二話で、念仏信仰を広めた源信《げんしん》にまつわる逸話《いつわ》がある。

比叡山《ひえいざん》で学んだ源信はその名声が高まり、天皇に召しだされて僧都《そうず》の職を賜《たまわ》るまでになったが、求道《ぐどう》の心やみがたく、横川《よかわ》に隠棲《いんせい》する。その後はひたすら『法華経』を読誦し念仏《ねんぶつ》を唱え、『往生要集《おうじょうようしゅう》』を著わして極楽往生を説いた。

やがて年老いた源信は、阿弥陀仏《あみだぶつ》のいる極楽に往生することを望み、『法華経』を唱えていると、周囲から源信が金色《こんじき》の僧と語らったり、源信の近辺に無数の蓮華《れんげ》が生じる夢を見たという話が聞かれるようになる。それは源信が西方《さいほう》極楽浄土に行く予告であった。

その後、源信の前に弥勒《みろく》の使いが現われ、兜率天《とそつてん》に生まれることを告げられたが、源信は、「私が願うのは極楽世界に生まれて阿弥陀様を拝み奉《たてまつ》ることなので、どうぞ極楽世界にお送りください」と一心に祈った。その願いがかなったのか、その臨《りん》終《じゅう》に際して、「空に紫雲《しうん》□て音楽の音有り。香ばしき香室《かむろ》の内に満《みち》たり」と記されている。極楽往生の際には、阿弥陀如来が二十五菩薩とともに紫雲に乗って来迎《らいごう》するといわれており、まさにその通りになったのである。

こうした霊験が示される一方、『法華経』に不敬《ふけい》を働くと報《むく》いを受けるとされ、巻十四第二十七話では、ある男が『法華経』を書写する女性を憎み、誹謗《ひぼう》したところ、口がゆがみ顔がねじれ曲がったという話が記されている。『法華経』を書写したり読誦する人は敬《うやま》うべきであり、軽視したり悪口を言ったりしてはならないというのだ。

『法華経』がいかに多くの人々に信奉されていたかをうかがい知ることができる。

第三章

平安人の死生観

真言の霊験

平安京を跋扈する百鬼夜行から身を守った陀羅尼の力

●鬼に捕まらなかった男の秘密

密教《みっきょう》とともに空海《くうかい》がもたらした真言《しんごん》は、唱えることによって多くの霊験があるとされた。

真言とは大日如来《だいにちにょらい》に由来する真実語を意味する一種の呪文《じゅもん》で、陀羅尼《だらに》とも称され、修法《しゅほう》（密教で行なう加持祈祷《かじきとう》）に用いられた。巻十四第四十一話では、空海が神泉《しんせん》苑《えん》で雨乞《あまご》いを行なって陀羅尼を唱えて善如龍王《ぜんにょりゅうおう》を呼び寄せ、雨を降らせて効験《こうげん》を発揮している。

続く第四十二話では、真言のひとつ尊勝《そんしょう》陀羅尼の効験を伝える話がある。藤原常行《ふじわらのつねゆき》という貴族が、愛人のもとに通うため夜陰《やいん》に乗じて密かに邸を出たが、途中、東の大宮大路《おおみやおおじ》の方から松明《たいまつ》を手にやってくる一団に出合った。神泉苑の北の門に隠れて通り過ぎていく一団を見ると、なんとそれは異形《いぎょう》の鬼たちの行進であ

百鬼夜行の経路

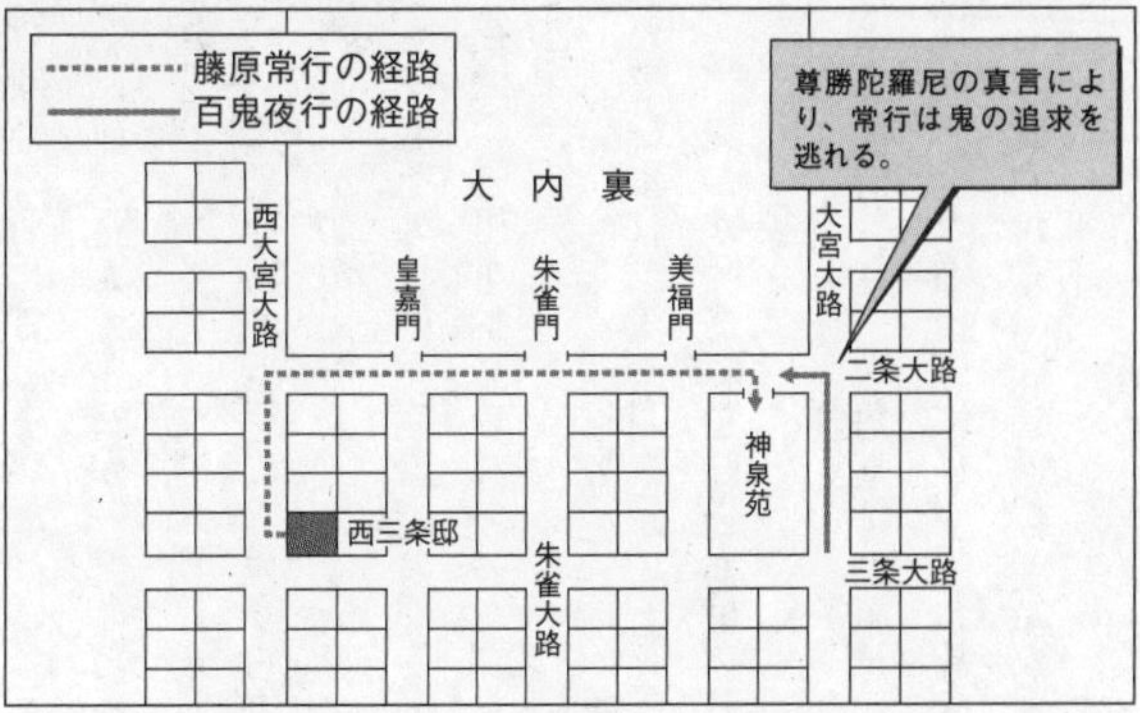
藤原常行の経路
百鬼夜行の経路
尊勝陀羅尼の真言により、常行は鬼の追求を逃れる。
大内裏
西大宮大路
皇嘉門
朱雀門
美福門
大宮大路
二条大路
神泉苑
西三条邸
朱雀大路
三条大路

密教とともに空海がもたらした真言は多くの霊験があるとされ、巻14第42話では、百鬼夜行に遭遇した貴族が、真言（陀羅尼）を書いたものを服に縫い付けておくことによって難を逃れたとされている。

った。常行は「百鬼夜行《ひゃっきやぎょう》」の行列に遭遇してしまったのである。百鬼夜行とは怪異現象が起こるとされた夜行日に現われるという鬼たちの行列で、これに出合った者は命を奪われると恐れられていた。

しかも「人の気配がする」と鬼のひとりが駆け寄ってくるではないか。もはやこれまでかと震えていると、鬼は走り去っていき、「捕まえられない」と仲間に訴えた。また別の鬼が近づいてきたが、やはり途中で走り帰った。

これが何度が続いた後、「尊勝真言の御《おわし》ます也《なり》けり」と声が聞こえ、鬼たちは姿を消してしまった。

自宅に駆け込んだ常行が一部始終を乳母《うば》に訴えると、乳母は「去年、兄弟の尊勝陀羅尼を書いてもらって襟《えり》の所に縫い付けておいたのが効いたのですね」と告げたという。この尊勝陀羅尼には鬼から姿を隠す霊験があったらしく、貴族による密教信仰の側面がかがえる。

そもそもその日は、陰陽師の作る暦に「忌夜行日《きやぎょうにち》」（百鬼夜行を避ける日）とあり、夜間の外出を禁じられていた。常行はそのタブーを破ったためにそういう日にあったのである。

これとは別に、大晦日に京の一条戻橋《いちじょうもどりばし》で百鬼夜行と遭遇し、橋の下に隠れるが、鬼たちに見つかって唾《つば》を吐きかけられ、透明人間になってしまう男の話もある（巻十六第三十二話）。

男は悲嘆に暮れ、六角堂《ろっかくどう》に参籠《さんろう》し、観音に救いを求めて祈った。すると尊そうな僧が現れ、そのお告げに従って祈祷の場に行き、元に戻ることができた。

こちらは六角堂の観音霊験譚だが、直接には修験者の火界《かかい》の呪文の力によって救われた。

第三章
平安人の死生観

出家譚

奇縁と絡めて展開される世捨て人たちの出家物語

●遍照の出家の動機

仏法の道に入るにはまず出家《しゅっけ》が必要となる。出家とは俗世間を捨てて仏門へ入ることだが、そこに至るにはやはり動機があり、また様々な苦悩やドラマがある。

たとえば釈迦《しゃか》の弟難陀《なんだ》（ナンダ）もひとたび出家を決意したものの、妻との別れに悩んだ。そのため釈迦は弟を天に連れて行き、美しい天女《てんにょ》を見せて妻を忘れさせ、地獄《じごく》の恐ろしい様子を見せて出家を決意させている。やはり出家を決意するのも簡単ではないのである。

『今昔物語集』では、こうした出家に至る事情を詳細に記した出家譚が巻十九第一話から第十八話にかけて収録されている。第一話は良峯宗貞《よしみねのむねさだ》という人物の出家からその後の人生にまつわる説話である。

仁明《にんみょう》天皇の恩寵《おんちょう》を賜《たまわ》った良峯宗貞は、皇太子（文徳《もんとく》天皇）に疎《うと》まれていたこともあり、天皇が崩御《ほうぎょ》すると闇に迷うような不安な気持ちになって出家を決意。天皇の葬送を終えると、妻にも告げず、人知れず行方《ゆくえ》をくらましてしまう。宗貞はその後、比叡山の慈覚大師《じかくだいし》（円仁《えんにん》）の弟子となって、ひたすら亡き仁明天皇のことを思い修行を続けた。

数年後、笠置寺《かさぎでら》に参詣《さんけい》しているとき、行方知れずとなった自分を探している妻に出会う。小さかった子どもたちの成長した姿を見て懐かしさに駆られたが、その思いを断ち切って修行に励んだ。その強い志《こころざし》のせいか彼の験力《げんりき》は強くなり、やがてその噂《うわさ》が都まで聞こえるようになる。折りしも都では仁明天皇の孫の清和《せいわ》天皇の時代に移っており、天皇が病に苦しんでいた。召された宗貞が祈祷したところ、たちまち天皇の病は治ったので法眼《ほうがん》の位を授けられ、さらにのちには大僧正《だいそうじょう》となった。

以後、花山《はなやま》というところに住み、名を遍照《へんじょう》と称したという。『百人一首《ひゃくにんいっしゅ》』に選ばれた「天《あま》つ風　雲の通ひ路《かよひじ》吹きとぢよ　をとめの姿しばしとどめむ」の秀歌で名高い人物である。話末は「出家《しゅっけ》皆《みな》機縁《きえん》有《あ》る事也《ことなり》」と締められ、以後の説話も出家譚が奇縁《きえん》と絡《から》めて描かれていく。

出家とは

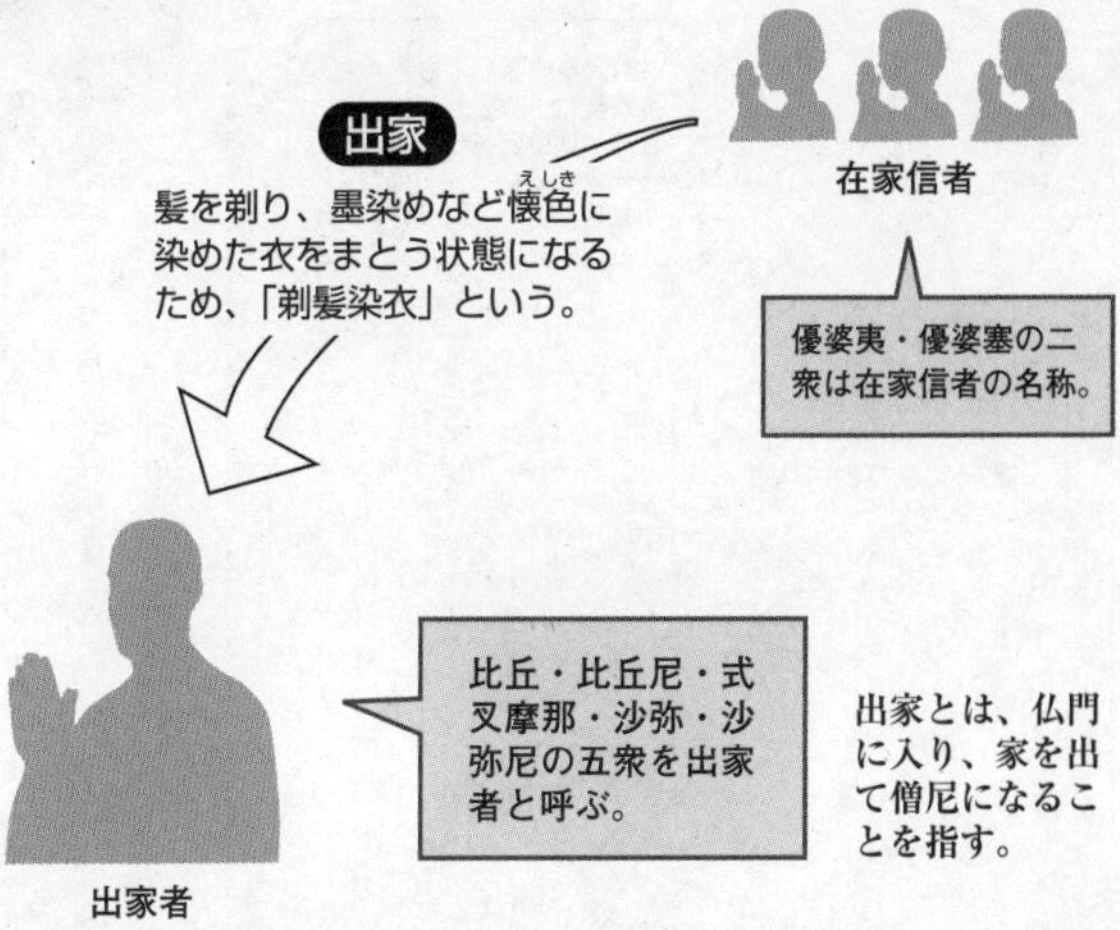

出家
髪を剃り、墨染めなど懐色《えしき》に染めた衣をまとう状態になるため、「剃髪染衣」という。
在家信者
優婆夷・優婆塞の二衆は在家信者の名称。
比丘・比丘尼・式叉摩那・沙弥・沙弥尼の五衆を出家者と呼ぶ。
出家とは、仏門に入り、家を出て僧尼になることを指す。
出家者

増賀上人の奇行

せっかくの出家の儀式を戒師《かいし》に招かれた増賀《ぞうが》の奇行で台無しにされてしまったのが第十八話に登場する円融《えんゆう》天皇の皇后遵子《じゅんし》である。

遵子は老境に入って出家を考え、増賀上人を召しだし、出家の作法をして髪を切らせた。

出家の作法については明確にされてはいないが、女性の出家の作法書として曼殊院《まんしゅいん》蔵の『出家作法』が知られている。

増賀はこの後、「こんな私を呼んだのは合点《がてん》がいきません。あるいは私のきたない一物《いちもつ》が大きいと聞いたからでしょうか」と辺《あた》りに響くような大声で言い放ち、女房たちを驚かせた。さらに、「年をとったので堪えられないので急ぎ退出します」というや、西の対屋《たいのや》の縁側にしゃがんで下痢便《げりべん》をひちらかせるなど、傍若無人《ぼうじゃくぶじん》に振舞ったという。

『今昔物語集』に見られる主な出家譚

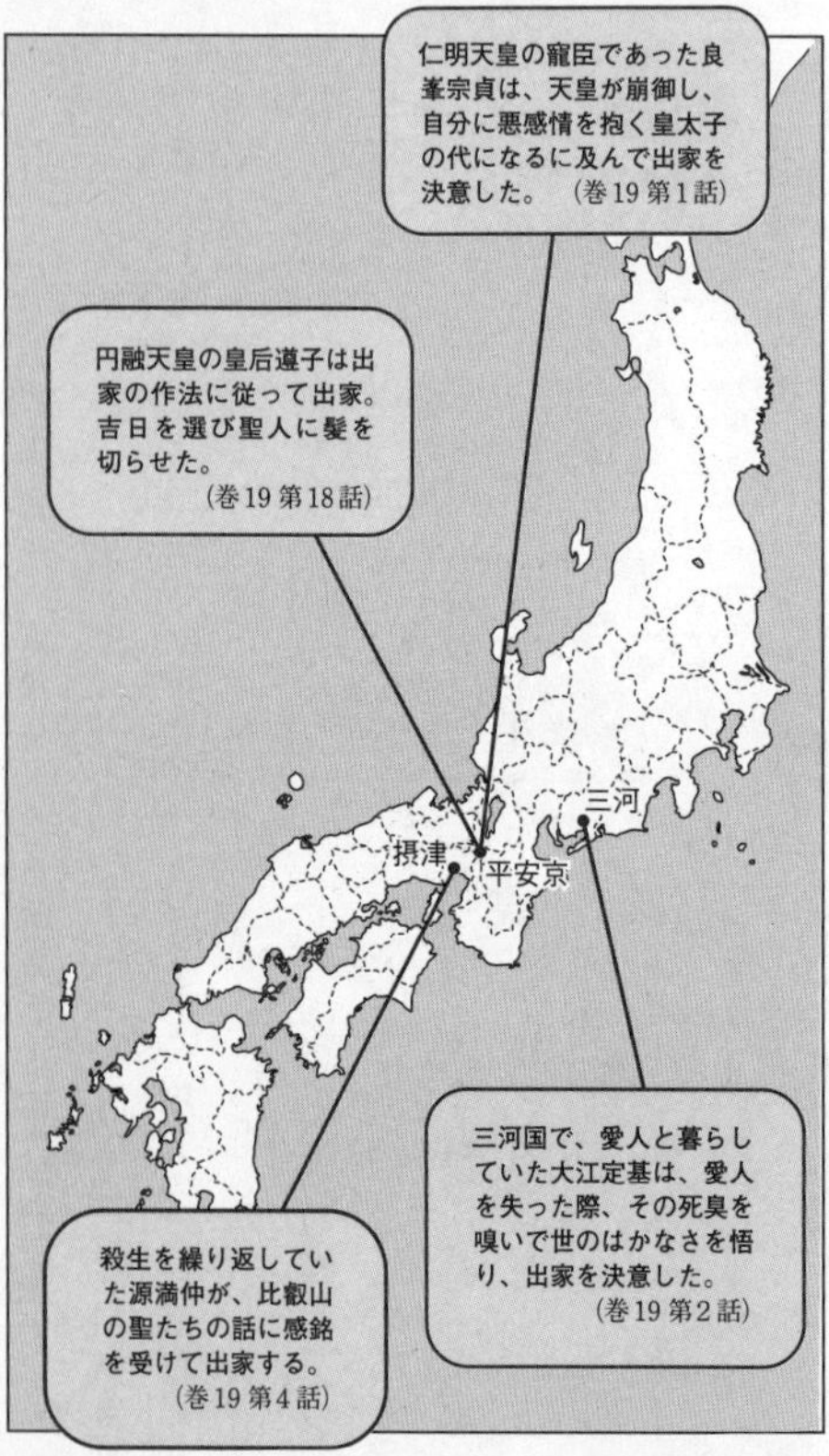
仁明天皇の寵臣であった良峯宗貞は、天皇が崩御し、自分に悪感情を抱く皇太子の代になるに及んで出家を決意した。（巻19第1話）
円融天皇の皇后遵子は出家の作法に従って出家。吉日を選び聖人に髪を切らせた。（巻19第18話）
三河
摂津
平安京
三河国で、愛人と暮らしていた大江定基は、愛人を失った際、その死臭を嗅いで世のはかなさを悟り、出家を決意した。（巻19第2話）
殺生を繰り返していた源満仲が、比叡山の聖たちの話に感銘を受けて出家する。（巻19第4話）

『今昔物語集』における出家譚の多くはこうした奇縁と絡めて紹介されている。

第三章
平安人の死生観

冥界

説話で描かれる死後の世界と六道輪廻

物語が描く死後の世界

人に生があるとその先には死がある。いわば生死は不即不離《ふそくふり》の表裏をなすものだが、生きている者には見ることのできない死後の世界は、謎に満ちた恐怖の世界であった。『今昔物語集』成立当時は浄土《じょうど》信仰や、比叡山の僧源信が著わした『往生要集』の影響を受けて死後の世界観が確立されつつあった。それは極楽対地獄という発想で、善人は阿弥陀如来《あみだにょらい》のいる極楽浄土に生まれ変わることができるが、悪人は現世での行ないに応じて苦しみの待つ六道《りくどう》世界（地獄道《じごくどう》、餓鬼道《がきどう》、畜生道《ちくしょうどう》、阿修羅道《あしゅらどう》、人間道《にんげんどう》、天道《てんどう》）のいずれかに生まれ変わる。極楽往生しない限り、この六道の世界に生まれ続け、この苦しみと迷いを繰り返す。これを六道輪廻《りんね》といった。

『今昔物語集』では死後にまつわる逸話も数多く収録されている。まず往生譚もいくつかみられるが、臨終の際に香ばしい匂いに満ちる、美しい音楽や念仏《ねんぶつ》の声が聞こえる、紫雲《しうん》がたなびく、弥陀の来迎《らいごう》がある、肉親などに往生の夢告《むこく》があるなど様々な証《あかし》が顕現《けんげん》する。

一方、『今昔物語集』では往生できなかった者が冥界《めいかい》に赴《おもむ》く話が多い。その冥界に至る道は巻二十第十八話や巻十六第三十六話などにあり、道中鬼神《きじん》に遭遇しながら深き山を越えて三途《さんず》の川に到達するという。そこで死者は老婆から衣服をはぎとられ、三途の川を渡ると冥界の総府庁にあたる閻魔庁《えんまちょう》に至ると考えられていた。閻魔庁にいるのが地獄の支配者である閻魔王で、この場で生前の行ないを裁く裁判が行なわれる。

冥界では四十九日の冥土《めいど》の旅のなかで何度も裁判が行なわれるという十王《じゅうおう》信仰があるが、この考えが固まるのは室町時代以降のことで、『今昔物語集』の頃にはまだ成立していなかった。

冥界は生前の関係は通じない世界である。巻四第四十一話で幼くして死んだわが子に会いたい一心で閻魔庁に赴くが、わが子はまったく覚えていなかったという悲劇がみられる。

冥界での裁判を終えると、それぞれの行ないに応じて六道世界へと生まれ変わる。

冥界を行き来した小野篁

そんな冥界の裁判の様子を語るのが巻二十第四十五話。藤原良相《ふじわらのよしすけ》という大臣《だいじん》が病のため亡くなり、閻魔王のもとに連れて行かれ、裁判を受けた。ふと閻魔王の傍《かたわ》らを見ると、王のそばに並ぶ役人のなかに宮中にいるはずの官《かん》人《じん》・小野篁《おののたかむら》の姿を見つけた。良相は宮中でこの篁を弁護したことがあるのでよく覚えていた

京の葬送地

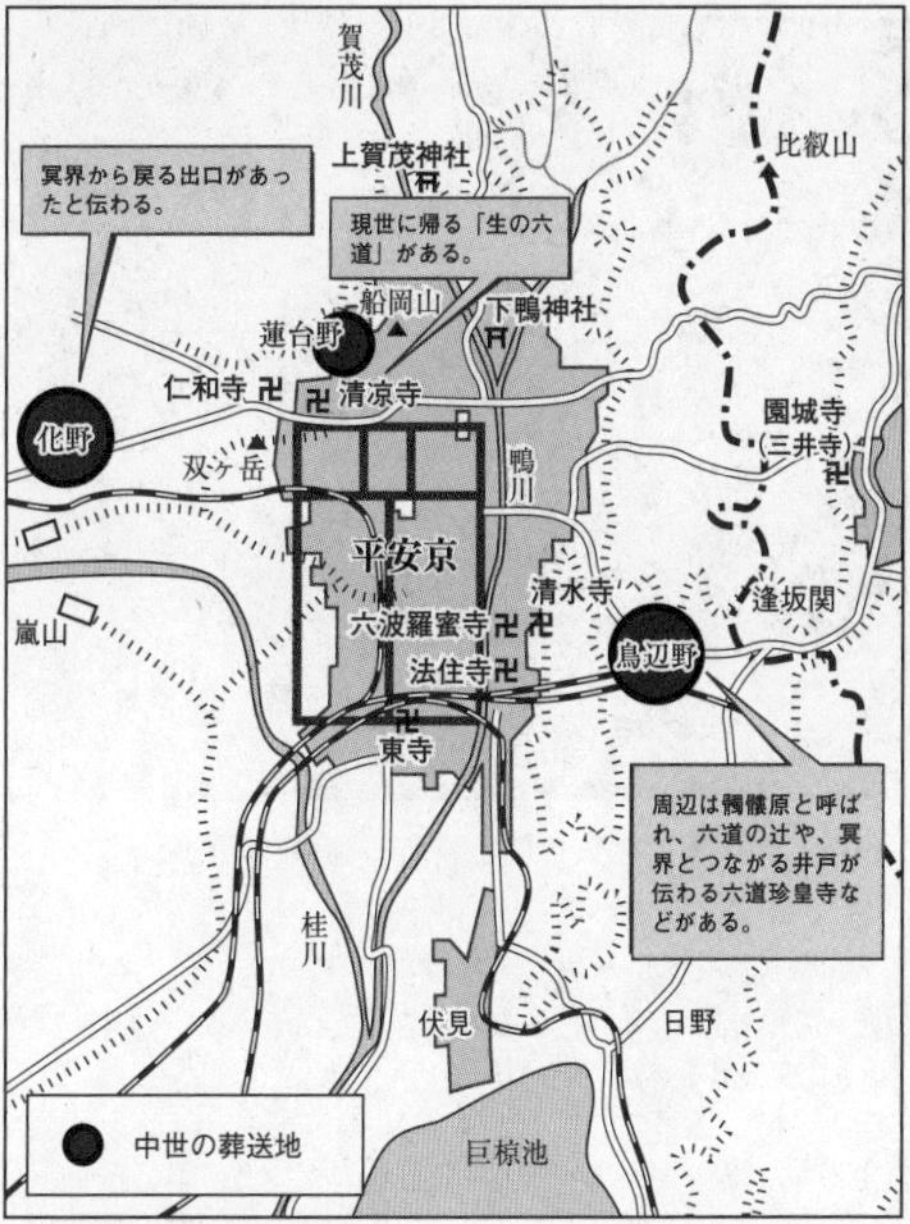
賀茂川
上賀茂神社
比叡山
冥界から戻る出口があったと伝わる。
現世に帰る「生の六道」がある。
船岡山
下鴨神社
蓮台野
仁和寺
清凉寺
化野
双ケ岳
鴨川
園城寺（三井寺）
平安京
嵐山
清水寺
逢坂関
六波羅蜜寺
鳥辺野
法住寺
東寺
周辺は髑髏原と呼ばれ、六道の辻や、冥界とつながる井戸が伝わる六道珍皇寺などがある。
桂川
伏見
日野
巨椋池
中世の葬送地

京の周辺には鳥辺野のほかに蓮台野、化野（あだしの）という葬送地が存在した。

六道珍皇寺

境内に小野篁が利用した冥界への入り口とされる井戸が伝わる。

のだ。

するとその篁が「この人は心正しく人に親切なので、私に免じて許してほしい」と申し出た。そのおかげで蘇生した良相は、宮中に帰って篁にこのことをただしたが、「かつての厚意《こうい》に報《むく》いたまで」と答え、口外を禁じた。良相は「篁は只人《ただびと》にも非《あら》ざりけり、閻魔王宮の臣也《なり》けり」と悟《さと》り、人に対して情けをかけるべきだと、会う人ごとに教えたという。

伝承ではこの篁は宮中に仕えながら閻魔の役人を兼務しており、夜になると六道の辻《つじ》の珍皇寺《ちんのうじ》の井戸を通って冥界に通ったという。

第三章
平安人の死生観

縁

前世からの因果に操られる現世の応報を教え諭す

鷲にさらわれた娘と再会

『今昔物語集』には平安時代の人生観を浮き彫りにした説話も数多く登場する。人生観の軸となるのが因果応報《いんがおうほう》である。

巻二十六第一話では、赤子《あかご》を鷲《わし》にさらわれた父親の物語がみられる。

ある父親が赤子を鷲にさらわれ、その十余年後、この父親が所用で丹後国《たんごのくに》に出かけ、宿をとった。そしてその宿の娘が近所の女の子たちから「鷲の食い残し」とはやし立てられているのを目にする。父親が宿の主人に事情を尋ねると、その娘はじつはその昔、鷲が鳩《はと》の巣に落としていった赤ん坊だという。その落とされた日は赤子がさらわれた日時と符合《ふごう》し、しかもその娘は赤子を鷲にさらわれた父親と瓜《うり》ふたつであった。

こうして父と娘は邂逅《かいこう》を果たしたのである。宿の主人もこれも深い因縁によるものだと感慨し、快く娘を本当の父に返しその後、娘はふたりの父のもとを行き来したという。

その結末は「此《こ》れも前生《ぜんしょう》の宿報《しゅくほう》にこそは有けめ。父子の宿世《すくせ》は此《か》くなむ有ける」と前世の宿縁《しゅくえん》であると結ばれている。

また、巻二十二第七話は藤原冬嗣《ふゆつぐ》の孫・内大臣《ないだいじん》藤原高藤《たかふじ》とその妻との不思議な因縁物語である。

高藤がまだ若かりし頃、鷹狩《たかが》りに出た先で宿を借りた家の娘と一夜の契《ちぎ》りを交わした。ところがその家のありかが分からなかったため、すぐにその家を再訪することができなかった。

数年後、ようやくその家を探し当て再訪すると、その娘の傍らには幼い娘がいた。高藤はひと夜の契りで娘が懐妊《かいにん》したと知り、前世の契りがよほど深いのだろうと感嘆した。

ふたりを邸に迎え、仲むつまじく暮らし、その後、幼い娘は宇多《うだ》天皇の女御《にょうご》となり、醍醐《だいご》天皇を生んで一家は繁栄したのだった。

この結末も、これも前世の契りによるものであったと語り伝えられていると結ば

六道輪廻の世界

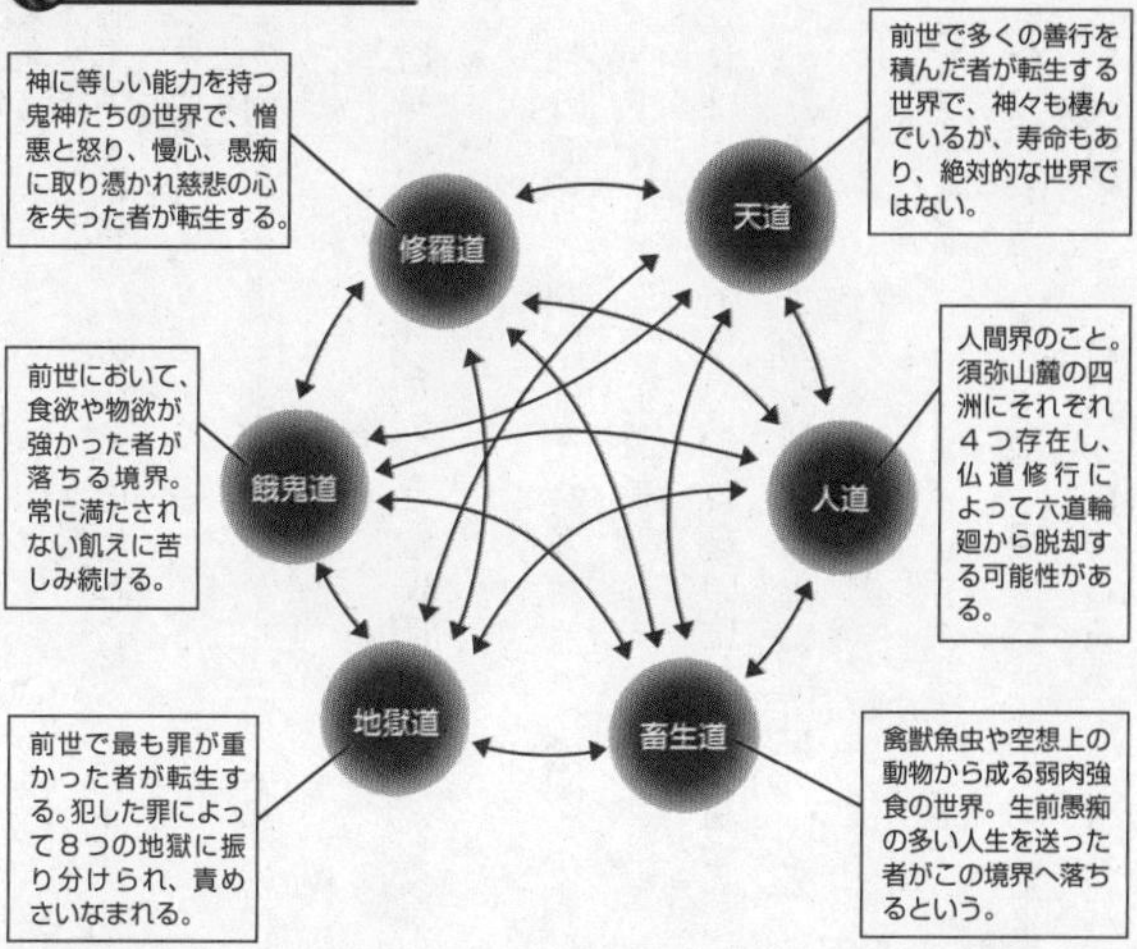
神に等しい能力を持つ鬼神たちの世界で、憎悪と怒り、慢心、愚痴に取り憑かれ慈悲の心を失った者が転生する。
修羅道
天道
前世で多くの善行を積んだ者が転生する世界で、神々も棲んでいるが、寿命もあり、絶対的な世界ではない。
前世において、食欲や物欲が強かった者が落ちる境界。常に満たされない飢えに苦しみ続ける。
餓鬼道
人道
人間界のこと。須弥山麓の四洲にそれぞれ４つ存在し、仏道修行によって六道輪廻から脱却する可能性がある。
地獄道
畜生道
前世で最も罪が重かった者が転生する。犯した罪によって８つの地獄に振り分けられ、責めさいなまれる。
禽獣魚虫や空想上の動物から成る弱肉強食の世界。生前愚痴の多い人生を送った者がこの境界へ落ちるという。

裁判を終えた死者が生まれ変わる先は、その罪に応じて、地獄道、餓鬼道、畜生道、修羅道、人道、天道から選ばれる。この6つの世界で、生まれては死に、死んでは生まれることを六道輪廻という。

れている。

前世からの因果

このように平安時代の人々は、現世での出来事を前世からの因果と結びつける人生観を持っていたことがわかる。

いわば良い行ないには良い結果が、悪い行ないには悪い結果が生じるとされた。

世は前世の宿業《しゅくごう》に操られていると考えた

のである。

もちろん前世のみの宿業ではなく、現世の因果が現世で現われたり、来世に現われるという話もある。

この前世、現世、来世をまたぐ因果応報の根底にあるのは、六道輪廻を説く仏教の転生思想である。

人は極楽浄土に往生できない限り生まれ変わり続ける、つまり転生しなければならない。

それは何も人間に生まれ変わるとは限らず、たとえば前世の悪行により牛、蛇などに生まれ変わる転生譚もある。

これはすべて前世での行ないによって決まるものなのである。

そのため現世での悲運は自分の前世の因果によるものなので、恥じるべきものとみなされた。

善と悪の原因があれば、必ずそれに相応した楽や苦が結果として身におよぶ。こうした因果応報の考えは、現世での悲運を前世の因果に求めることで、少しでも苦しみを緩和しようという目的もあったと思われる。

因縁の説話

陸奥守の策略によって白河の関の外へ締め出された男が、黄金を得たことをきっかけに吉運に転じ、不破関で陸奥守を追い返して恨みを晴らした。（巻26 第14話）
陸奥介某の後妻が先妻の男児を殺害しようとするも、郎党たちが先妻の子を哀れんで救出。悪事が露見した後妻が子どもとともに追放される。（巻26 第5話）
美濃国で起こった洪水の際、14、15歳の男児が、前世の宿報により次々に襲来する災難を切り抜けて九死に一生を得た。（巻26 第3話）
陸奥
但馬国七美郡の人が丹後国加佐郡に出かけ、たまたま宿を取った家で、十数年前、鷲にさらわれたわが子に再会し、親子の宿縁の深さに驚いた。（巻26 第1話）
東国に下っていた男がある家に泊まったところ、出産の場面に立ち会う。するとその晩、正体不明の怪人が赤子の寿命が8歳であることを告げて立ち去った。9年後、その予言は的中した。（巻26 第19話）
隣りの犬と相性の悪かった女の子が、疫病にかかり遠くへ移ると、その場所を犬が嗅ぎつけて両者は噛み合って相討ちして死んでしまった。人々は前世以来の因縁とささやきあった。（巻26 第20話）
丹後
美濃
但馬
山城
美作
東国出身の男が美作国において生贄の娘の身代わりとなって、犬とともに猿神を退治した。男は娘と結ばれ、この地に住み着いたという。（巻26 第7話）
観硯聖人が押し入ってきた盗賊を助けたところ、後年、逢坂山にて盗賊に捕まった際、首領となっていた盗賊から手厚いもてなしを受けたという。（巻26 第18話）

『今昔物語集』巻26「宿報（すくほう）」の説話群からは平安時代の人々が持っていた現世での悩みを、前世からの宿業や、現世での因果応報と結びつける人生観がうかがえる。

武士と仏教

武を生業とする人々に向けられた好奇のまなざし

●武士の統率に感嘆

平安時代中期から勃興《ぼっこう》した武士について、『今昔物語集』は巻二十五第一話から第十四話において、承平《じょうへい》五年（九三五）に始まる承平・天慶《てんぎょう》の乱から前九年《ぜんくねん》・後《ご》三年《さんねん》の役《えき》に至る兵史ともいえる説話群を収録している。その一方でいくつかの逸話において当時の人々が武士をどう捉《とら》えていたかを明らかにしている。『今昔物語集』では武士を評価していたらしく、巻二十三第十四話には武士の優れた統制を称《たた》えた話が収録されている。

藤原頼通《よりみち》が三井寺《みいでら》の明尊僧正《みょうそんそうじょう》に夜のうちに京と三井寺を往復して所用を済ませるよう命じ、その護衛に平致経《たいらのむねつね》をつけた。当時の夜といえば、盗賊も出没する危険な時間帯である。最初は手薄な警護に不安を感じた明尊であったが、武士たちが二町《ちょう》ごとにふたりずつ無言で現われ、やがて三十人近くの護衛集団を形成し三井寺に到着した。帰途はふたりずつ無言で消え、最後は従者と明尊のふたりだけになった。明尊は武士たちの統率された無駄のない行動に驚き、頼通に興奮気味に報告したと記される。この時代の武士はあくまで武をもって貴人に仕える存在であった。

●評価された河内源氏

『今昔物語集』のなかでとくに評価された武士が河内源氏《かわちげんじ》である。河内源氏は清和《せいわ》天皇に源流を持つ清和源氏の嫡流《ちゃくりゅう》で、満仲《みつなか》の時代に隆盛し、その三男頼信《よりのぶ》は河内に勢力を張り、平忠常《ただつね》の乱鎮圧などで活躍した。その子頼義《よりよし》、孫の義家《よしいえ》の時代に関東に勢力を築き、その子孫の頼朝《よりとも》の鎌倉幕府創設につながる。

その頼信・頼義父子が活躍する話が巻二十五第十二話にある。あるとき頼信は東国《とうごく》から名馬を手に入れ、京に運ばせた。それを知った頼義は、その馬を譲《ゆず》り受けたいと考え、父を訪問する。すると頼信はその意図を見抜き、「明日の朝、気に入ったら持っていけ」と告げた。ところがその夜、馬泥棒に馬を盗まれてしまう。従者《じゅうしゃ》の叫び声を聞いた頼信は跳ね起きると矢なぐいを背負い、馬に飛び乗った。頼信は馬泥棒が東国の者だと考え、関所のある逢坂山《おうさかやま》へと追いすがる。

一方、息子の頼義も従者の叫び声を耳にして父と同じように判断して逢坂山へと向かう。

その頃馬泥棒は、すでに逃げ切れたと安心しながら逢坂山の近くの水溜りを水音を立てながら進んでいた。その水音を聞きつけた頼信は、暗くて頼義がいるかどうかも分からないのに「射よ」と叫んだ。と同時に矢を放つ音が響き、命中音が続いた。そのまま頼信は、「馬泥棒は射落とした。馬を取り返して来い」と言い残してその場を引き上げた。

父と息子はお互い示し合わせたわけではないのに、お互い顔を見ないままチームワークで馬を取り返したのである。翌朝、昨夜のことは何事もなかったかのように頼義は馬を与えられた。話末で語り手は、一般人の理解を超えた武人らしい心構えであると賞賛している。

もともと武士は宗教的な威力で魔物をはらう「辟邪《へきじゃ》」の役割を担っていたが、『今昔物語集』ではそれについてはほとんど言及していない。語り手の目はあくまでも実践や武芸技術に向けられ、武士を異質の存在として好奇の目で見ていたことがうかがえる。

『今昔物語集』と兵乱

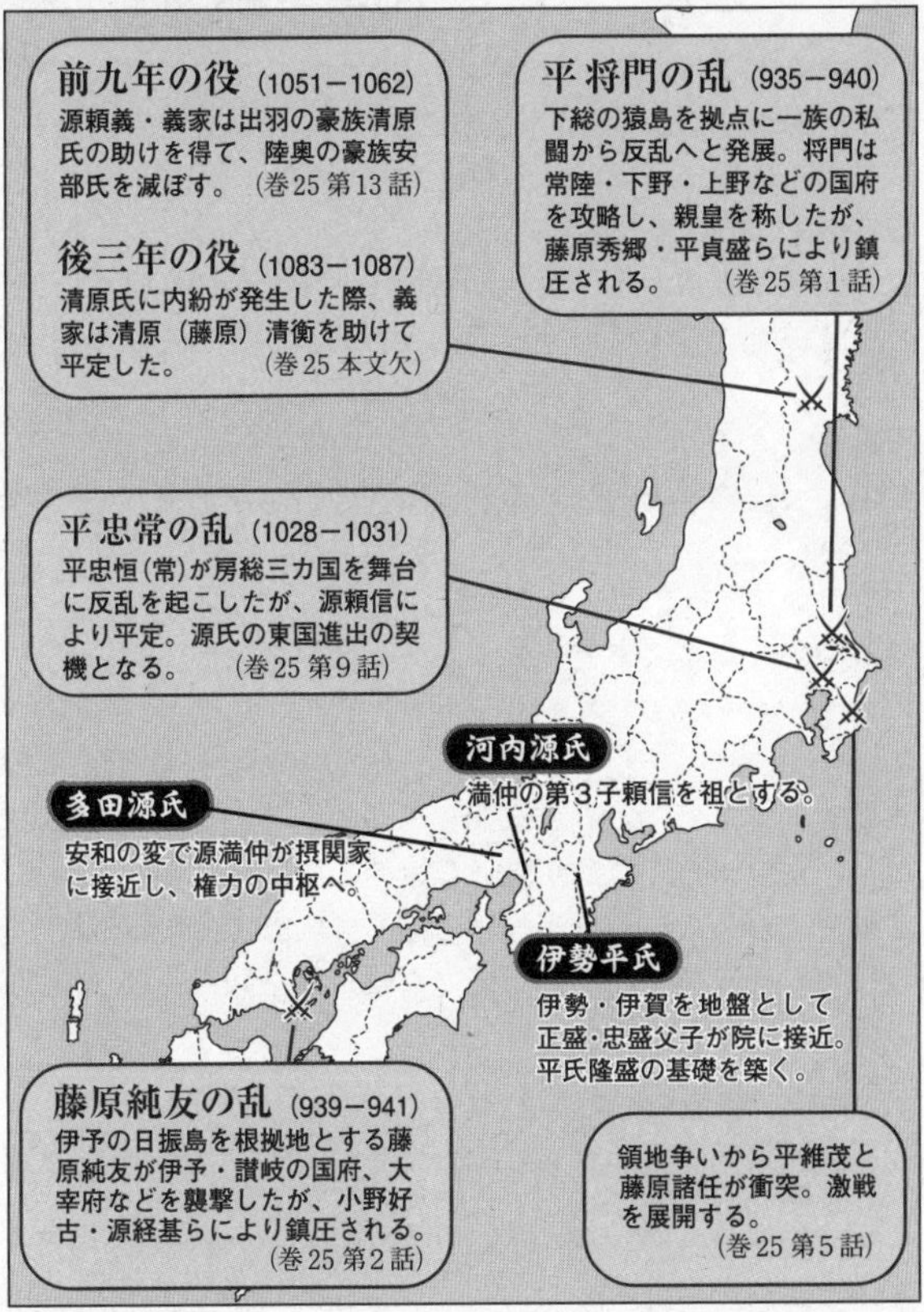
前九年の役 (1051－1062)
源頼義・義家は出羽の豪族清原氏の助けを得て、陸奥の豪族安部氏を滅ぼす。(巻25 第13話)
後三年の役 (1083－1087)
清原氏に内紛が発生した際、義家は清原（藤原）清衡を助けて平定した。(巻25 本文欠)
平将門の乱 (935－940)
下総の猿島を拠点に一族の私闘から反乱へと発展。将門は常陸・下野・上野などの国府を攻略し、親皇を称したが、藤原秀郷・平貞盛らにより鎮圧される。(巻25 第1話)
平忠常の乱 (1028－1031)
平忠恒（常）が房総三カ国を舞台に反乱を起こしたが、源頼信により平定。源氏の東国進出の契機となる。(巻25 第9話)
河内源氏
満仲の第3子頼信を祖とする。
多田源氏
安和の変で源満仲が摂関家に接近し、権力の中枢へ。
伊勢平氏
伊勢・伊賀を地盤として正盛・忠盛父子が院に接近。平氏隆盛の基礎を築く。
藤原純友の乱 (939－941)
伊予の日振島を根拠地とする藤原純友が伊予・讃岐の国府、大宰府などを襲撃したが、小野好古・源経基らにより鎮圧される。(巻25 第2話)
領地争いから平維茂と藤原諸任が衝突。激戦を展開する。(巻25 第5話)

平安時代中期から勃興した武士について、『今昔物語集』は兵史ともいえる説話群を収録している。

こらむ

芥川文学と『今昔物語集』③

『芋粥』と巻二十六第十七話

芥川の短編小説『芋粥《いもがゆ》』という話は、権臣に仕える五位の身分にある侍の腹いっぱいに芋粥を食べたいという願いがかなって逆に失望してしまう話である。

なぜ失望したのかというと、五位にとって芋粥を食べたいという願望は唯一の生きる望みであり、それがいとも簡単にかなえられてしまったとき、唯一の願望を喪失したことに気づくからである。

五位の心理描写を丹念に追う、精神の自由を追求した作品となっている。

この原案となったのが巻26第17話である。五位の侍という人が、主家の食事の席で芋粥を腹いっぱい食べたいものだともらした。

これを聞いていた利仁将軍《としひとのしょうぐん》という富裕な地方豪族が、京都の東山《ひがしやま》に入浴に行こうとだまして五位を自分の領地の敦賀《つるが》に連れ出す。途中、利仁は捕えた狐《きつね》を接待の用意をしておくようにと屋敷へ遣わした。すると敦賀の家では奥方に狐が乗り移って利仁の言葉を伝えるという不思議な出来事が起こる。やがて利仁の邸に着いた五位は手厚いもてなしを受け、念願の芋粥が用意された。

ところが一斗《いっと》ほど入る提《ひさげ》に三、四杯も入った大量の芋粥を見て腹いっぱいになり、一杯も食べられなかったという顛末《てんまつ》である。五位は数々の土産をもらい、物持ちになって帰ったと記され、話末は長年勤め上げて人から重んじられている人にはこういうことが起こるものだと宿報《しゅくほう》で結んでいる。芥川の作品と異なり、『今昔物語集』は利仁の権勢に重点を置いているのが特徴である。

第四章

神仏の加護と信仰

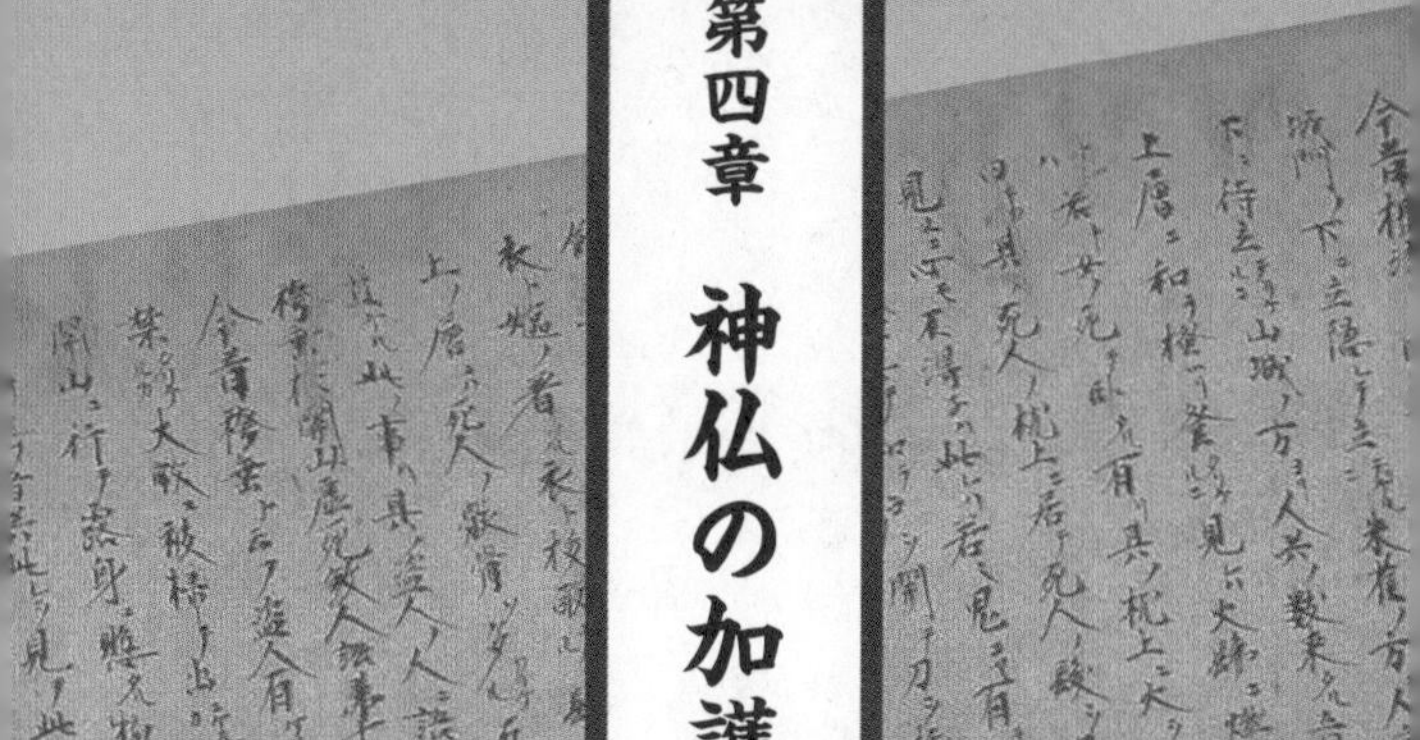

釈《しゃ》迦《か》如《にょ》来《らい》

解脱を遂げた最高仏が入滅の際に残した意外な言葉

仏教説話集である『今昔物語集《こんじゃくものがたりしゅう》』には多くの神仏が登場するが、経典の来歴には登場しない、独自の姿や逸話《いつわ》が描かれていることも多い。その特徴は日本人の持つ神仏のイメージを元に性格づけされていることにある。

まず釈迦如来《しゃかにょらい》こと、仏教の開祖釈迦（ゴータマ・ブッダ）に注目したい。仏教の東漸《とうぜん》を全体を貫くテーマとする『今昔物語集』は、天竺部《てんじくぶ》における釈迦の生涯から書き起こされる。その最後を飾るのが入滅《にゅうめつ》の場面。一般的な経典で知られる釈迦の入滅といえば次のようなものだ。

釈迦の最期

老境に入りながらも精力的に各地を説法して回っていた釈迦は、パーヴァーの鍛《か》冶工《じこう》チュンダの接待で供されたキノコ料理を食べ、急病にかかってしまう。パーヴァーを出てクシナガラに至り、最期が近いことを悟《さと》った釈迦は、沙羅双樹《さらそうじゅ》の間に、

釈迦如来

仏教の始祖。紀元前7～5世紀、シャーキャ族の王子として現在のネパール国境付近のカピラヴァストゥに生まれた。29歳のとき人生の苦悩について思い悩み、妻子を捨てて出家。35歳のとき瞑想《めいそう》の末、菩提樹《ぼだいじゅ》の下で悟りを開き、以後亡くなるまで説法をして回った。釈迦如来の仏像は、右手は施無畏印《せむいいん》、左手は与願印《よがんいん》で大衣《だいえ》をまとう姿が多い。

頭を北に向けて右脇を下にして横になると、苦しい息の下から弟子たちに、自分の死後の遺体の処理方法については仏塔《ぶっとう》を造って礼拝《らいはい》するようにと述べ、さらに「正《しょう》理《り》と法の領域のみを歩み、これ以外には道の人なるものはない」と一生を振り返る遺戒《いかい》とも言える言葉を口にして亡くなった。まさしく正理を求め続けた仏にふさわしい最期といえる。

❁親子の情愛に執着する人間・釈迦

ところが、『今昔物語集』巻三第三十話にはこのイメージを覆《くつがえ》すような説話がある。

臨終《りんじゅう》に際し、釈迦は十大弟子のひとりである息子のラーフラ（羅睺羅《らごら》）に会いたいと強く望んだ。ラーフラが泣きながら父のそばに寄っていくと、釈迦は「お前が私の顔を見るのももう最後だ。もっと近く寄ってほしい」と哀願。さらに釈迦は息子の手を取り、「この子は私の子です。仏たちよ。どうかこの子を哀《あわ》れんで下さい」と息子の将来を託して息を引き取る……。

あらゆる煩悩《ぼんのう》を断ち切ったはずの釈迦が、最後に見せるのは、親子の情愛に執《しゅう》

釈迦 最後の旅

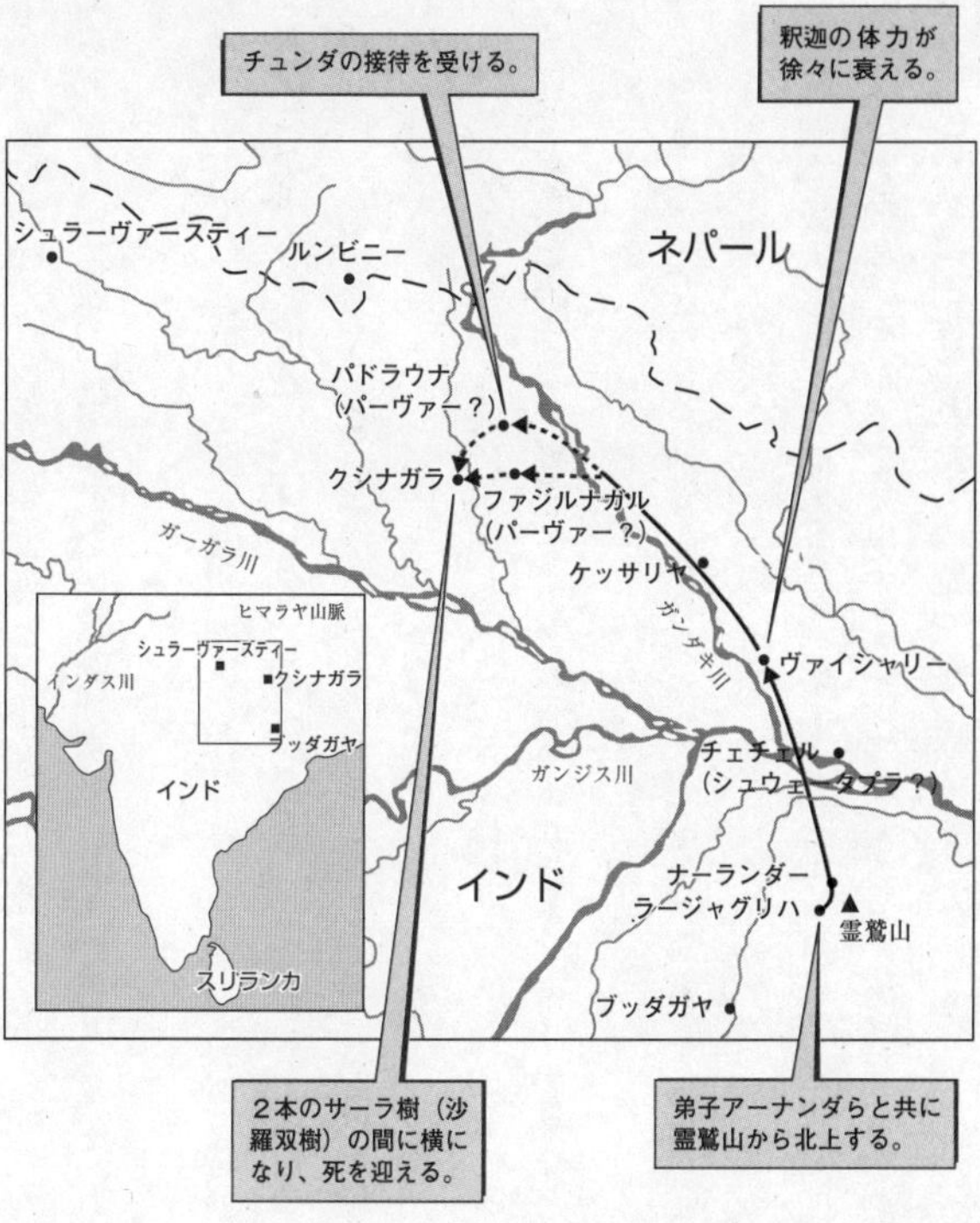
チュンダの接待を受ける。
釈迦の体力が徐々に衰える。
シュラーヴァースティー
ルンビニー
ネパール
パドラウナ
(パーヴァー？)
クシナガラ
ファジルナガル
(パーヴァー？)
ガーガラ川
ケッサリヤ
ガンダキ川
ヴァイシャリー
ヒマラヤ山脈
シュラーヴァースティー
クシナガラ
インダス川
ブッダガヤ
インド
スリランカ
ガンジス川
チェチェル
(シュウェータプラ？)
インド
ナーランダー
ラージャグリハ
霊鷲山
ブッダガヤ
2本のサーラ樹（沙羅双樹）の間に横になり、死を迎える。
弟子アーナンダらと共に霊鷲山から北上する。

釈迦は弟子のアーナンダらを連れて、道中教えを説きながら最後の旅に出発した。パーヴァーにおいてチュンダの供養を受けた釈迦であったが、ほどなく急病にかかり、死の床に就く。その際、『今昔物語集』では、実子ラーフラを呼び、親子の情を断ち切れない姿を見せている。

着《じゃく》する俗人《ぞくじん》の姿なのだ。経典の釈迦像とは正反対の姿である。

もちろんこれは仏教の経典にはない逸話であり、日本で作り変えられた発想であろう。

『今昔物語集』では、悟りを開いた釈迦が惑《まど》うほど、親子の情愛は特別なものであり、凡人がわが子への情愛におぼれるのは当然とし、「仏もそれを表し給《たま》ふにこそは、となむ語り伝へたるとや」と、仏がその真理を示したのだとこの段を締めくくる。

これは、日本人が古くから抱いてきた神仏観を反映した考えだろう。日本人は仏教を受容する前に信仰してきた神々に対し、人間的なイメージを抱いていた。日本神話を語る『古事記《こじき》』に登場するイザナギ、イザナミなどがその好例である。

こうした考えが元となり、神と習合《しゅうごう》した仏である釈迦もときには迷い、執着するのではないかと考えた。

これは釈迦も俗人も同じ人間ならば、俗人も精進《しょうじん》すれば釈迦に近づくことができるのではないかという希望を見出すことにつながる。この逸話も釈迦と人間との間を取り持つために創作されたものだったのだろう。

第四章
神仏の加護と信仰

阿弥陀如来《あみだにょらい》

改心した悪党が仏を求めた旅の果てに迎えた往生の姿

●末法思想がもたらした極楽往生

『今昔物語集』が成立した時代、日本で隆盛を迎えていた信仰といえば、末法《まっぽう》思想と浄土《じょうど》信仰である。末法思想とは釈迦の入滅後、次第にその教えが忘れ去られて仏法が滅び、天災地災が起こる末法の世が訪れるという考えである。一説によると永承《えいしょう》七年（一〇五二）に日本は末法に入るとされ、厭世観《えんせいかん》や無常観《むじょうかん》が人々を支配していた。現世《げんせ》に望みを失った人々は、死後の安楽を願い、極楽往生《ごくらくおうじょう》を遂げる浄土信仰に救いを求めたのである。

物語には、こうした浄土信仰、末法思想を反映した逸話も散見される。なかでも巻十九第十四話では、当時の人々の浄土信仰への強い思いを根底にした悪人往生《あくにんおうじょう》譚《たん》を伝えている。

殺生《せっしょう》を繰り返していた源大夫《げんだゆう》という讃岐国《さぬきのくに》の悪人が、あるとき僧が説法を行なっているところに出くわし、興味を覚えて聴衆に加わった。講師の僧が言うには、「西の方に阿弥陀如来《あみだにょらい》と申し上げる仏様がいます。その仏様は心が広く、悪人でも後悔して『阿弥陀仏』と唱《とな》えれば、素晴らしい浄土に迎えてくださいます」とのこと。この浄土（仏の国）とは西方《さいほう》十万億仏国土《ぶっこくど》の先にある、阿弥陀如来のいる極楽浄土を指す。

極楽浄土が人気を得た理由は、一切《いっさい》の苦しみから解放され、阿弥陀如来から直接教えを受けて速《すみ》やかに成仏できる理想の場所とされたからだ。極楽浄土には臨終《りんじゅう》の際、阿弥陀如来が迎えに来て（聖衆来迎《しょうじゅらいごう》の楽《らく》）、阿弥陀から直接教えを受け（見仏《けんぶつ》聞法《もんぼう》の楽）、悟りの道に達せる（増進仏道《ぞうしんぶつどう》の楽）など十の楽しみが待ち受けていた。また、極楽浄土に生まれたものは、みな同じ所で再会できる「倶会一処《くえいっしょ》」も人々の心をとらえたという。

この浄土信仰を根幹とする浄土教は、当初、貴族の間に広まり、のちに庶民にも広まった。貴族は如来像や平等院鳳凰堂《びょうどういんほうおうどう》に代表される浄土を模した寺堂を建立するなどして信仰し、功徳《くどく》を積むことで極楽往生を願った。

これに対し、それができない庶民には念仏を唱えれば極楽往生できるという念仏

阿弥陀如来

無量寿《むりょうじゅ》という意味を持つ阿弥陀如来は、元はインドの国王であったが、人々のために尽くしたいと出家。念仏を行なう衆生《しゅじょう》を救って必ず極楽往生させるという第十八願に代表される四十八願をもとに、死後の安楽を約束する極楽浄土を建立し阿弥陀仏となった。日本では平安時代の浄土教の広まりに伴い、広く信仰されるようになった。

信仰が主流となった。

●阿弥陀如来を求めて

さて、悪人でも成仏できると聞いて一念発起した源大夫は、自ら髻《もとどり》を切って出《しゅっ》家《け》すると、「我れは此《これ》より西に向て、阿弥陀仏を呼び奉《たてまつり》て、金を叩て、答へ給はむ所まで行かむとす」と言い残し、「阿弥陀仏よや、おうい」と言いながら金鼓《こんぐ》（仏教用のかね）を叩いて西へ向かった。

やがてある寺院にたどり着いた源大夫は、この寺の住職に「七日後に自分を訪ねてくれ」と言い残して去っていった。源大夫は、その後も阿弥陀如来を呼んでいたが、沖の方へ向かって「阿弥陀仏よや」と叫ぶと、ついに海のなかから「此《こ》に有《あり》」という美しい阿弥陀の声が聞こえてきた。それから七日後、住職は西を向いて死んでいた源大夫の口から艶《つや》やかな蓮《はす》の花が生えていたのを目にしたという。

まさしくこれは、源大夫が阿弥陀如来と出会って極楽往生を遂げたことを示すものだ。

物語は、末法の世でも真実の道心《どうしん》に励めば尊いと結んでいる。

源大夫の旅

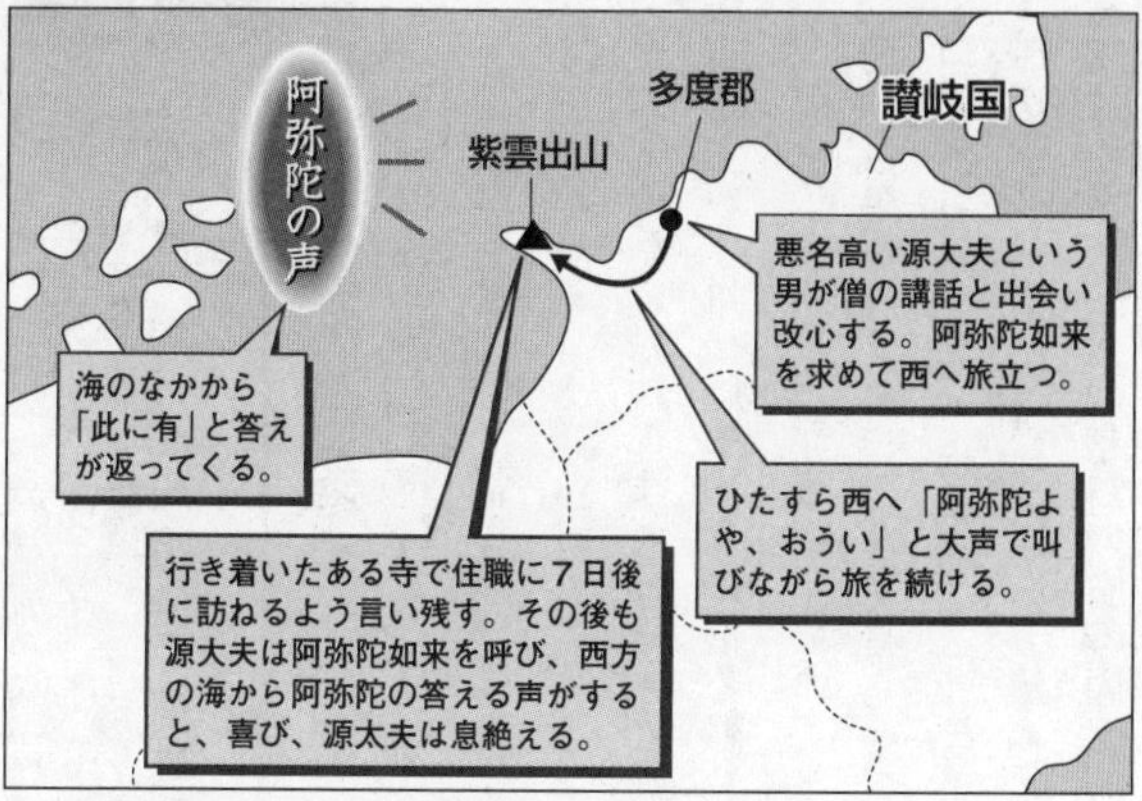
阿弥陀の声
多度郡
讃岐国
紫雲出山
悪名高い源大夫という男が僧の講話と出会い改心する。阿弥陀如来を求めて西へ旅立つ。
海のなかから「此に有」と答えが返ってくる。
ひたすら西へ「阿弥陀よや、おうい」と大声で叫びながら旅を続ける。
行き着いたある寺で住職に7日後に訪ねるよう言い残す。その後も源大夫は阿弥陀如来を呼び、西方の海から阿弥陀の答える声がすると、喜び、源太夫は息絶える。

悪行三昧を繰り返してきた源大夫であったが、僧の話に感銘を受け、阿弥陀如来を求めて旅に出る。

極楽浄土を描く『無量寿経曼荼羅』

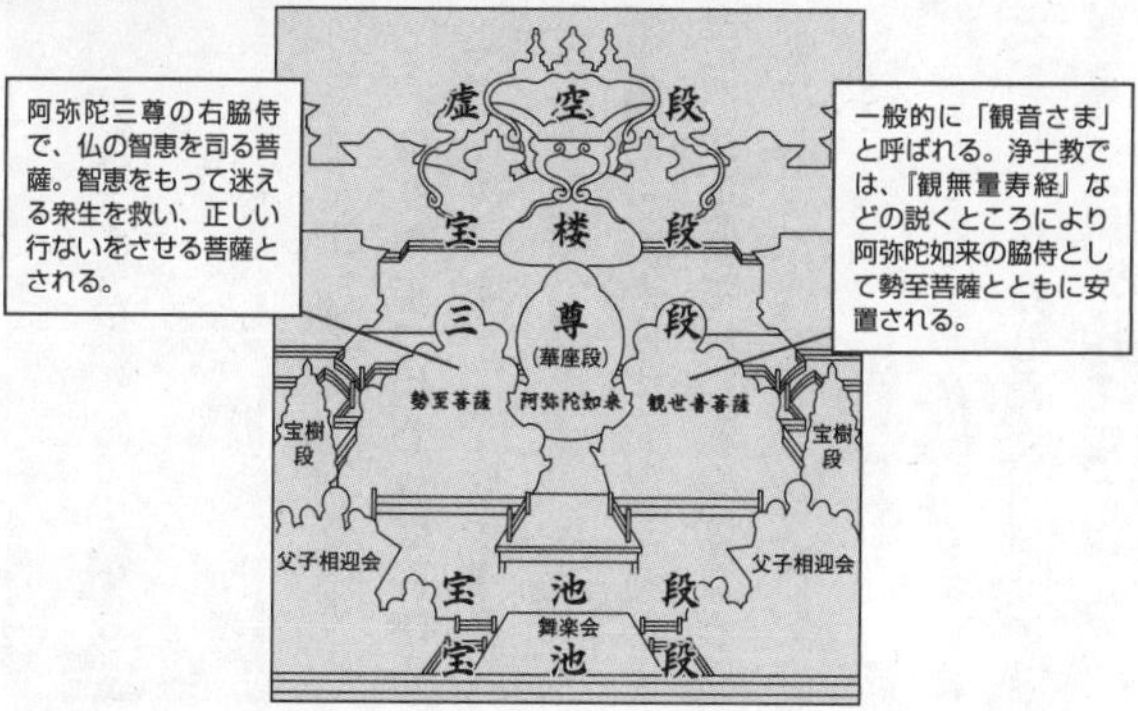
阿弥陀三尊の右脇侍で、仏の智恵を司る菩薩。智恵をもって迷える衆生を救い、正しい行ないをさせる菩薩とされる。
一般的に「観音さま」と呼ばれる。浄土教では、『観無量寿経』などの説くところにより阿弥陀如来の脇侍として勢至菩薩とともに安置される。
虚空段
宝楼段
三尊段
(華座段)
勢至菩薩
阿弥陀如来
観世音菩薩
宝樹段
宝樹段
父子相迎会
父子相迎会
宝池段
舞楽会
宝池段

観《かん》世《ぜ》音《おん》菩《ぼ》薩《さつ》

追い詰められていた女性層を信仰へ導いた現世利益の仏

現世利益の代表的な菩薩

現世利益《げんせりやく》の菩薩《ぼさつ》として現代でも高い人気を誇るのが、様々な姿で現われて一切の衆生《しゅじょう》を救済するという観世音菩薩《かんぜおんぼさつ》。その霊験譚《れいけんたん》は『今昔物語集』にも数多く収録されている。

巻十六第四話には次のような逸話がある。観音の霊験あらたかな成合寺《なりあいでら》（京都府宮津市）という丹後国《たんごのくに》の山寺に籠《こも》る修行僧が、豪雪に閉ざされて飢《き》餓《が》状態になったときのことだ。

ただ一度名を称《とな》えれば諸々の願いを叶えてくれるという観世音菩薩に対し、「今日一日命を長らえるだけの食べ物を恵んでほしい」と慈悲《じひ》を請《こ》うと、寺の外に狼《おおかみ》に食われた猪《いのしし》が目に入った。生物を食べることに一瞬躊躇《ちゅうちょ》したが、飢えの苦しみに耐えられず猪の左右の股《もも》の肉を切り取り、煮て食べた。やがて雪が消え村人

観世音菩薩

観世音菩薩はイランのアナーヒター女神の影響も指摘されるが、１世紀末までにインドで誕生した。この世界にとどまり三十三身に姿を変えて現われ、衆生を救済する慈悲の菩薩で、現世利益の尊格として信仰を集める。中国では神仙《しんせん》思想の巫女の影響を受け、日本でも豊麗《ほうれい》な姿で女性を思わせる。千手《せんじゅ》観音など多くの変化《へんげ》観音も生まれた。

たちが寺の様子を見に来ると、鍋のなかに檜《ひのき》の仏像がくべられていた。さらに仏像の左右の股が切り取られていることを目にした村人たちは、それを食べただろうと僧を糾弾《きゅうだん》したが、僧は意外な真相に気付く。

——あの猪は、観音さまが私を助けるために身を変えられたものに違いない。

村人に事の次第を話し、僧が仏前に祈ると観音像の股は元通りになった。観音が猪に身を変えて現われたと知り、その有難さに皆涙したという。それで「願い事成り合う寺」の名をつけた。

また、第五話にも観音の身代わり譚が収録されている。丹後国の郡司《ぐんじ》が京の仏師《ぶっし》に観音像を造らせたところ、大変素晴らしい出来だったので、礼として自慢の黒い馬を与えた。

ところがその馬が惜しくなった郡司は家来に命じて仏師を殺させ、馬を取り戻す。だが、仏師は生きており、黒い馬もその手元にいることがのちに判明する。仰天《ぎょうてん》した郡司が自分の厩《うまや》に行くと、馬はなく、観音の胸に矢が突き立って血が流れていた……。

このように、観世音菩薩は様々な姿で人々を救済してくれるため、変化《へんげ》観音とも

観世音菩薩三十三身

1	仏 身	聖者の三尊（悟りを開いた者）
2	辟支仏身	
3	声聞身	
4	梵王身	天界の六身（天上界にいる神々）
5	帝釈身	
6	自在天身	
7	大自在天身	
8	天大将軍身	
9	毘沙門身	
10	小王身	道外の五身（人間界にいる者）
11	長者身	
12	居士身	
13	宰官身	
14	婆羅門身	
15	比丘身	道内四尊（仏教修行者たち）
16	比丘尼身	
17	優婆塞身	
18	優婆夷身	

19	長者婦女身	四婦部衆（十一身から十四身の妻女）
20	居士婦女身	
21	宰官婦女身	
22	波羅門婦女身	
23	童男身	幼童の二身（男女の子供）
24	童女身	
25	天 身	天龍八部（仏法の守護神）
26	竜 身	
27	夜叉身	
28	乾闥婆身	
29	阿修羅身	
30	迦楼羅身	
31	緊那羅身	
32	摩睺羅伽身	
33	執金剛神	仏を護衛する仁王

観世音菩薩は救いを求める者に応じて様々に姿を変えて現われるという。『法華経』観音普門品（『観音経』）による。

呼ばれた。

さらに巻十六第三十二話には百鬼夜行《ひゃっきやぎょう》、呪術などが絡んだ観音霊験譚がみられる。日頃から六角堂《ろっかくどう》の観音を熱心に信仰していた男が、大晦日《おおみそか》の夜、百鬼夜行に遭遇した。鬼たちはこの男に罪はないと言い、唾《つば》を吐きかけて去っていった。だが、家に帰ってこの話をしようとすると、妻は全く男に気がつかない。男は隠形《おんぎょう》、つまり透明人間になってしまったのである。泣く泣く男が六角堂にて観音に慈悲《じひ》を請うと、十四日後に僧が現われ、高貴な人物の家に導かれる。そこでは姫君が病に伏せっていたが、祈祷僧《きとうそう》が不動明王《ふどうみょうおう》の火界《かかい》の呪《じゅ》を読むと、突然男の着物が燃え上がり、燃えた後に姿が見えるようになったという。

●国家鎮護から個人信仰へ

七世紀頃に日本に伝来した観音信仰は、奈良時代、現世利益の功徳《くどく》が注目されて日本で独自の発展を遂げていく。当初、鎮護国家《ちんごこっか》の利益を期待した天皇や貴族たちに信奉され、天平《てんぴょう》十二年（七四〇）の藤原広嗣《ふじわらのひろつぐ》の乱の際には、反乱鎮定を祈って観音像が製作され、『観音経《かんのんぎょう》』が写経されている。

その一方で観世音菩薩は、個人信仰として民衆の間に浸透していった。こらちでは、日常生活の様々な危難を救ったり、人々のあらゆる願いをかなえたり、身近な利益を与える菩薩として親しまれた。

その時代背景を物語るように、平安時代初期に編纂《へんさん》された『日本霊異記《にほんりょういき》』には、観音が時と場合に応じて姿を変えて現われ、即物的な願いをかなえる菩薩として描かれている。

こうして独自の発展を遂げた観音信仰を拡大させたのは観音詣《もうで》の流行である。当初は貴族が中心だった観音詣も、十二世紀の院政《いんせい》期には民衆の間でも盛んに行なわれるようになった。すると寺院側でも経済効果に期待して、参詣者拡大を目指すようになる。そのため寺院の個性や功徳を喧伝《けんでん》する目的で、積極的に独自の本尊霊験譚を語り始めたのである。

追い詰められた女性たち

それを集めたものが『今昔物語集』に収録された観音霊験譚である。ここでは当時の観音信仰の底辺拡大を表わすように、貧しい男女が観音の利益を得た話など、世俗的な話が多いのが特徴だ。巻十六第三十三話は、観音の霊場である清水寺《きよみずでら》を舞台としている。

清水の観音詣をしていたある貧しい女性がある時、京に戻る途中に出会う男の言う通りにせよという観音の夢告を受け、八坂《やさか》の塔《とう》に住む男と契って夫婦の約束を交わした。

ところがその男が盗賊だと知ると、女は慌《あわ》てて逃走。ほどなく彼女の目の前を男は役人に引かれていった。

女性は自分も巻き添えをくわなかったのは観音のおかげだと安堵《あんど》したばかりか、男からもらった綾《あや》、絹布《けんぷ》を元手に裕福になり、新しい夫と幸福に暮らしたという。財や良き配偶者《はいぐうしゃ》を得るなどというのは、当時の貧しい女性たちの現実的な望みを反映させたものである。

女性たちを救う観音霊験譚がいくつも作られたのは、強く仏の救いを求めていたであろう彼女たちを、信仰に引き入れる目的があったと考えられる。身近な現世利益を叶える観音信仰が、様々な階層から崇敬《すうけい》を受け、信仰の裾野《すその》を広げていたことを示している。

『今昔物語集』観世音菩薩説話の概念図

〈仏法部の観世音菩薩霊験譚〉

巻11第31話
祟りがあると人々に恐れられた大木で、ひとりの僧が十一面観音像を造り、現在の長谷寺の始まりとなった。

巻30第6話
亡妻を忘れられない少将が、長谷寺観音の霊験で死別した亡妻の異母姉妹と遭遇した。

巻16の観世音菩薩霊験譚

第9話 貧しい女が清水の観音の霊験により裕福な貴族と出会い幸福を得る。

第19話 不倫が発覚し国王から折檻を受けた新羅の后が、長谷寺の観音に助けを求めたところ苦しみから解放される。

第36話 醍醐の僧蓮秀が観世音菩薩を崇敬していたところ、重病で命を落とすが、ひと晩で生き返らせてもらう。

など計40話

<本朝部の観世音菩薩霊験譚>

巻11第32話
行者が山中で出会った翁から、堂を建てるよう頼まれ、坂上田村麻呂と清水寺を建立した。

巻27第13話
鬼に襲われた従者が観音に念じて命拾いするも、弟に化けた鬼に殺される。

巻13第35話
僧源尊が観音の加護で冥途より生き返り、『法華経』の暗誦という念願を果たし往生した。

巻26第3話
大洪水に遭った童子が、次々に襲来する災難を観音の加護を仰ぎ切りぬけた。

〈宿報部の 観世音菩薩霊験譚〉

『今昔物語集』に収録された観世音菩薩にまつわる話群は、巻16に集められた観世音菩薩霊験譚を中核とし、世俗部にある観世音菩薩の霊験譚が周縁に位置する形で互いに響き合っている。女性が救いの対象となることが多いのもその特徴といえる。

第四章
神仏の加護と信仰

地蔵菩薩《じぞうぼさつ》

民衆に強く求められた地獄救済の利益を授ける

地蔵菩薩の持つ特異な利益

よく道端などでみかけるお地蔵様《じぞうさま》。これもれっきとした「菩薩」であり、『今昔物語集』には三十二もの地蔵菩薩にまつわる霊験譚が記されている。

たとえば巻十七第十三話には、落盤《らくばん》事故に遭って生き埋め寸前だった人夫が日頃信仰していた地蔵菩薩によって救済されたという話がみえる。

また、第三話には平諸道《たいらのもろみち》の父が合戦で矢を射尽くして窮地《きゅうち》に陥ったとき、小僧が現われて矢を拾い集めてくれ、辛《から》くも合戦に勝利した説話がある。その小僧は背に矢を受けたまま姿を消したが、諸道の父が氏寺《うじでら》に参詣したところ、地蔵菩薩の背中に矢が突き立てられていたことから小僧が地蔵菩薩の化身だったと知ったという。

この地蔵信仰の特徴は、地方の武士、庶民など一般民衆が救いの対象になっている点にある。これは地蔵菩薩信仰の持つ地獄救済という利益が、民衆に強く求めら

地蔵菩薩

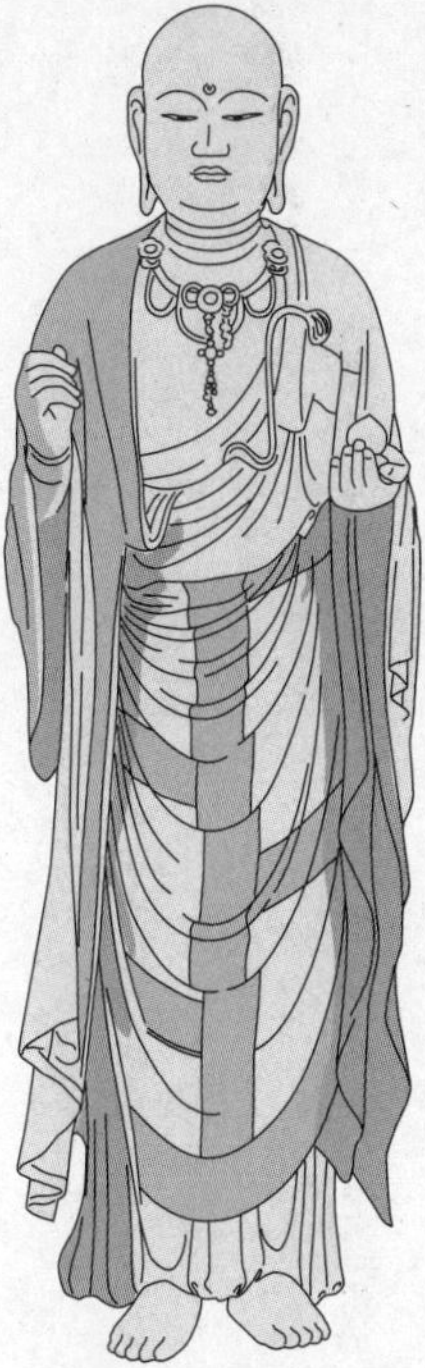

バラモン教の大地の神プリティヴィーが原型で、梵名《ぼんめい》はクシティーガルバ。大地のように堅固な菩薩心をそなえ、弥勒菩薩が出現するまでの間、菩薩のままで六道《りくどう》輪廻に苦しむ衆生を救うという。地獄救済の菩薩として親しまれ、現世または地獄の苦しみを代わりに受ける身代わり地蔵信仰も強まった。道祖神《どうそしん》とも習合して村の入口などにも祀られている。

れたからである。

なぜ庶民が地獄救済を切実に求めたのか。

じつは地蔵菩薩は釈迦が没してのち、次の仏の弥勒《みろく》菩薩が出現するまでの間、衆生を救うよう、仏から託された菩薩なのである。そのため地蔵は仏になるのを延期してまで、六道輪廻《りくどうりんね》（成仏できず六道世界に転生《てんしょう》し続けること）に苦しむ衆生を救うとされた（六地蔵信仰）。その六道のなかでも最も恐ろしいのが地獄《じごく》。よって地蔵菩薩は地獄救済の菩薩とみなされるようになった。

●庶民と地獄必定

しかし、この地獄救済の地蔵菩薩が奈良時代に伝来した当初から崇敬を集めたわけではない。なぜなら当時は現世利益が重視されていたため、来世の救済を本願《ほんがん》とする地蔵菩薩が日の目を見ることがなかったからである。

その状況が変わったのは極楽往生を願う浄土信仰が広まった十世紀末である。極楽と対比して地獄の恐怖が定着したことから地獄救済の地蔵菩薩が注目を浴びた。といってもこの頃の地蔵信仰は単独では成立していなかった。なぜなら地蔵以外、

地蔵説話の分布

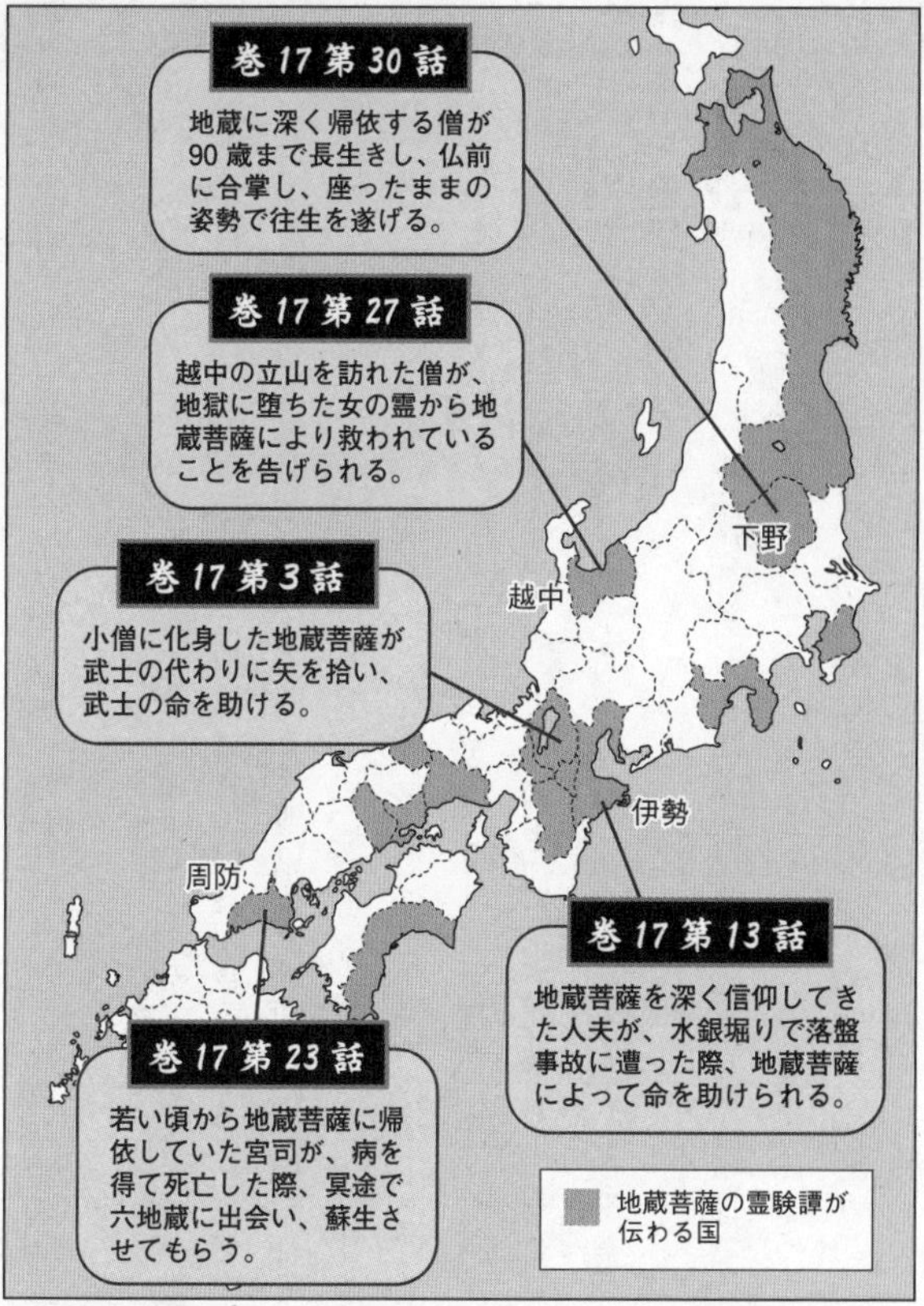
巻 17 第 30 話
地蔵に深く帰依する僧が90 歳まで長生きし、仏前に合掌し、座ったままの姿勢で往生を遂げる。
巻 17 第 27 話
越中の立山を訪れた僧が、地獄に堕ちた女の霊から地蔵菩薩により救われていることを告げられる。
巻 17 第 3 話
小僧に化身した地蔵菩薩が武士の代わりに矢を拾い、武士の命を助ける。
巻 17 第 13 話
地蔵菩薩を深く信仰してきた人夫が、水銀堀りで落盤事故に遭った際、地蔵菩薩によって命を助けられる。
巻 17 第 23 話
若い頃から地蔵菩薩に帰依していた宮司が、病を得て死亡した際、冥途で六地蔵に出会い、蘇生させてもらう。
下野
越中
伊勢
周防
地蔵菩薩の霊験譚が伝わる国

地蔵菩薩の霊験譚は、九州を除く日本全国に伝わっている。説話のなかでご利益を受ける人物が庶民階層である点が特徴である。

阿弥陀如来、文殊《もんじゅ》菩薩、弥勒《みろく》菩薩、勢至《せいし》菩薩、観音菩薩なども地獄救済の利益を持つとされていたからである。

いわば地蔵信仰は、当初は阿弥陀信仰を取り巻くひとつの要素にしかすぎなかった。また、当時はこの世で善行を積めば地獄行きは回避できると考えられていたため、地獄に対する恐怖観念も楽観的で、そこまで地獄救済が切実に求められてはいない事情もあった。

ところが、十一世紀に民衆にも浄土教が浸透して地獄観が深刻化すると、地蔵信仰が俄然《がぜん》注目を集め始めた。というのも貴族や富裕者は富と権力に任せて寺院や仏像を寄進《きしん》して功徳を積むことができるが、毎日の生活に追われて殺生《せっしょう》もせざるを得ない民衆は功徳を積むことがままならなかったからである。庶民には極楽往生は不可能という絶望感が漂った。

こうした背景からか、十一世紀に作られた地蔵説話集『地蔵菩薩霊験記』などでは、地獄に召されるのは前世の宿縁《しゅくえん》により決められた者と意識されるようになった。つまり地獄行きは、現世の善悪に関係なく前世から定められた因縁《いんねん》なので、逃れられないという地獄必定《ひつじょう》の考えが広まったのである。

この概念が浸透すると、庶民は地獄の恐怖におびえた。現世で貧しいのも前世の悪縁とされたからだ。そんな彼らにとってみれば、同じ地獄救済といっても地獄に堕ちないよう極楽往生を叶《かな》える阿弥陀如来や観世音菩薩よりも、自ら地獄に入って救済してくれる地蔵信仰に救いを求めたのは必然であった。結果、地蔵信仰は極楽往生が叶う貴族以上に、地蔵菩薩を地獄における救い主とする庶民の間で盛んになった。

●地獄から生還した人々

こうした時代背景を受けた『今昔物語集』の説話では、地獄からの救済は地蔵信仰に集中している。巻十七第二十四話では次のような話が収録されている。源満仲《みなもとのみつなか》の郎等《ろうどう》が死んで閻魔王《えんまおう》の前に引き立てられた。そこへ小僧が現われ、「あなたを助けてあげるので国に帰って罪を懺悔《さんげ》しなさい」と告げる。その正体を問うと、「我れは汝《なんじ》が鹿を追て馬を馳《はせ》て寺の前を渡りしときに、寺の内に急と見《き》し所の地蔵菩薩也」と答えている。郎等はかつて地蔵を見てほんの少し敬い心《うやまごころ》を起こし、左手で笠《かさ》を脱いだことがあった。地蔵はこんな些少《ささい》の信心《しんじん》をも汲み取って救済してくれる大《だい》慈悲《じひ》に満ちた菩薩だと述べられている。

しかし物語のなかには地蔵菩薩の力が及ばない場合もある。巻十七第二十二話では、地獄に堕《お》ちた賀茂盛孝《かものもりたか》という男から救いを求められた地蔵菩薩は、地獄の役人に交渉してもどうにもできないと断られる。すると地蔵菩薩は自分が身代わりとなって地獄の苦を受けようと申し出、盛孝が救われるのである。また、なかには地蔵菩薩がひととき地獄の苦しみを代わりに受けてくれるという話もあり、地蔵菩薩に対する期待の大きさが見て取れる。

地獄に堕とされた人々を救う菩薩。まさに地蔵信仰は浄土教という時代の潮流から、恐怖の地獄観が植え付けられたとき、庶民の間で必然的に発展した信仰だったのである。

路傍の地蔵

古くは街道沿いに頻繁にみられた地蔵は、地蔵信仰の広い浸透ぶりを示している。

第四章
神仏の加護と信仰

虚空蔵菩薩《こくうぞうぼさつ》

煩悩に悩む比叡山の学僧を導いた学問の仏

美女に導かれて比叡山一の僧に

無限の知恵でもって人々のあらゆる願いをかなえるとされる虚空蔵《こくうぞう》菩薩は、巻十七第三十三話では仏道修行に悩む学僧を意外な方法で導いている。

比叡山《ひえいざん》に住むある若い学僧は、学問に身が入らず悩んでいた。その悩みを嵯峨野《さがの》の法輪寺《ほうりんじ》の本尊虚空蔵菩薩に祈願した帰り道、一夜の宿を借りた家の女主人の美しさに心を奪われてしまう。

女主人に迫ると彼女は、「経を学んでいると見せかけ、あなたにこっそり近づきたいと思いますので、『法華経《ほけきょう》』を暗誦《あんしょう》してほしい」と言う。僧は急ぎ比叡山に戻ると、彼女と親しくなりたい一心で、『法華経』を二十日ほどで暗誦できるようになった。

再び女主人に会いに行ったところ、今度は「どうせならあなたと結婚して一緒に暮らしたい。そのためにも三年間勉学に励んで立派な学僧になってほしい」と懇願《こんがん》される。もっともだと思った僧は比叡山に戻ると、日夜怠《おこた》らずに学問に励み、三年後には比叡山でも随一の学僧となった。

万感《ばんかん》の思いを胸に嵯峨野の女主人を訪ねた僧は、女主人が問う仏法の問題に答え、ついに認められる。そして彼女に言われるままに横になっているうちにいつしか眠ってしまう。

ふと目を覚ました僧は仰天した。なぜなら、「見れば、薄《すすき》の生《おい》たるを掻臥《かきふ》せて、我れ寝たり。『怪《あや》し』と思て、頭を持上《もたげ》て見廻《みめぐら》せば、何《いづ》くとも不思《おぼえ》ぬ野中《のなか》の人ほのさも無きに、只独《ただひと》り臥《ふし》たりけり」。

なんとそこに女の家はなく、僧は人っ子ひとりいない野原の薄の上に寝ていたのである。

慌てふためいて近くの法輪寺に駆け込んだ僧は、夢のなかで女の意外な正体を知ることになる。虚空蔵菩薩が「お前が格別女に強い関心を持っていたので、私が女の姿になって導いたのだ」と事実を明かしたのである。

なぜ虚空菩薩はこのような形で僧を導いたのか。それは『虚空蔵経』で「我を頼

虚空蔵菩薩

アーカシャ（虚空）ガルバ（蔵）という梵名を持つ虚空蔵菩薩は、虚空のような広大無辺の福徳と智慧を持ち、人々のあらゆる願いを叶えてくれる菩薩である。日本では奈良時代に一度聞いたことは忘れないという記憶力を高める求聞持法《ぐもんじほう》という修法の本尊として請来《しょうらい》された。学問のみならず技能、芸術の神としても信仰されている。

む者は命終わるとき、念仏《ねんぶつ》ができなくなっても、私が父母や妻子となってその人のそばにいて念仏をすすめてやろう」と説いたことを実践し、僧の好みの女性の姿になって学問の道へと導いたのだ。

これは広大無辺な智恵を持つとされた虚空蔵菩薩が、すでに学問の神としても広く崇拝されていたことを物語る説話でもある。

●記憶力を高める仏

もともと虚空蔵菩薩は記憶力を高める求聞持法《ぐもんじほう》の功徳で中国より請来された仏で、日本では学問、芸術の神として広く信仰された。空海《くうかい》もこの修法《しゅほう》を行なって超人的な記憶力を身につけたという。

説話に登場する京都嵯峨野の法輪寺の本尊は「三虚空蔵」のひとつに数えられ、空海の弟子道昌《どうしょう》が求聞持法を行なったところ、菩薩が降臨《こうりん》。本尊にしたとされる由緒ある仏像である。

なお、この信仰は今も受験合格、学力増進などの功徳のほか、十三歳になった男女が福徳と智恵と厄落《やくお》としを祈る「十三詣り《じゅうさんまい》」などの形で受け継がれている。

虚空蔵菩薩により大成した僧の説話

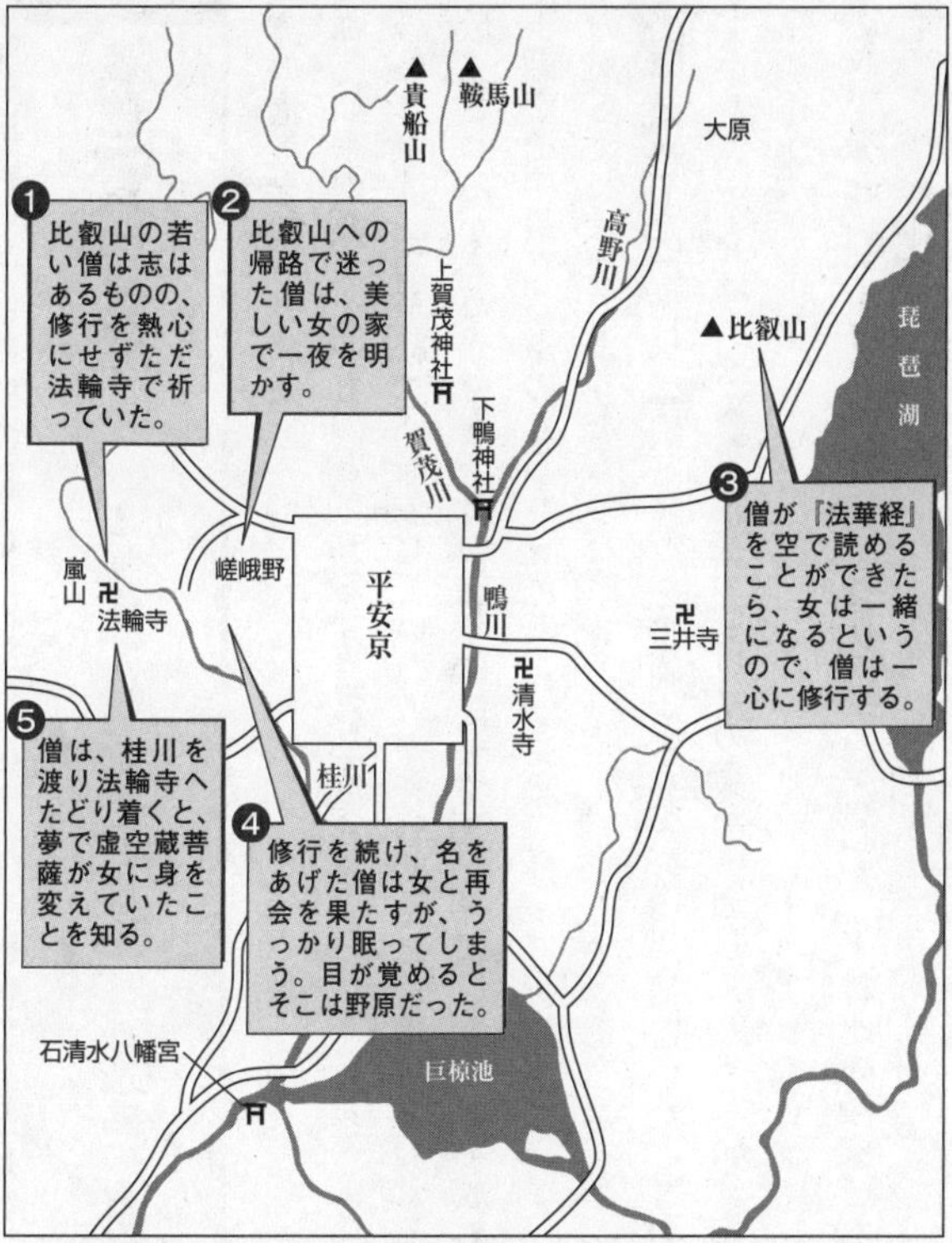

貴船山
鞍馬山
大原
高野川
比叡山
琵琶湖
上賀茂神社
下鴨神社
賀茂川
嵐山
法輪寺
嵯峨野
平安京
鴨川
三井寺
清水寺
桂川
石清水八幡宮
巨椋池
1 比叡山の若い僧は志はあるものの、修行を熱心にせずただ法輪寺で祈っていた。
2 比叡山への帰路で迷った僧は、美しい女の家で一夜を明かす。
3 僧が『法華経』を空で読めることができたら、女は一緒になるというので、僧は一心に修行する。
4 修行を続け、名をあげた僧は女と再会を果たすが、うっかり眠ってしまう。目が覚めるとそこは野原だった。
5 僧は、桂川を渡り法輪寺へたどり着くと、夢で虚空蔵菩薩が女に身を変えていたことを知る。

虚空蔵菩薩は、空海が記憶力を高めた虚空蔵求聞持法に象徴されるように、学問を大成させてくれる菩薩としても信仰された。『今昔物語集』巻十七第三十三話には煩悩に悩む僧の前に美女の姿で現われ、学業成就へと導いた説話が収録されている。

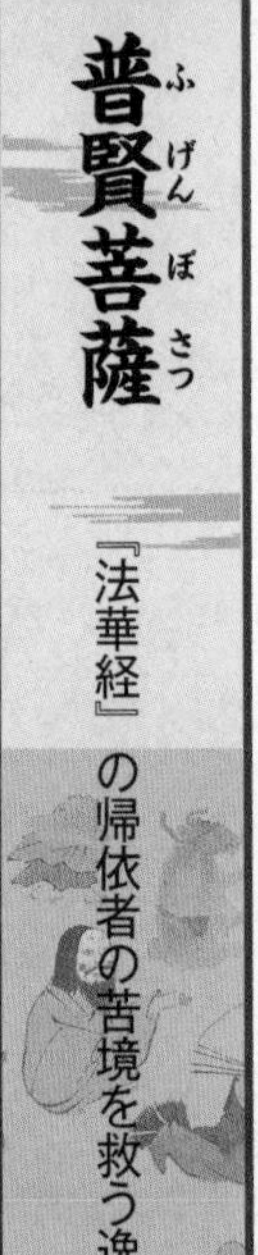

普賢菩薩《ふげんぼさつ》

『法華経』の帰依者の苦境を救う逸話の数々

無実の信者を救う外れ矢

阿弥陀如来の教えそのものとされる『法華経』を守護する仏が普賢《ふげん》菩薩である。『今昔物語集』では『法華経』に帰依《きえ》していた人が普賢菩薩に苦境を救われるという説話が散見《さんけん》されるが、なかでも一時の怒りに任せて悪行を起こすことを戒《いまし》めた巻十七第四十話がその最たるものだろう。

そのあらすじは次のようなものだ。

近江国金勝寺《おうみのくにこんしょうじ》に毎日、『法華経』を読誦《どくじゅ》する光空《こうぐう》という僧がいた。この光空に帰依していた兵平介《ひょうへいすけ》は、家来から光空と自分の妻が密通《みっつう》しているという告げ口を聞いて怒り狂う。

この兵平介という男、かつて国家に反乱を起こした平将門《たいらのまさかど》の一族であり猛々《たけだけ》しい気性だ。

普賢菩薩

理智と慈悲の普賢菩薩は「理」を表わし、智の文殊菩薩とともに釈迦如来の脇侍《わきじ》として釈迦三尊像を構成する。『法華経』によれば、六牙の象に乗って現われ、信者を守護すると記される。また、『華《け》厳経《ごんきょう》』では十大願を打ち立て、女人も往生できると説いたため女性の信仰を集める一方、密教では延命祈願の本尊として貴族たちに信仰された。

ただちに光空を殺害しようと、木の幹に縛り付け、その腹めがけて部下に矢を射させる。

部下は弓を強く引き、光空の腹に狙いを定めて矢を射たが、なぜかその矢は光空に当たらず、その傍《かたわ》らに落ちてしまった。

もう一回弓を射させても、また兵平介自ら弓を引いても同じ結果であった。

恐れ入った兵平介はその場で懺悔し、家に戻ったところ、その晩、白象に乗った普賢菩薩の腹に三本の矢が突き立っているという夢を見た。

光空に放たれた矢は、じつは普賢菩薩がその身代わりになって受け止めていたのである。

こののち普賢菩薩は、事情を知って懺悔する兵平介を許すが、この家を去ると告げた。

果たして光空はこの家から姿を消し、二度と戻ることはなかったという。

この説話は浄土教が普及し始めていた当時、『法華経』の教えを勧め、その信者を守る仏として、普賢菩薩の存在に注目が集まっていたことを反映したものといえる。

第四章
神仏の加護と信仰

妙見菩薩《みょうけんぼさつ》

信仰篤き男の苦難を救った北極星の化身

●星を対象にした信仰

巻十七第四十八話には妙見《みょうけん》信仰の仏尊である妙見菩薩の霊験譚が収録されている。

あるとき、妙見菩薩を信仰する紀伊国《きいのくに》の富裕な男の家に盗人が入り、絹十疋《ひき》を盗まれてしまった。そのことを妙見菩薩に報告し、心をこめて祈ったところ、七日もしないうちに絹が手元に戻ってきた。

その次第《しだい》は盗人が北の市に行って絹を売ろうとしたところ、

「彼の市の庭に忽《たちまち》に猛《たけ》き風出来《いでき》て、其《そ》の絹を空に巻き上て、遥《はるか》に南を指て吹□持行く。彼の絹の主の家の庭に吹き落しつ」

というもの。

つまり、風に乗って自分の家の庭に戻ってきたのである。

男は妙見菩薩の助けだと感謝して、ますます篤《あつ》く信仰したという。

妙見菩薩は北極星《ほっきょくせい》を神格化した仏で、北の市という設定は北極星との関わりからだとみられる。

中国では天空の星座の中心で、方位を定める北極星は北辰《ほくしん》とも呼ばれ、星や自然界を司《つかさど》る尊貴な星として尊崇《そうすう》を集めた。

やがて仏教に取り入れられると、この北辰を妙見菩薩とみなし、国家鎮護の功徳が説かれるようになる。

日本には奈良時代、密教によってもたらされ、宮中では国土《こくど》安寧《あんねい》を祈願して北辰祭を行なう一方、八世紀には民間でも北辰祭が行なわれるなど、早くから民間信仰化した。

妙見信仰は中世、日蓮宗《にちれんしゅう》に取り入れられてさらに発展した。北方の守護神でもある四天王の毘沙門天《びしゃもんてん》とも結びつく。

妙見にまつわる霊験譚としては、千葉《ちば》胤忠《たねただ》が千葉市の妙見寺にある妙見の神像を盗もうとこれを背負って逃げ出したものの、この像が急に重くなって捨てたという逸話《いつわ》が残されている。

妙見菩薩

北極星を神格化した道教の思想が仏教に取り入れられた菩薩。仏教では『七仏八《しちぶつはち》菩薩《ぼさつ》所説大《しょせつだい》陀羅尼《だらに》神呪経《じんしゆきょう》』が北辰《ほくしん》を、妙見菩薩としている。国土を守り、災いを除去するほか、眼病平癒《へいゆ》などの功徳があるとされる。この北辰北斗《ほくと》信仰は日本には奈良時代にもたらされ、宮中から民間まで幅広く浸透した。

第四章
神仏の加護と信仰

弥《み》勒《ろく》菩《ぼ》薩《さつ》

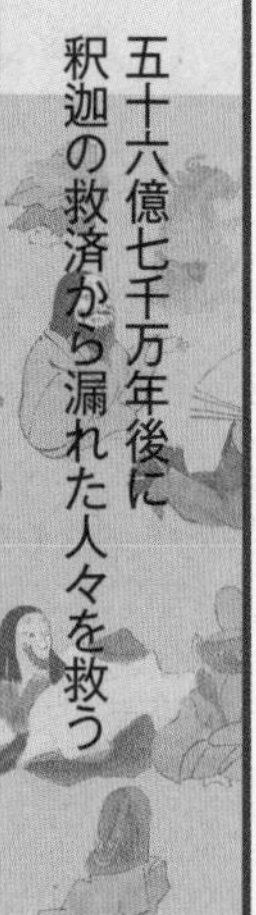

五十六億七千万年後に釈迦の救済から漏れた人々を救う

●遠い未来からくる仏

釈迦の次に仏の位につくと約束されたのが弥勒《みろく》菩薩である。釈迦入滅後五十六億七千万年後の世界に現われ、釈迦の救済から漏れた人々を救うため未来仏《みらいぶつ》とも称された。その弥勒菩薩は、現在は兜率天《とそつてん》にあって人々を見守っているといわれる。

こうした伝承から日本で発展したのが、弥勒がこの世に現われることを信じる弥勒下生《げしょう》信仰で、それに基づいたのが巻十七第三十四話の逸話である。

天平神護《てんぴょうじんご》二年（七六六）、近江国《おうみのくに》に暮らす裕福な人が『瑜伽論《ゆがろん》』書写を発願《ほつがん》するも、食事にも事欠くほど貧しくなり、山寺に住み着いた。すると弥勒菩薩の像が山寺の一本の柴《しば》の上に現われた。

これを聞いた近隣の人々が礼拝《らいはい》して食糧や布やらをお供えしたため、男はこれら

弥勒菩薩

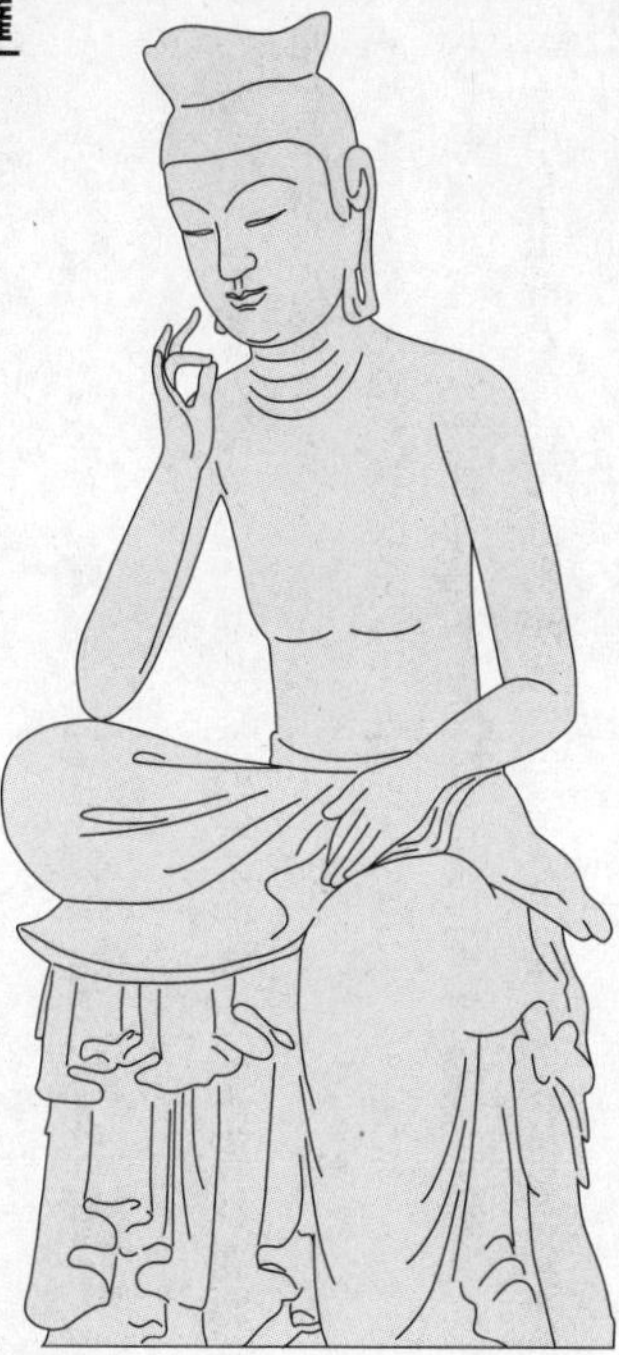

釈迦の弟子で梵名マイトレーヤ。釈迦の預言により釈迦入滅56億7000万年後に如来となってこの世に現われ、釈迦の救済から漏れた人を救うという。そのとき3回の説法で300億人近い人を救うとされる。日本では仏教伝来直後、蘇我馬子《そがのうまこ》が祀ったのが最初で、のちに民間信仰として発展した。広隆寺《こうりゅうじ》の半跏思惟像《はんかしいぞう》（兜率天で思索にふける姿）が有名。

を元手についに書写供養《しょしゃくよう》を果たしたという。

物語はこの出来事をもって、

「弥勒菩薩は、兜率天上に在《まし》ますと云へども、衆生利益の為には、苦縛《くばく》の凡地《ぼんち》に下《くだり》て形を示し給《たま》ふ也《なり》けり」

と、兜率天にいる弥勒菩薩が人間界に降りてきて衆生にご利益を与えてくれたと、その霊験を語っている。

一方、主に貴族の間では弥勒菩薩のいる兜率天へ生まれ変わりたいと願う上生《じょうしょう》信仰も派生した。

それを反映したのが巻四第三十九話である。ある羅漢《らかん》が、北天竺《きたてんじく》の寺にある弥勒菩薩に真実の像を造りたいので兜率天に伺いたいと申し出ると、菩薩は私が仏になったとき、その像を道案内に私のところに来なさいと告げたという。

このように弥勒信仰は下生、上生に派生したが、日本では未来という感覚が貴族にうけず、民間信仰ではもっぱら弥勒がいつかは救いに来てくれるという下生信仰が発達した。

第四章
神仏の
加護と信仰

文《もん》殊《じゅ》菩《ぼ》薩《さつ》

現世では釈迦の弟子、仏の世界では師匠だった智恵の仏

文殊の生まれ変わりだった行基

普賢菩薩とともに釈迦の脇侍《わきじ》として重要な尊格《そんかく》とされる文殊《もんじゅ》菩薩は、インドに生まれた実在の人物といわれている。その由来として『今昔物語集』巻三第二話に次のような逸話がある。

文殊は中天竺舎衛国《ちゅうてんじくしゃえこく》の多羅村《たらむら》の梵徳婆羅門《ぼんとくばらもん》という人の子で、母の右脇から生まれ、その出生時には十の吉兆《きっちょう》がもたらされた。

釈迦の弟子となって、智恵、自在な神変《しんぺん》などを供えたが、じつは仏の世界にあって釈迦の師であった。

しかし二仏が並び立つのはよくないとして、自らは成仏《じょうぶつ》しない菩薩として現われ、衆生を教化《きょうげ》したと記されている。

そんな文殊は「三人よれば文殊の知恵」とも言われるように、智恵の仏としても

名高い。

『維摩経《ゆいまぎょう》』では、論客《ろんきゃく》として知られる維摩居士《ゆいまこじ》のもとに釈迦の名代《みょうだい》として赴《おもむ》き、この智恵を駆使して論戦を交える姿が記されている。

この智恵とは物事の真理を悟り、仏道を習得する力のことである。日本では智恵を持つだけではなく、文殊が貧窮《ひんきゅう》の衆生に身を変えて信者の前に現われ、実践を救済するという信仰が発達した。

奈良時代の僧の行基《ぎょうき》など、賢人たちが文殊菩薩の化身と称えられていたことが、『今昔物語集』などからうかがえる。

行基は法相宗《ほっそうしゅう》を学び、社会事業を行ないながら民衆への布教を進めた僧として知られる。巻十七第三十七話では行基が、泣いて説法を邪魔する子供の正体が悪霊であることを見抜いたことから、文殊の化身であると称えられている。行基が民衆の僧として親しまれた背景には、文殊菩薩が庶民のなかに入って見守ってくれる身近な存在であるという信仰が存在する。

『今昔物語集』では、五台山から日本の衆生を救うために、文殊菩薩が行基となって生まれたと説明されている。

文殊菩薩

文殊は智恵を象徴する菩薩。梵名マンジュシュリーの音読の略で、インドの実在の人物とされるが、『旧華厳経《きゅうけごんきょう》』をもとに中国五台《ごだい》山《さん》に住んでいるという説も生まれた。日本では平安時代、比叡山《ひえいざん》の慈覚大師円仁《じかくだいしえんにん》が像を勧請《かんじょう》したことから信仰が広まり、息災法などの本尊として崇敬される一方、文殊菩薩が身を変えて貧者を救済する信仰から貧者に布施《ふせ》をする信仰も生まれた。

不《ふ》動《どう》明《みょう》王《おう》

破戒の衆生を力ずくで導く日本独自の不動信仰

●殺した女と結婚した破戒僧

不動明王《ふどうみょうおう》といえば、牙をむき出した恐ろしい形相で知られている。忿怒《ふんぬ》の姿をしているのは、一切の衆生を教化して救済せよという如来の命令を受け、なかなか教えに従おうとしない衆生も力ずくで屈服させて悟《さと》りへと導く使命を帯びているからである。

不動明王信仰は五大明王《ごだいみょうおう》の隆盛とともに主に日本で発展した。『今昔物語集』の巻三十一第三話には、不動明王の役割がいかんなく発揮された逸話が収録されている。

その主人公は女犯《にょぼん》の罪を犯し、破戒僧《はかいそう》となりながらも真言《しんごん》の秘法に通じた人物として名を高めた湛慶《たんけい》だ。

不動尊に仕えて修行していた湛慶は、あるとき不動明王から「汝は専《もっぱ》ら我れを憑《たの》

不動明王

本来はヒンドゥー教のシヴァ神で、仏教に入ってからは密教において大日如来の使者、さらには大日如来が衆生を救済するために化身した神格へと発展した。一切衆生の救済を目的にしているため、救いがたい衆生を導くべく恐ろしい姿をしている。インド、中国ではあまり発展せず、日本では空海によって本格的にもたらされて以後、独自に発展した。

めり。我れ汝を可加護す《かごすべし》」というお告げを受けたが、その後の経緯は不動明王の「破戒の人物を力ずくで導く」という役割に沿ったものとなっていく。

不動明王から前世の因縁《いんねん》で尾張国《おわりのくに》に住むある娘の色香に迷い、夫婦として暮らすだろうと宣告された湛慶は、破戒僧にならないためにその娘を探し出し、首をかき切ってしまう。

しばらくのち、ある女と情を交わしてしまうが、なんとそれは殺したはずの娘だった。

聞けば子供の頃に首を切られて殺されかけたが、誰かが首の傷を癒《いや》してくれたのだとか。

その後、ふたりは夫婦となり、湛慶は還俗《げんぞく》。高向公輔《たかむこのきんすけ》と名乗って真言の教義を極め、出世したと伝えられる。

湛慶は女犯の罪を恐れてその女を殺害しようとしたにもかかわらず、結局は不動明王の宣告どおりに導かれた。

まさに日本で人気を誇った不動明王の絶大な効能と力強さを反映した逸話といえる。

第四章
神仏の加護と信仰

軍荼利明王《ぐんだりみょうおう》

明王の化身・修円と超人・空海の験力比べの顛末

説話に反映された密教観

密教・真言宗の祖弘法大師《こうぼうだいし》こと空海《くうかい》には、聖人・超人ともいえる伝説が数多く伝えられているが、『今昔物語集』ではそれらとは一線を画した、人間臭さを放つ異質な超人・空海が登場する。

巻十四第四十話には次のような話が収録されている。

嵯峨《さが》天皇に重用されていた興福寺《こうふくじ》の僧修円《しゅうえん》は、あるとき栗《くり》ゆでの法力《ほうりき》を空海に邪魔されたため、これを恨《うら》んだ。そればかりか空海もこれに応じる形でお互い遺恨《いこん》を抱き、相手の息の根を止めようと「死ね、死ね」と呪詛《じゅそ》合戦を繰り広げる。

この呪詛合戦と、続く第四十一話にある空海が雨乞《あまご》いを成功させたという逸話には、当時の人々が抱く真言密教観が反映されている。

すなわち密教は苦行によって超能力を体得する宗教であり、呪文を唱えたり、修《しゅ》

東寺立体曼荼羅（東寺講堂の仏像配置図）

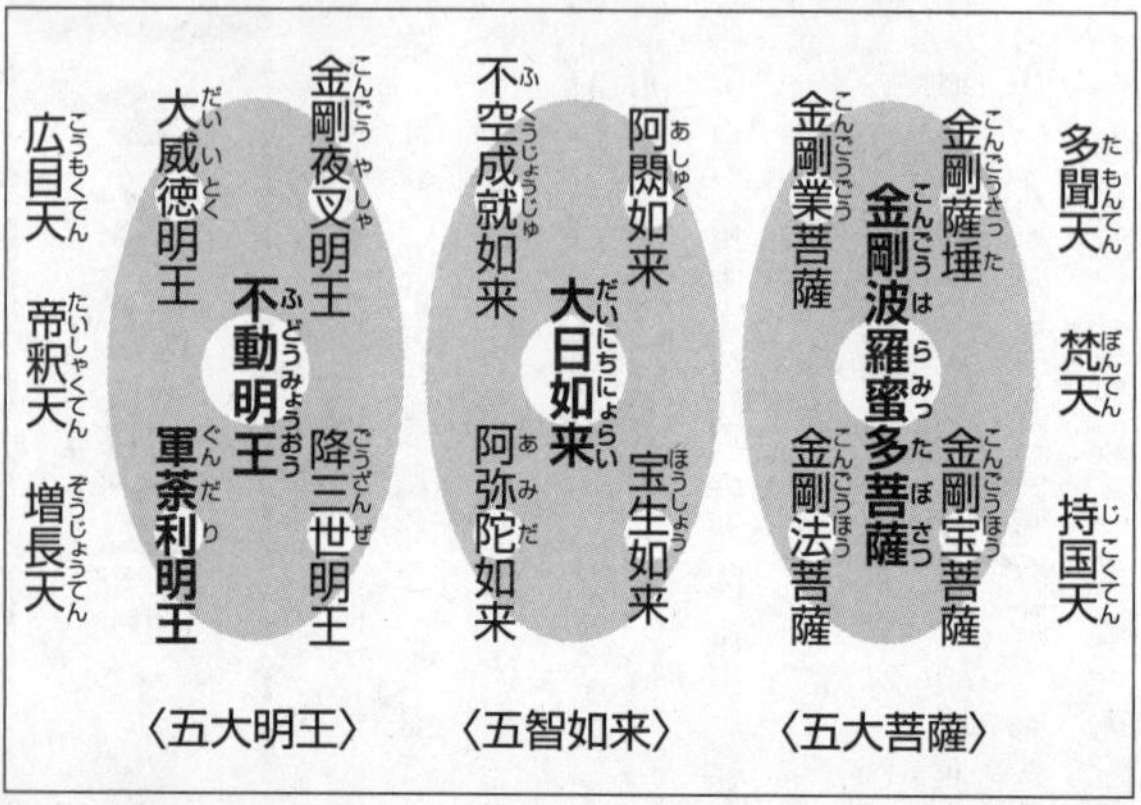
多聞天《たもんてん》
梵天《ぼんてん》
持国天《じこくてん》
金剛薩埵《こんごうさった》
金剛波羅蜜多菩薩《こんごうはらみったぼさつ》
金剛宝菩薩《こんごうほう》
金剛業菩薩《こんごうごう》
金剛法菩薩《こんごうほう》
〈五大菩薩〉
阿閦《あしゅく》如来
大日如来《だいにちにょらい》
宝生《ほうしょう》如来
不空成就《ふくうじょうじゅ》如来
阿弥陀《あみだ》如来
〈五智如来〉
金剛夜叉《こんごうやしゃ》明王
不動明王《ふどうみょうおう》
降三世《ごうざんぜ》明王
大威徳《だいいとく》明王
軍荼利《ぐんだり》明王
〈五大明王〉
広目天《こうもくてん》
帝釈天《たいしゃくてん》
増長天《ぞうじょうてん》

軍荼利明王は、五大明王の一尊として空海が作り上げた東寺金堂の立体曼荼羅の一角を担っている。

法《ほう》を行なって国家安泰、怨敵退散《おんてきたいさん》などを祈ってきた影響で、民衆の間では呪術や超能力という不思議な力を使ったオカルト的存在と捉《とら》えられていたようだ。

そんな密教の霊験であるが、空海と修円お互いが呪詛しあっているのでなかなか効き目が現われない。

そこで空海は一計を案じる。わざと自分が死んだという噂を広め、修円が祈祷《きとう》をやめるように仕向けたのだ。

修円は見事に騙《だま》され、自分の呪詛が効いたのだと満足して修法を

軍荼利明王

梵名はグンダリー。原義は「甘露《かんろ》の容器」と「髑髏《どくろ》を巻く者」という意味で宝生《ほうしょう》如来の化身とされた。明王は如来に代わって力ずくで人々を悟りに導くため忿怒《ふんぬ》相をしており、軍荼利明王は煩悩をねじ伏せるとされる。密教の伝来とともに日本に伝わり、日本では五大明王（不動、降三世《ごうざんぜ》、軍荼利、大威徳《だいいとく》、金剛夜叉《こんごうやしゃ》）として発展した。

終わらせた。

これを聞いた空海が、ここぞとばかりに呪詛したところ、修円はたちどころに死んでしまったという。

●呪い殺した相手の正体とは

空海は「我《わ》れ、此《こ》れを呪祖し殺しつ。今は心安し」と宿敵を倒したことに安堵《あんど》したものの、自分をこれほどまで苦しめた修円とはただ者ではあるまいと、その正体を知りたくなった。

そこで降霊《こうれい》をしたところ、大きな壇《だん》のうえに一面八臂《いちめんはっぴ》の姿をした軍荼利明王《ぐんだりみょうおう》が立った。

修円はなんと軍荼利明王の化身だったのである。

軍荼利明王とは悪霊・諸病退散を司り、煩悩《ぼんのう》にまみれた人々を救済する仏教守護神。怒りの形相をして二本の腕では三鈷印《さんこいん》を結び、他の手には武器や斧《おの》を持っている。蛇を体に巻きつけた姿が特徴である。

空海は、この修円が明王の化身だったと知り、その法力に納得したというが、こ

五大明王と呪法

五大明王	神徳と真言
不動明王	煩悩を取り除き、悪や怨敵を制するだけでなく、修行者を守る。
	真言：ナウマク・サマンダ・バザラダン・カン（一字呪）
降三世明王	過去・現在・未来の三世と欲望・怒り・愚かさの三毒を制する。
	真言：オン・ソンバ・ニソンバ・ウン・バザラ・ウン・パッタ
軍荼利明王	延命、息災祈願、悪行を制する。
	真言：オン・アミリテイ・ウン・ハッタ（甘露呪）
大威徳明王	戦勝祈願、怨敵を制する。
	真言：オン・シュチリ・キャラロハ・ウン・ケン・ソワカ
金剛夜叉明王	煩悩を取り除き、魔や怨敵を制する。
	真言：オン・バザラ・ヤキシャ・ウン（金剛夜叉呪）

の逸話は全国各地に伝説を残す聖人空海の姿からは想像もつかない説話である。

もっとも物語では、空海ともあろう人物が人を呪い殺すようなことをしたのは、後世の人が人を呪うような悪行を犯さないようにする目的があった、と弁解している。

相手が仏法に背いて空海を呪ったため、その報いは自分に返ってくるということを説くために空海は反面教師になってみせたというのである。明王と空海の験力《げんりき》比べながら、人間臭い内容になっているのも日本らしい設定である。

帝釈天《たいしゃくてん》

月の兎として語り継がれた献身と善行の証

●月と兎の物語

仏法の守護神とされ、武神的性格も持つ帝釈天《たいしゃくてん》は、『今昔物語集』においていくつかの逸話に登場している。

妻舎脂夫人《しゃしぶにん》の父である阿修羅《あしゅら》との戦いに敗れて退却する途中、目の前に這《は》い出したアリの大群を踏み殺してしまわないよう、引き返したという巻一第三十話のように、仏法を守ろうとすることに主眼をおいたような逸話もあるが、四天王《してんのう》を支配下に置き、四方に睨《にら》みをきかせる武神ではなく、意外に親しみやすい姿の逸話が多く語られている。

なかでも動物たちと密接に関わり、教え諭《さと》すという役割を果たしているのが興味深い。

月の兎《うさぎ》の由来になったのが巻五第十三話である。天竺《てんじく》に信心深く仏道の修行を積

帝釈天

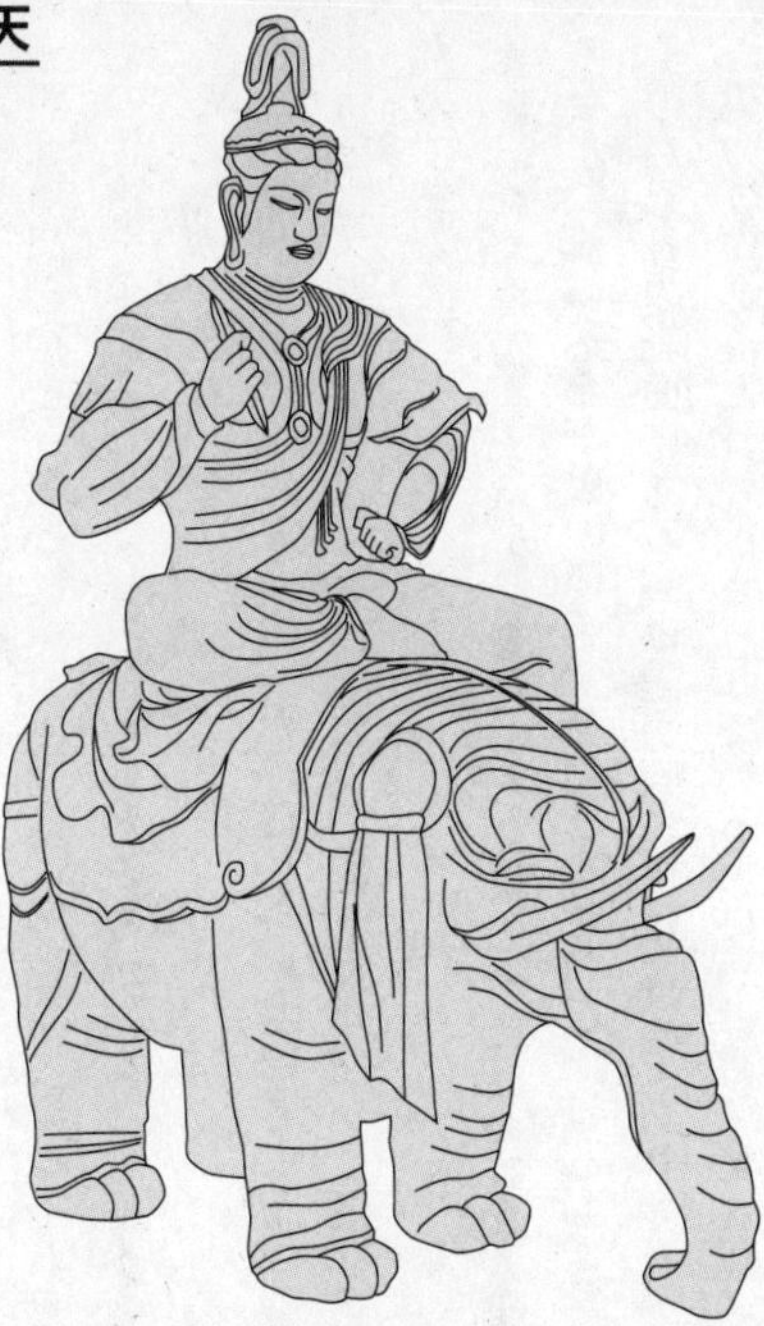

元はバラモン教の最高神で悪を退治する武神として知られたインドラであった。仏教に取り入れられると、釈迦が悟りに至る前から修行を見守った仏法の守護神となった。須弥山《しゅみせん》の頂上の善見城《ぜんけんじょう》に住み、部下の四天王を統率して仏法を守っている。すべての自然現象、森羅万象を支配するともいわれている。

んでいる兎、狐《きつね》、猿《さる》の三匹がいた。彼らの真意を確かめようと思った帝釈天は自ら老僧に姿を変えて、三匹の前に姿を現わし、「私は年寄りで、何もできないので養ってほしい」と頼む。

三匹は功徳《くどく》を積む好機と快く引き受け、早速猿と狐はそれぞれの智恵を駆使して多くの食物を手に入れて差し出した。ところが無力な兎は歩き回っても何ひとつ見つけることができない。

そこで兎が思案の末に思い至ったのは自らの身を差し出すことだった。兔は、「どうぞ私を食べてください」と言うなり、焚《た》き火《び》のなかに飛び込んで焼け死んでしまったのである。

兎を哀れんだ帝釈天は、月を見るたびに人々にこの献身を思い出してほしいと、火のなかに飛び込んだ兎の姿を、そのまま月のなかに写した。

そのため月の表面にある雲は兎が火に焼けた煙であり、月のなかにはこの焼け死んだ兎の姿があると言い伝えられている。いわば月にある兎の姿は善行の証《あかし》だったのである。

これは現在でもよく知られる月の兎の由来となった話で、インドの仏教説話を元

帝釈天と四天王の配置

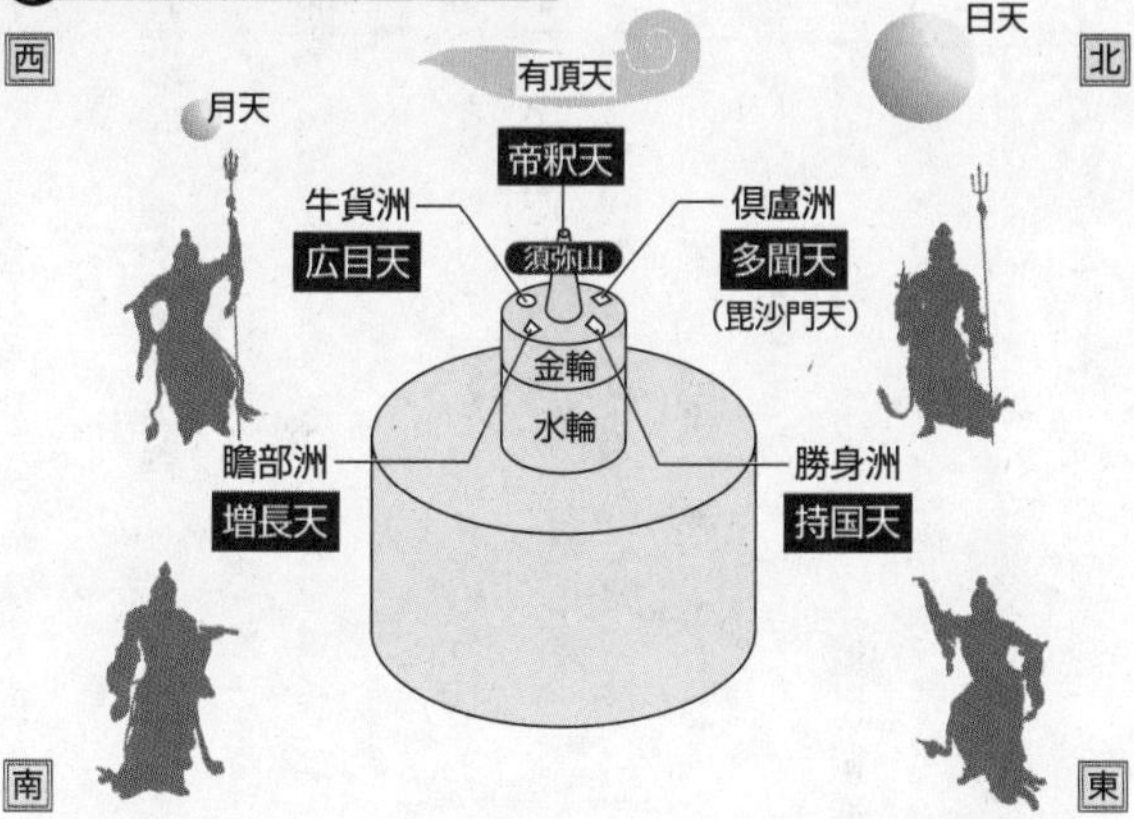

仏教では世界の中心には高さ 56 万キロメートルに及ぶ須弥山がそびえ、その頂上に帝釈天が住むとされる。そして、帝釈天に仕える四天王は須弥山の中腹にいる。

三獣それぞれの供え物

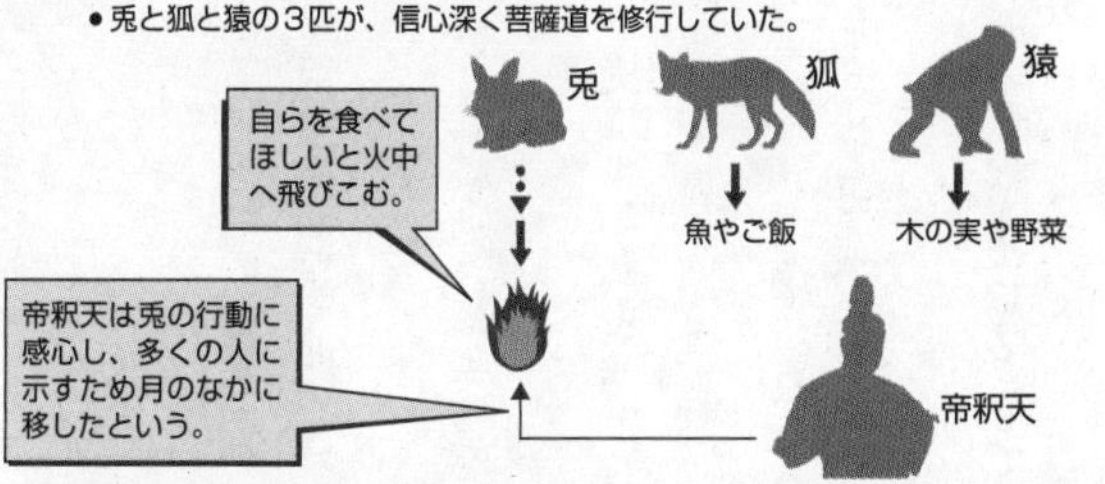

菩薩道の修行に励む兎、狐、猿の前に、その本心を試そうと帝釈天が老僧の姿になって現われ、助けを求めた。これに対し、3匹はそれぞれの特技を生かした形で供物を捧げる。

にしたと伝えられるが、帝釈天が慈悲深い姿を見せているのが印象的である。

●慈悲深く穏やかな仏尊

また、巻五第二十三話には帝釈天と千匹の猿の話がある。天竺の舎衛国《しゃえこく》の山には千匹の猿が住み着き、帝釈天を供養《くよう》していたが、これら猿のなかで一匹だけ鼻がある猿がいた。

そのため残りの猿からいじめられており、仲間外れにされて別々に供物《くもつ》を捧げることになった。

すると帝釈天は、鼻のある猿の供物だけを受け取り、抗議する九百九十九匹の猿たちに向かって、「前世の罪によりお前たちは六根《ろっこん》（眼・耳・鼻・口〔舌〕・身・意）を完備しないのだ」と諭したという。

この話は、怠惰《たいだ》な衆生が、仏道に精進《しょうじん》する人をそしることを戒めたたとえ話として帝釈天が説いたものと伝えられる。

いずれの説話も本来の武神像とは一線を画した慈悲深い仏教守護神としての一面を見せているといえよう。

閻魔王《えんまおう》

冥府の王から地獄の裁判官へと変貌を遂げる

冥府の王から地獄の裁判官へ

現在地獄で罪人を裁く裁判官として定着している閻魔王《えんまおう》は、『今昔物語集』においては、死後の世界の王としてたびたび登場している。官吏《かんり》の小野篁《おののたかむら》が夜は閻魔王に仕えていたという話もあるが、当時の閻魔王像を如実に表わしたのが巻四第四十一話だろう。

それは次のような話である。

ある男が七歳で死んだわが子にもう一度会いたいと願い、死後の世界を支配する閻魔王のところに行って頼むことにした。

男は大きな川の上の七宝《しっぽう》の宮殿にいる閻魔王のもとを訪れた。男の嘆願を受けた閻魔王は、男に冥府《めいふ》（死後）の実態を見せ付ける。

それは男がわが子に駆け寄り、涙ながらに再会を喜ぶものの、子供の方は父親に何の反応も示さないという非情な現実であった。

冥府はすでに前世を断ち切り転生した場所だったのである。

このように親子の情愛も通じない冥府の様子を描き出しているが、ここでの閻魔王は、地獄の裁判官というよりは冥府の王としての側面が強い。

じつは物語が創作された頃の閻魔といえば、死後の世界を支配したインドの神ヤマの影響が強く、現在のような地獄の裁判官というイメージがまだ浸透していなかった。

というのもインドの神ヤマを起源とする閻魔は最初、仏教と結びついた閻魔天として日本に広まったからである。

閻魔が死者の生前の行為によって賞罰を下す地獄の裁判官・閻魔大王へと変貌《へんぼう》を遂げたのは、中国の道教《どうきょう》と融合してからのこと。その閻魔大王と十王《じゅうおう》信仰が中国から日本に伝えられたのは物語が描く時代より下った平安後期、鎌倉時代のことだったのである。

十王とは地獄で亡者の裁きを行なう十人の王のことで、閻魔王はその一人とされている。

閻魔王

閻魔は人類最初の死者となったインドの神ヤマを前身とする。当初は天上界の楽土である死後世界の王であり、地獄とは無関係だった。仏教の守護神に取り入れられ閻魔天となって日本へ入った。さらに中国へ伝わっていた閻魔天は道教の冥界思想の影響を受けて、罪人を裁く裁判官へと発展。これが平安後期に日本へと伝わり、やがて閻魔は地獄の裁判官というイメージが定着した。

第四章

神仏の加護と信仰

吉祥天《きっしょうてん》

福徳の神として崇敬を集めた美しすぎる仏

打ち出の小槌の功徳

日本の仏教で崇敬《すうけい》を集めてきた女形の仏といえば吉祥天《きっしょうてん》と弁財天《べんざいてん》が双璧である。なかでもヒンドゥー教の美と福徳の女神であるラクシュミーを原型とする吉祥天は、仏教に取り入れられてからも福徳をもたらし、来世では悟りをもたらす仏尊として信仰されてきた。

『今昔物語集』においてもその吉祥天が福徳をもたらす逸話がいくつか収録されている。巻十七第四十六話では、ある貧しい女王の話がある。女王は仲間の王族の接待に窮《きゅう》して奈良の寺に祀《まつ》られている吉祥天に「私を哀れと思うならどうかお恵みを」と祈願した。

すると女王が困っていることを聞いたと、以前女王を養育していた乳母《うば》が女王のもとを訪れ、饗宴《きょうえん》料理を整えてくれた。饗応《きょうおう》は大成功に終わり、招待客から絹、

吉祥天

元はインドのヴィシュヌ神の妃である福徳の女神ラクシュミー。仏教に取り入れられ、毘沙門天《びしゃもんてん》の妃吉祥天となった。日本では国家レベルでは罪悪を懺悔《さんげ》し、福徳と五穀豊穣《ごこくほうじょう》を祈願する本尊とされた。個人信仰においては福徳、財宝をもたらす神として崇敬を受けた。チベット仏教では怒ると醜悪な姿になる二面性を持つことで知られている。

銭など様々なお礼が贈られたため、喜んだ女王は衣装を乳母に着せて帰してやった。女王が吉祥天にお礼を述べようとしたところ、なんと吉祥天が先ほど乳母に着せてやった衣装をまとっていたのである。

「此《こ》の事定めて知《しり》ぬ。天女《てんにょ》の我れを助け給《たまい》て、授け給也《たもうなり》」と悟った女王は、いよいよ篤《あつ》く吉祥天を敬い、大いに豊かになったという。

また、次の第四十七話には吉祥天を篤く信仰したため、米の尽きない袋を手に入れて長者になった生江世経《いくえのよつね》という男の話がある。この袋が国の守《かみ》に奪われると米が出てこなくなり、再び袋が男のもとに戻るとまた米が尽きることはなく出てきたという。

「世経は吉祥天女に仕《つこうまつり》て給たる物を、故無《ゆえな》くして押取《おしと》らむには、当《まさ》に持《たも》ちなむやは」と、これは吉祥天の功徳であると述べ、信心のない国守がその袋を持っても利益を得られるはずはないと語っている。

●美しすぎる仏様

ところで吉祥天はその福徳の利益に加え、なまめかしい美女仏としても人々を魅

吉祥天説話の舞台

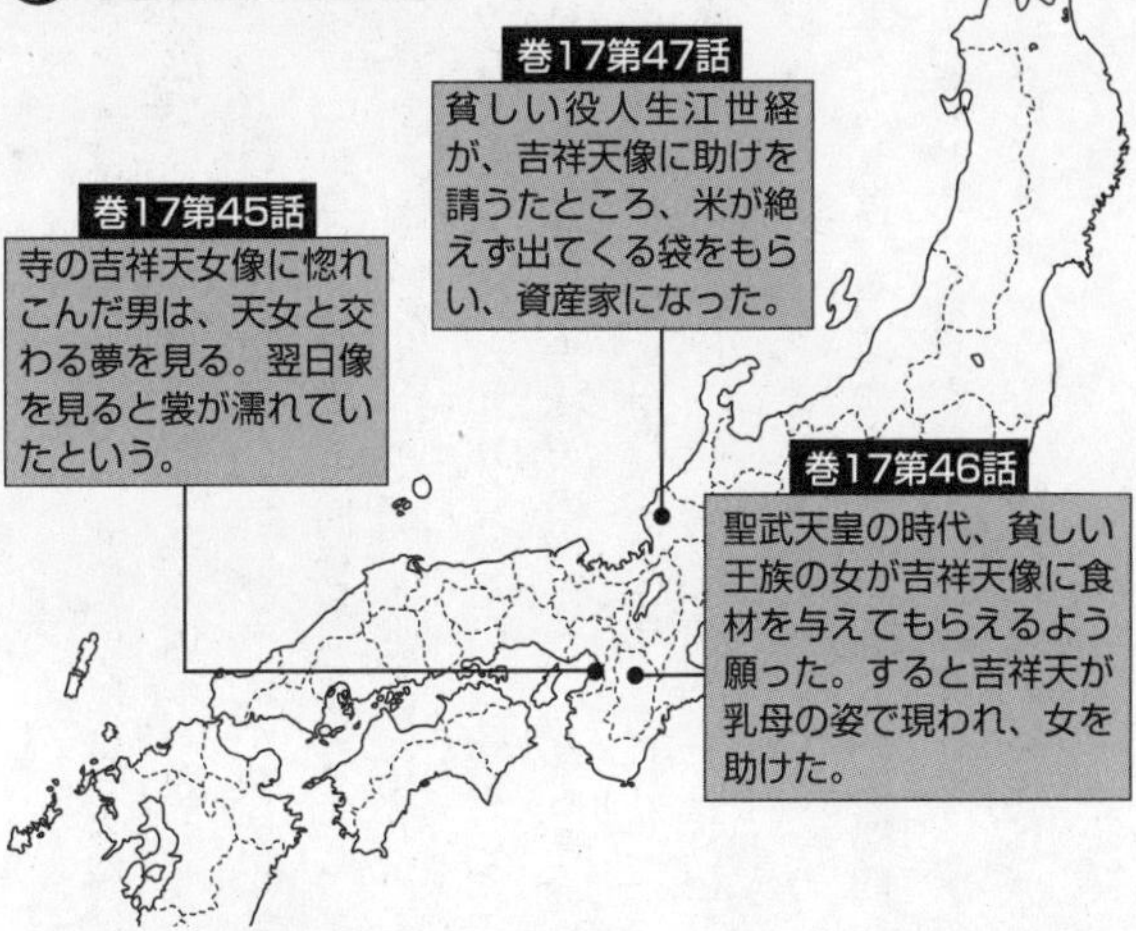
巻17第47話
貧しい役人生江世経が、吉祥天像に助けを請うたところ、米が絶えず出てくる袋をもらい、資産家になった。
巻17第45話
寺の吉祥天女像に惚れこんだ男は、天女と交わる夢を見る。翌日像を見ると裳が濡れていたという。
巻17第46話
聖武天皇の時代、貧しい王族の女が吉祥天像に食材を与えてもらえるよう願った。すると吉祥天が乳母の姿で現われ、女を助けた。

吉祥天相関図

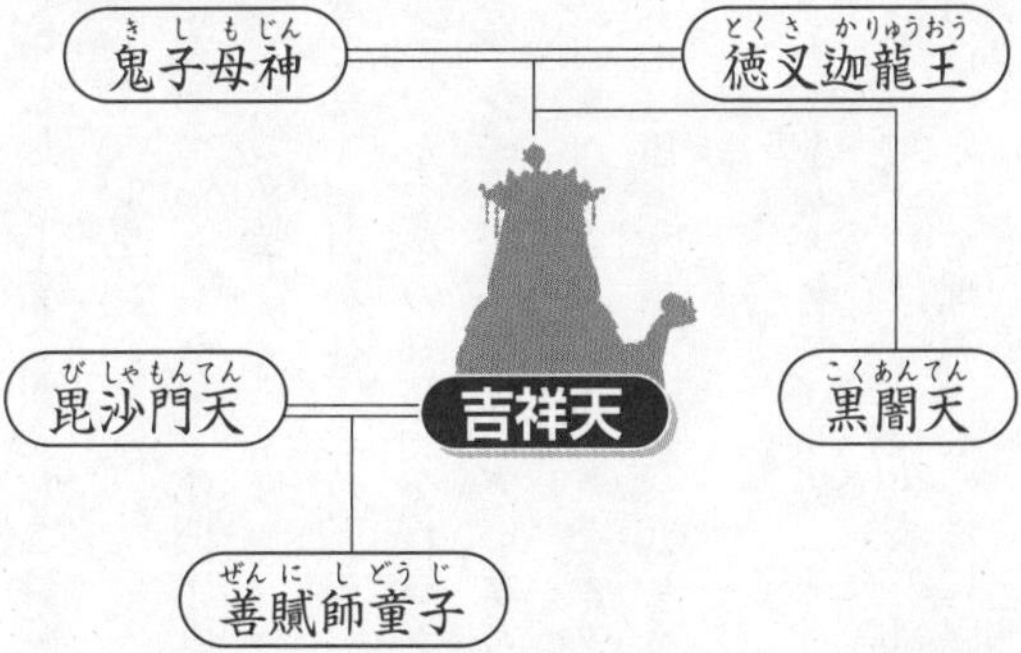
鬼子母神《きしもじん》
徳叉迦龍王《とくさかりゅうおう》
毘沙門天《びしゃもんてん》
吉祥天
黒闇天《こくあんてん》
善膩師童子《ぜんにしどうじ》

了してきた。

たとえば、京都浄瑠璃寺《じょうるりじ》にある吉祥天像はふっくらとした上品な顔立ちと豊満な姿態で、まさに理想的な美人像にふさわしい様相を呈している。

そのためか吉祥天はたびたび庶民が欲情する対象になっていたらしい。第四十五話には『日本霊異記《にほんりょういき》』と同様のなまなましい官能話が収録されている。信濃国《しなののくに》の修行僧は和泉国《いずみのくに》の血淳上山寺《ちぬかみやまでら》の吉祥天像を見て心引かれ、この天女のような美しい女性と知り合いたいと願ったところ、夢のなかでその天女と交わる夢を見る。目覚めて吉祥天の像を見てみると、裳《も》に不浄《ふじょう》の淫液《いんえき》が染み付いていたという。物語は「誠に懃《ねんごろ》に心を至《いた》せるに依《より》て、天女の権《かり》に示し給けるにや」と男の至誠心《しせいしん》に吉祥天が応じてくれたと述べ、ゆえに美女に心を寄せてもむやみに思いをかけてはならないと淫欲《いんよく》を戒めている。

裏を返せば、当時の人々が吉祥天を魅惑的な美女として思いをかけていたことをうかがわせる。外見が美しいだけでなく、愛欲の願いに対しても自らが身代わりになって応じるという心も広い福徳の仏様は、当時の男性にとって理想の女性像に映ったのだろう。

第四章
神仏の加護と信仰

毘《び》沙《しゃ》門《もん》天《てん》

王城鎮護の武神として都の北を護る鞍馬寺の逸話

●福徳の神へ華麗なる転身

『今昔物語集』巻十一第三十五話には、諸寺建立《こんりゅう》の説話のひとつとして毘沙門天《びしゃもんてん》の霊威譚《れいいたん》とともに京都の鞍馬寺縁起《くらまでらえんぎ》が語られている。藤原伊勢人《ふじわらのいせひと》という官吏《かんり》が私寺の建立を祈願したところ貴船大明神《きぶねだいみょうじん》のお告げを受け、馬を追って毘沙門天像を発見。その地に寺を建立した。馬の足跡を追って発見した場所なので鞍馬寺と名づけたというものである。

毘沙門天といえば七福神《しちふくじん》の印象が強いが、古くは帝釈天に仕える四天王の一尊で北方を守護する多聞天《たもんてん》として崇敬されていた。

また、シルクロードに位置する高昌国《こうしょうこく》においては、城壁の上に現われ、敵を撃退したと伝わる。

こうした逸話から平安時代、王城守護のために平安京《へいあんきょう》羅城門《らじょうもん》上に、京の北方鎮護のために鞍馬寺に毘沙門天像が安置されていた。

また、巻十七第四十二話では武神《ぶしん》らしい毘沙門天の霊験譚が収録されている。山寺に宿泊したふたりの僧が牛鬼《うしおに》に襲われるも、『法華経《ほけきょう》』を念じていたひとりだけが助かる。

翌朝、その僧が抱いていた仏を見ると、それは毘沙門天で、鉾《ほこ》の先には血がついていたという。

このように武神とされた毘沙門天が、福徳の神、七福神の一尊とされるのは室町時代以降だが、じつは『今昔物語集』にはすでに福徳神としての性格をうかがわせる逸話も第四十四話に収録されている。

それは長年、鞍馬寺に参詣《さんけい》を続けていた貧しい学僧の話。

僧は可愛らしい童《わらわ》をいつくしんでいたが、その童は女性であった。そしていつしか女性は妊娠。赤子を産み落とすと姿を消し、残された赤子は黄金の固まりになっていた。

僧は、毘沙門天が自分を助けてくれたのだと感謝し、裕福な身の上になったという。

毘沙門天

古代インド神話では悪霊の長とされたが、ヒンドゥー教では財宝・福徳・北方守護の神とされ、仏教に取り入れられると四天王の一尊・多聞天として尊崇された。室町時代以降、福徳神としての性格が強まり、七福神のひとりとなった。右手で戟《げき》を取り、左手を頭上にかざした鞍馬寺の像は眼下に平安京を見下ろす王城守護の姿と伝えられる。

稲荷神《いなりしん》

稲荷神の社が怒れる妻の復讐劇の舞台となったわけ

プレイボーイの夫と鬼妻

巻二十八第一話には次のような滑稽譚《こっけいたん》が収録されている。

友人と伏見稲荷《ふしみいなり》に参詣《さんけい》した男が、境内《けいだい》で美女を見初《みそ》めて、

「妻は猿そっくりで心は物売り同然ですから、いつ離縁してもかまいません。今からあなたのお宅に参り、家には帰りません」

と口説《くど》いたところ、突然、女に烏帽子《えぼし》の上から髻《もとどり》をつかまれ、頬《ほお》をひっぱたかれた。

女の顔を見ると何とそれは変装した妻ではないか。男は慌ててその場を取り繕《つくろ》おうとしたが、妻の怒りは収まらない。

「此《こ》の主達《ぬしたち》を見るに、此《か》く己がしゃ心は見顕《みあら》はす」

性根《しょうね》をあばいてやったのよと衆人の前で毒づく妻と、くしゃくしゃになった烏

稲荷神

稲荷社の祭神はウカノミタマノカミという穀物神。『古事記』ではスサノオとカムオオイチヒメとの間に生まれたとされる。稲荷信仰の基礎を整えたのは、渡来系氏族の秦氏《はたし》で、山の峰に稲が生じた吉祥から「稲生り《いねなり》」として京都に伏見稲荷大社を創建した。また、稲荷神の本地・荼吉尼天《だきにてん》が狐の霊とされていることから狐をこの神の使いとみなすようになったという。

帽子を直しながら弁解する夫。

さらに「妻の姿を見分けられないで人に笑われるなんてあきれたものだ」と妻に笑われ、夫は世間の笑いものとなった。

妻は夫の死後、女盛りの年になって別の男と結婚したという。

妻の「してやったり」という顔が思い浮かぶ。

注目したいのは、この舞台が伏見の稲荷大社だったことである。ここに祀《まつ》られている稲荷神は、「稲がなる」という意の「イナニ（稲荷）」の音写ともいわれ、豊《ほう》穣《じょう》の神、さらに中世以降は商売繁盛の神として親しまれてきた。

ところがその前身はとんでもない存在だった。

稲荷神は、密教ではヒンドゥー教のダーキニーから発展した荼吉尼天《だきにてん》と同一とされた。

そのダーキニーは人の死を六か月前に知り、その心臓を食うという恐ろしい鬼女なのである。

妻はこの鬼女を彷彿《ほうふつ》とさせる剣幕《けんまく》と気の強さで、プレイボーイの夫に見事復讐《ふくしゅう》を遂《と》げるのだ。まさに稲荷神の本性が妻に乗り移ったのかもしれない。

第四章
神仏の加護と信仰

八幡神《はちまんしん》

天台開宗の報告を行なう最澄を励ました託宣の神

●天台宗開宗は八幡神のおかげか

大分県の宇佐八幡宮《うさはちまんぐう》を本宮《ほんぐう》とする八幡神《はちまんしん》は、日本の神社約八万社の約三分の一を占めるという全国屈指《くっし》の有力な祭神である。

欽明《きんめい》三十二年（五七一）に現在の本殿のある場所に神霊《しんれい》が現われ、「我は誉田天《ほむだのすめら》皇広幡麿呂《みことひろはたまろ》なり」と名乗ったことから、八幡神は応神《おうじん》天皇とされている。

その神徳《しんとく》も朝廷の国家鎮護、厄災開運、安産、戦勝祈願などじつに幅広いが、古くは託宣《たくせん》の神として知られていた。

八世紀の隼人《はやと》征討《せいとう》や、道鏡《どうきょう》が皇位を狙った宇佐八幡宮神託《しんたく》事件など国家の命運に関わる場面で重要な神託を下している。

そんな八幡神は、神託事件で称《たた》えられたことから仏教守護の神として、八幡大菩薩《はちまんだいぼさつ》の称号を贈られ、初の神仏習合神《しんぶつしゅうごうしん》ともなった。この関係から、八幡神は東大寺《とうだいじ》の大仏建立《こんりゅう》に貢献したり、石清水八幡宮《いわしみずはちまんぐう》の勧請《かんじょう》の託宣《たくせん》を下すなど、仏教との関わりのなかで発展した。

『今昔物語集』もそれに基づき、天台宗《てんだいしゅう》の開宗に関わっていたという説話がある。巻十一第十話では天台宗の開祖最澄《さいちょう》が天台宗を学ぶために唐《とう》に渡る前、八幡神に航海の無事を祈願した。

これは北九州から中国に渡航する際は、宇佐八幡宮に参詣して託宣を受けるしきたりによるものらしい。

唐から帰国した最澄が再度参拝し、比叡山《ひえいざん》建立の志を祈願したところ、神殿の奥から、

「すみやかにその願いを遂げられるように加護《かご》して使わそう。この衣を着て薬師《やくし》の像を造りなさい」

という声が聞こえ、奥から衣が投げ出された。最澄はこの衣を着て薬師如来像を造ったという。

こうして天台宗は、日本で広く信仰される八幡神の加護のもとで、創設されたと伝えられる。

八幡神

八幡神は応神天皇と伝えられる。日本で多く勧請《かんじょう》されている神のひとつで日本初の神仏習合神。「八幡」は最初「ヤハタ」といい、平安初期以降「ハチマン」と呼ばれた。その神徳は国家鎮護、託宣など幅広く、外交、航海の神ともなり、のちに源氏《げんじ》が八幡神を氏神《うじがみ》とし、さらに鎌倉幕府の守護神として仰いだことから軍神としても崇められるようになった。

こらむ

芥川文学と『今昔物語集』④

『藪の中』と巻二十九第二十三話

ある男が妻を同行して丹波国《たんばのくに》に赴く途中、出会った若い男の口車《くちぐるま》に乗せられ、太刀《たち》をもらう代わりに自分の弓を相手に渡してしまう。

そして、藪《やぶ》のなかに入ると若い男が豹変《ひょうへん》。弓矢で脅《おど》され男は木に縛り付けられ、その目前で美しい妻を手込《てご》めにされた。犯行後、若い男は着衣も奪わず、夫の命も助け、遠くに逃げるために馬だけ奪って逃げ去ったという。結局、夫婦はともに旅を続けた。話末では不覚《ふかく》をとった男を愚者《ぐしゃ》と評し、犯人の男気を賞賛している。

このことから語り手の評価の基準が行為の善悪ではなく、男子たるものの心がけにあったことがうかがえる。

この説話を元に描かれたのが、小説『藪の中』である。今では「藪の中」という言葉は人の言うことが食い違い、真相が不明の状態を指す言葉だが、じつはこの小説が元になっている。そのあらすじは以下の通り。

藪の中で女が手込めにされ、その夫が死んだ。その殺人事件が、捕らえられた盗人《ぬすっと》、男の妻、男の霊など７人の証言、告白によって構成される。

『今昔物語集』の説話を元に、事件の真相糾明《きゅうめい》が行なわれるなかで、藪の中の事件を描き、男のありさまを問う。

しかし、男の死因についてそれぞれの証言が食い違っていて、盗人、妻はそれぞれ自分が殺したと言い、男の霊は自害したと告白し、結局真相は不明のままで終わっている。

黒澤明の映画『羅生門《らしょうもん》』は、この小説を元にしている。

第五章 異形のものたちの世界

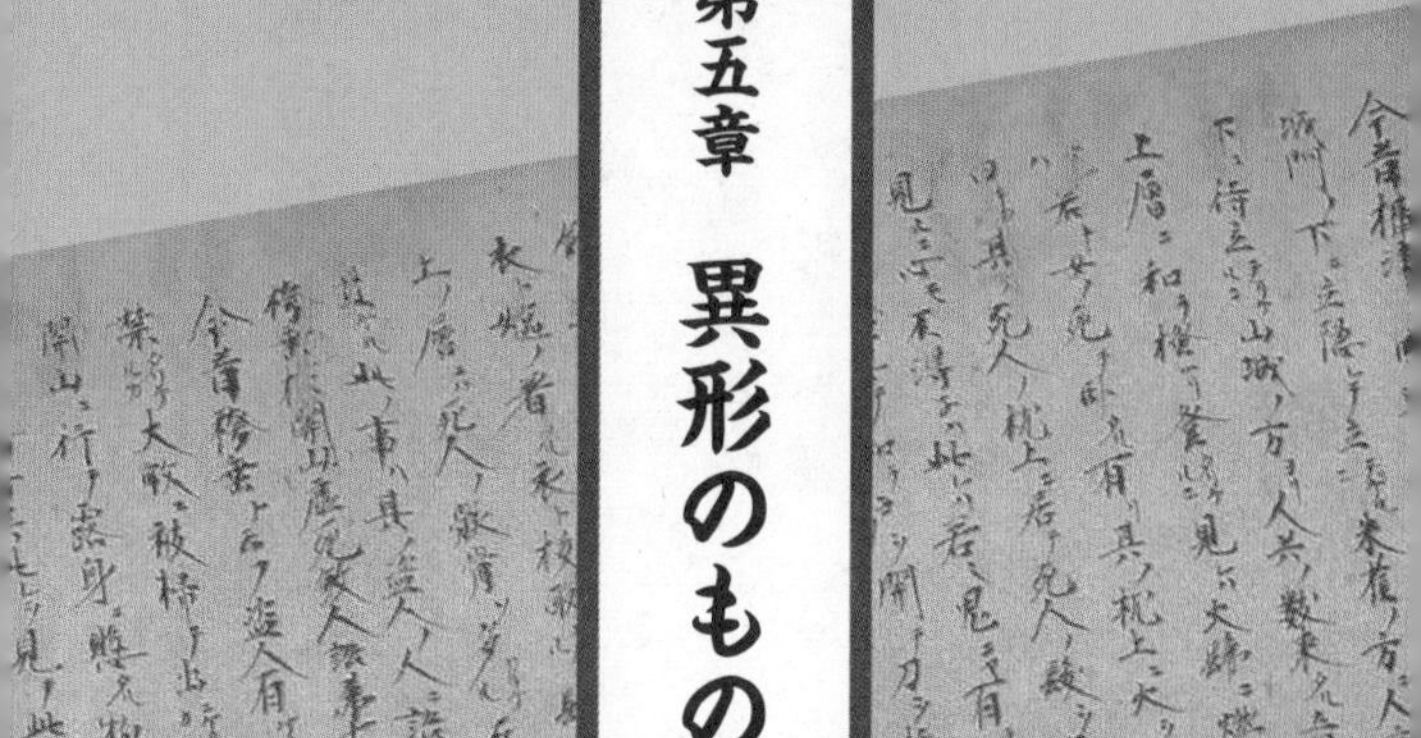

陰陽師

夢占・呪詛・除霊…様々な呪術的祭祀を行なった
陰陽道の世界

平安時代に隆盛した呪術

『今昔物語集』成立当時、社会で隆盛していたのが陰陽道《おんみょうどう》である。陰陽道は古代中国の陰陽五行説《いんようごぎょうせつ》（万物は陰《いん》と陽《よう》の気である、木《もく》、火《か》、土《ど》、金《こん》、水《すい》の五つから成るという説）を起源としたもので、天文《てんもん》、暦《こよみ》などを用いて吉凶禍福《きっきょうかふく》や未来を占い、これを処するために呪詛《じゅそ》など呪術も行なった。

日本では七世紀後半に行政機関として陰陽寮《りょう》が設置され、占術や相地《そうち》にあたったり、祓《はら》いに関与するなど呪術的祭祀者《じゅじゅつてきさいししゃ》の役割を果たすようになった。平安時代に入ると、外出や宮中の行事、戦《いくさ》の開始などに及んで、その方角の吉凶を占い、災いを避ける「方違《かたたが》え」の風習など、陰陽道は生活のなかにも深く根ざしていく。

この陰陽道を執り行なったのが陰陽師《おんみょうじ》で、平安時代、陰陽博士《はかせ》に任じられたのは著名な安倍晴明《あべのせいめい》を輩出した安倍氏とその師の賀茂《かも》氏に限られ、両家が競い合うようにして陰陽道は隆盛期を迎えるのである。
『今昔物語集』にも、陰陽師を主人公とした説話が多数収録されている。安倍晴明などの名だたる陰陽博士から、僧やもぐりの隠れ陰陽師まで、様々な陰陽師が登場し、土地の占定《せんじょう》、夢占《ゆめうら》、呪詛、除霊《じょれい》などバラエティーに富んだ力を発揮している。そして占術のほか、物の怪《もののけ》など、妖《あや》しき者たちを退治するのもまた陰陽師の役目であった。

巻二十四第十九話に登場するのは播磨国《はりまのくに》の陰陽師智徳法師《ちとくほうし》である。智徳は、海賊に荷を奪われて嘆いていた船主に、荷の奪還を約束。沖に漕《こ》ぎ出して何やら呪文を唱えた。果たして荷を奪われてから七日後、ある漂流船が現われた。なかでは海賊が酔っ払って倒

晴明神社

陰陽師安倍清明を祀る神社。晴明の屋敷跡に鎮座しているという。

れており、船主は荷を取り戻すことができたという。

●陰陽師の手足となった式神

陰陽師が使役《しえき》していたのが普通の人には見えない「式神《しきがみ》」と呼ばれる精霊《しょうりょう》である。密教僧が使役するといわれる護法童子《ごほうどうじ》に相当する存在で、見える人によると恐ろしい顔だったという。式神の呪殺《じゅさつ》の威力は相当なもので、晴明は式神を使い、カエルをぺしゃんこにしてみせている。

巻二十四第十六話で、安倍晴明がこの式神にまつわる呪術を発揮している。老僧の智徳法師が晴明の力量を試そうと、十歳くらいの童子ふたりを偽って晴明に弟子入りさせようとした。ただちにこの童子が式神であることを見抜いた晴明は、ふたりの童子を見て、「若《も》し式神ならば忽《ただち》に召し隠せ」と心に念じて袖《そで》のなかに両手を入れて印《いん》を結び、呪文を唱えた。そして、今日は用があるので後日改めてほしいと法師を引き取らせた。ほどなく駆け戻った法師は、ふたりがいなくなってしまったことを申告。晴明は印によって式神を消すという芸当を見せたのである。智徳は自分の力不足を悟り、晴明に詫びて式神を取り戻したという。

陰陽師の説話

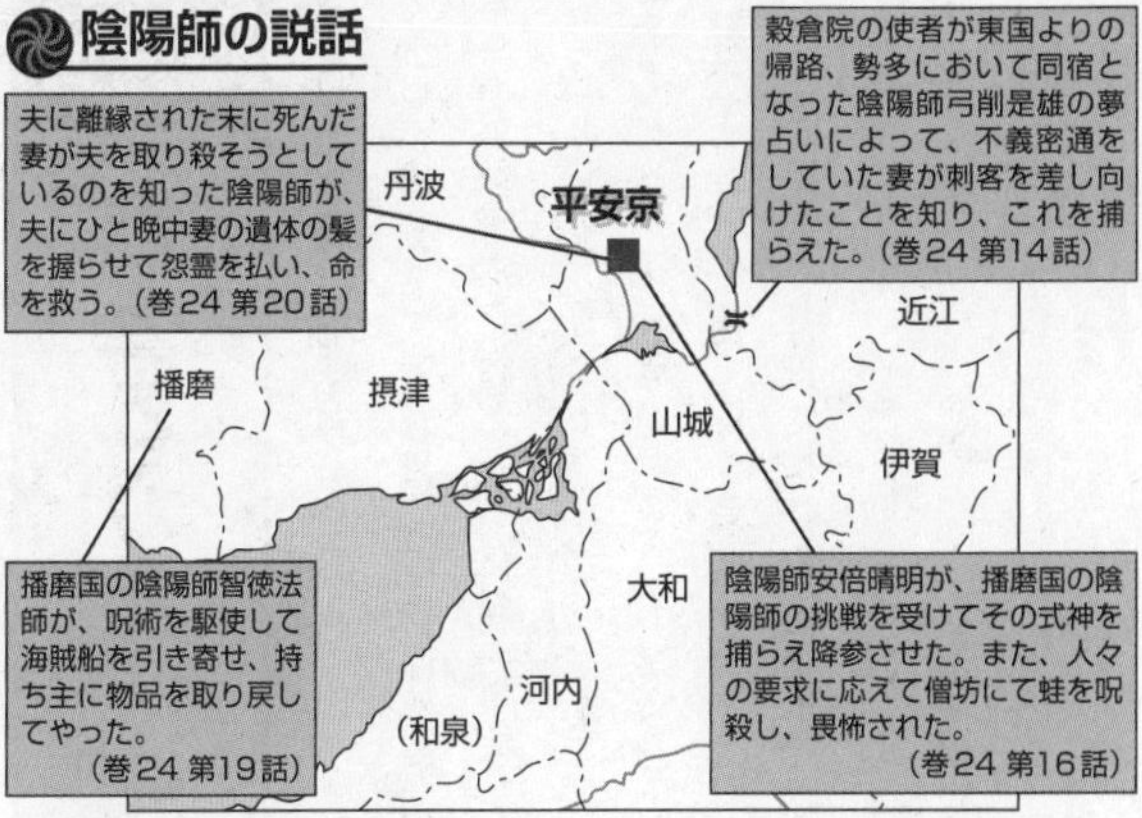
夫に離縁された末に死んだ妻が夫を取り殺そうとしているのを知った陰陽師が、夫にひと晩中妻の遺体の髪を握らせて怨霊を払い、命を救う。(巻24 第20話)
殺倉院の使者が東国よりの帰路、勢多において同宿となった陰陽師弓削是雄の夢占いによって、不義密通をしていた妻が刺客を差し向けたことを知り、これを捕らえた。(巻24 第14話)
丹波
平安京
近江
播磨
摂津
山城
伊賀
大和
河内
(和泉)
播磨国の陰陽師智徳法師が、呪術を駆使して海賊船を引き寄せ、持ち主に物品を取り戻してやった。(巻24 第19話)
陰陽師安倍晴明が、播磨国の陰陽師の挑戦を受けてその式神を捕らえ降参させた。また、人々の要求に応えて僧坊にて蛙を呪殺し、畏怖された。(巻24 第16話)

陰陽道を駆使して活躍していたのが陰陽師であり、『今昔物語集』にも個性豊かな陰陽師が登場する。

陰陽師ふたつの大家

(賀茂氏)

大賀茂都美命……蝦夷――吉備麻呂……（２代略）―┐
┌―人麻呂――江人――忠行
└―忠峯――峯雄――忠行――保憲

(安倍氏)

孝元天皇――大彦命……（９代略）――倉橋麻呂――御主人……
……（６代略）――益材――清明

陰陽師については平安時代中頃（10世紀）以降、賀茂氏と安倍氏による独占世襲傾向が強まり、陰陽頭以下、陰陽寮の上位職はこの両家の出身者がほぼ独占するようになった。

第五章
異形のものたちの世界

力士と力女

神から聖なる血を受け継いだとされる人々の逸話

力士も驚いた怪力

『日本書紀《にほんしょき》』によれば、相撲《すもう》は当麻蹶速《たいまのけはや》と出雲《いずも》の野見宿禰《のみのすくね》の力比べを起源とし、もともと鎮魂《ちんこん》や豊穣《ほうじょう》を願う神事であった。

というのも力士の超自然的な怪力は、生まれながらに与えられた聖なる力、すなわち神からの授かり物とされて尊ばれたためである。宮中では平安時代頃まで相撲《すまいの》節会《せちえ》という祭事も開かれていた。

この民俗を背景に『今昔物語集』巻二十三には、力士の説話五つを中心に、各地の怪力の男女の逸話が収録されている。

第二十一話は、陸奥国《むつのくに》の老相撲真髪《まかみの》成村《なりむら》が驚くような怪力と出合う話である。

相撲節会で上京していた成村らが夕涼みに出た折、学生《がくしょう》たちに因縁《いんねん》をつけられてしまう。

力士・力女の説話

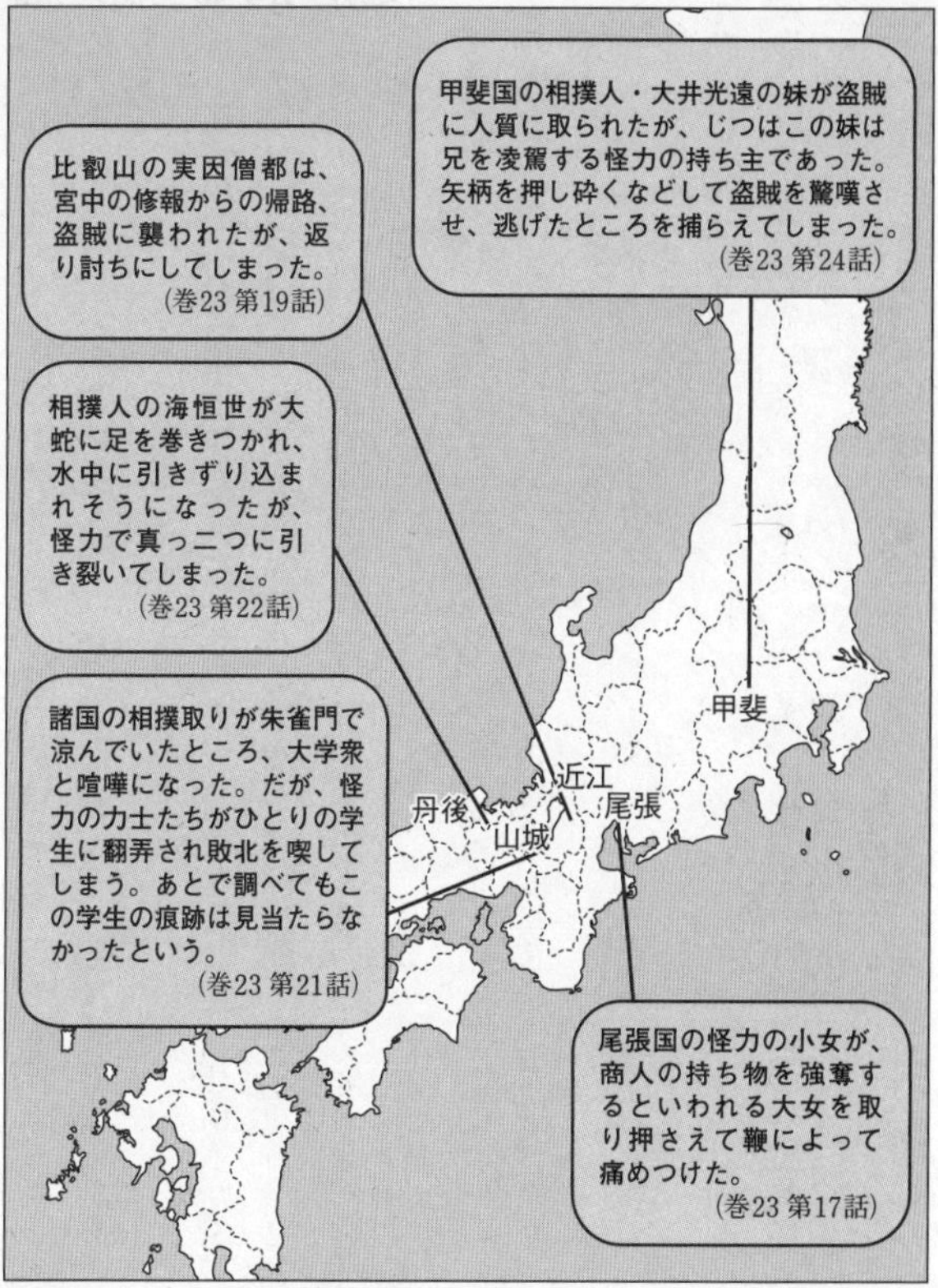
甲斐国の相撲人・大井光遠の妹が盗賊に人質に取られたが、じつはこの妹は兄を凌駕する怪力の持ち主であった。矢柄を押し砕くなどして盗賊を驚嘆させ、逃げたところを捕らえてしまった。

(巻23 第24話)

比叡山の実因僧都は、宮中の修報からの帰路、盗賊に襲われたが、返り討ちにしてしまった。

(巻23 第19話)

相撲人の海恒世が大蛇に足を巻きつかれ、水中に引きずり込まれそうになったが、怪力で真っ二つに引き裂いてしまった。

(巻23 第22話)

諸国の相撲取りが朱雀門で涼んでいたところ、大学衆と喧嘩になった。だが、怪力の力士たちがひとりの学生に翻弄され敗北を喫してしまう。あとで調べてもこの学生の痕跡は見当たらなかったという。

(巻23 第21話)

尾張国の怪力の小女が、商人の持ち物を強奪するといわれる大女を取り押さえて鞭によって痛めつけた。

(巻23 第17話)

甲斐
近江
尾張
丹後
山城

相撲はもともと鎮魂や豊穣を願う神事であり、力士の力は神からの授かり物とされていた。こうした民俗を背景として巻23には相撲人にまつわる説話が5つ続けて収録されている。

そのときは引き返した成村だが、悔しさのあまり、明日、一番前で「鳴高《なりたか》し。鳴《なり》制《せい》せん」と叫んでいた学生の尻を血が出るほど蹴り飛ばしてやれと若い相撲人にけしかけた。

翌日、再び学生らと出会った成村は相撲人に目配せをした。相撲人が例の学生に走りかかり、蹴り倒そうと足を高く蹴り上げた。その瞬間、学生がさっと身をかがめたため、相撲人はあおむけざまにひっくり返ってしまう。さらにその学生は相撲人の足を軽々と抱えて杖《つえ》を扱うかのごとく放り投げ、ほかの相撲人めがけて走りかかってきた。驚愕《きょうがく》した相撲人たちは一斉に逃げ去った。

この怪力に驚いた成村は上司に報告し、上司はその正体を追及させたが、身元不明に終わったという。

兄をもしのぐ力女パワー

このように怪力の僧や学生が登場する一方、怪力の力女《りきにょ》の説話が散見されるのも興味深い。

第十七話には通行人たちの持物を強奪していた美濃国《みののくに》の怪力の大女を、尾張国《おわりのくに》

相撲節会図

平安京内裏の正殿である紫宸殿の庭で相撲節会が催されている様子。
（図書寮文庫所蔵）

回向院の力塚

江戸時代に勧進相撲が行なわれた、墨田区両国の回向院の境内に建つ力塚。鎮魂の性格の名残をうかがわせる。

に暮らす小柄ながら怪力を持つ女が鞭《むち》で打ちのめしてやっつけ、改心させたという説話がある。

また、第二十四話の甲斐国《かいのくに》の相撲人大井光遠《おおいみつとお》の妹もまた力女であった。

ある日、盗賊が大井家に逃げ込み、離れにいた光遠の妹を人質にして刀を突きつけた。

家の者が光遠に注進に行くが、光遠は「大丈夫」と悠然《ゆうぜん》としている。果たして妹は泣きながらおもむろに辺《あた》りに散らばっていた篠竹《しのだけ》の矢柄《やがら》の節《ふし》を手で押し砕いてみせた。

本来、竹の矢柄ともなれば金槌《かなづち》で叩いても打ち砕くことはできない頑丈なものである。それを軽々と潰《つぶ》してしまう様子を目にした盗賊は仰天。逆に腕がへし折られてしまうと恐れをなして逃げ出した。

結局、捕えられた男は、光遠の前に連行され、「もし、妹がお前の腕をねじ上げようものなら、肩の骨が上へ飛び出して折れていただろう」と聞かされ、さらに肝《きも》を冷やした……。

妹は二十七、八歳で物腰のやさしい女性だという。

第五章
異形のものたちの世界

怨霊・御霊・生霊

平安人に恐れられた無念の死を遂げた人々の霊

夫への未練を残して死んだ霊

平安時代の人々が最も恐れたのが怨霊《おんりょう》や死霊《しりょう》、さらには生霊《いきりょう》といった目に見えぬ霊の存在だった。この世に恨《うら》みや執着《しゅうじゃく》を持ったまま亡くなった人々が霊となって祟《たた》り、災いをもたらすのではないかと考えられたのだ。『今昔物語集』にも霊にまつわる説話が臨場感豊かに語られている。まず女の亡霊の説話をあげてみよう。

巻二十四第二十話は夫に捨てられて亡くなった女が夜な夜な別れた夫を探しに出るという亡霊譚《ぼうれいたん》である。女の遺骨が死んだときのまま身体の原型をとどめた状態であり、死霊と化していることを知った男は陰陽師に助けを求めた。陰陽師は男を伴って女の邸宅に赴くと、死人の髪を男に握らせ、絶対に離さないよう指示した。すると夜になって死人が「穴重《あなおも》しゃ」と言うや立ち上がり、「其奴《そやつ》（自分を捨てた男）

求めて来《きた》らむ」と言って家の外に走り去った。男は恐怖に震えながらも指示通り髪をつかんでいると、死人は家に戻って再び横になった。やがて朝になって陰陽師がもう大丈夫だと告げ、男は長生きしたという。

巻二十七第二十四話にはやはり女の亡霊譚が収録されている。京で貧乏暮らしをしていた侍が、知人が守《かみ》になったのを機に、一緒に遠国《おんごく》に赴くことになった。この侍には愛する妻がいたが、旅装の支度《したく》を調えるため裕福な家の女と結婚し、その妻を任地に伴った。当時は夫が女性の家に三日通うと結婚が成立する通い婚だったため、何人も妻がいることは珍しくなかったのだ。しかし地方で暮らしていても前の妻を忘れられなかった男は、任期を終えるとまっすぐその妻の家に向かった。

彼女は従者もいなくなった荒れ果てた家でひっそり暮らしていた。男と妻は久しぶりの再会を喜び、一夜を共にする。ところが翌朝、目を覚ませば男が抱いていたのは骨と皮だけになった白骨であった。妻はすでに病気で亡くなり、葬式をする人もなくそのままになっていたのだという。男は昨日の妻は亡霊だったと知り、その場を去った。

また執念の固まりとみられたのが生霊である。『源氏物語《げんじものがたり》』にも光源氏《ひかるげんじ》に恋焦《こ》が

京を震撼させた怨霊説話

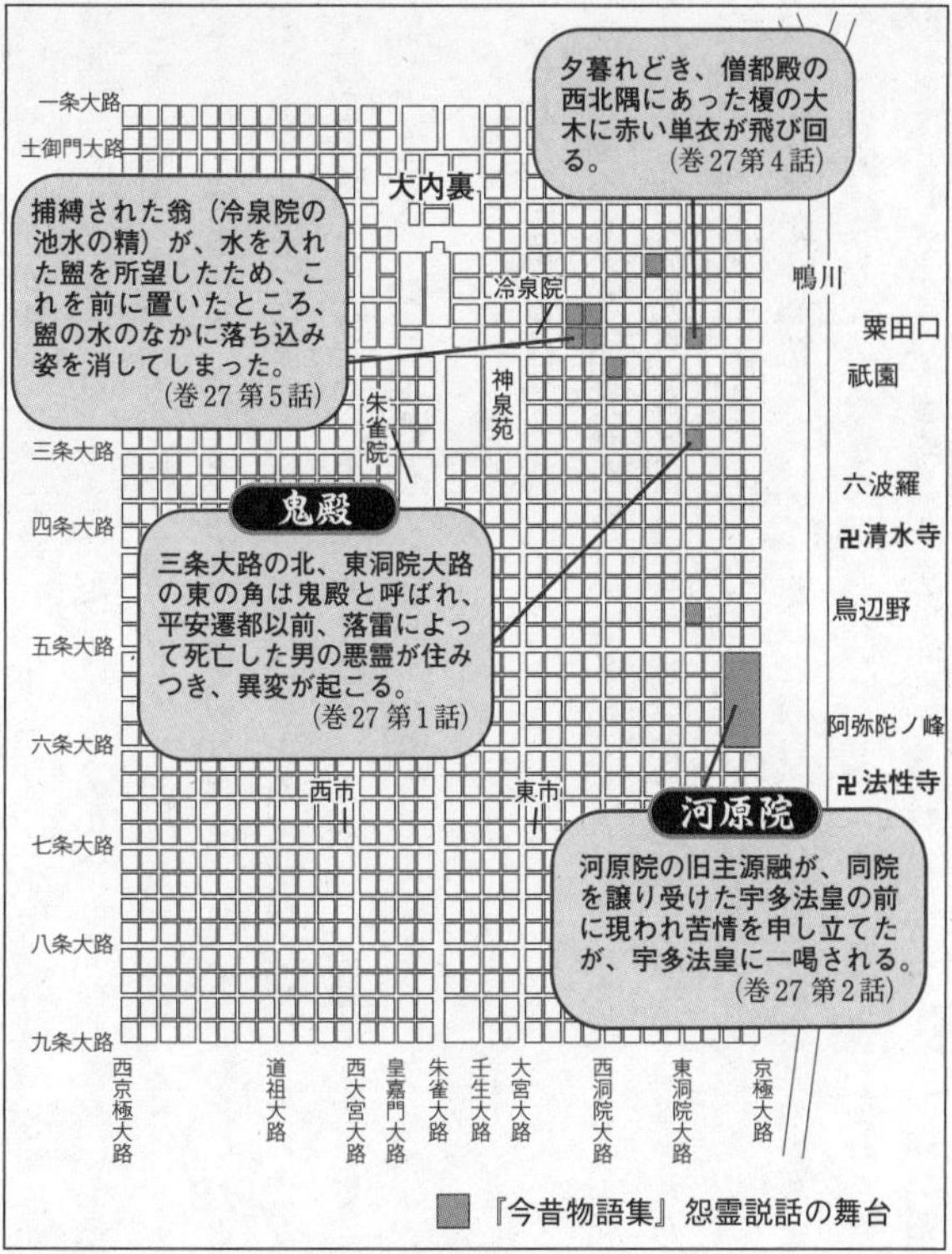
夕暮れどき、僧都殿の西北隅にあった榎の大木に赤い単衣が飛び回る。（巻27第4話）
一条大路
土御門大路
大内裏
捕縛された翁（冷泉院の池水の精）が、水を入れた盥を所望したため、これを前に置いたところ、盥の水のなかに落ち込み姿を消してしまった。（巻27 第5話）
冷泉院
神泉苑
朱雀院
鴨川
粟田口
祇園
三条大路
四条大路
鬼殿
三条大路の北、東洞院大路の東の角は鬼殿と呼ばれ、平安遷都以前、落雷によって死亡した男の悪霊が住みつき、異変が起こる。（巻27 第1話）
六波羅
卍清水寺
鳥辺野
五条大路
六条大路
阿弥陀ノ峰
卍法性寺
西市
東市
河原院
河原院の旧主源融が、同院を譲り受けた宇多法皇の前に現われ苦情を申し立てたが、宇多法皇に一喝される。（巻27 第2話）
七条大路
八条大路
九条大路
西京極大路
道祖大路
西大宮大路
皇嘉門大路
朱雀大路
壬生大路
大宮大路
西洞院大路
東洞院大路
京極大路
『今昔物語集』怨霊説話の舞台

平安時代の人々が恐れたのが怨霊や死霊といった存在である。貴族階級から始まったもので、やがて御霊《ごりょう》信仰へと発展。『今昔物語集』にも藤原広嗣や伴善男、源融が怨霊となって登場している。

れる六条御息所が生霊となって源氏の妻 葵 上を取り殺す描写がみられる。

『今昔物語集』巻二十七第二十話の説話は、その生霊の恐ろしさを伝える。京から美濃国・尾張国《おわりのくに》方面へ下ろうとした男が女に頼まれ、道案内をしたところ、じつはその女は生霊で、自分を捨てた夫を取り殺しに行こうとしていたところだった。閉まったままの門を通り抜け、ついに夫を死に至らしめてしまう。女は男に自分の住居を教えていたため、男がのちに訪ねてみると、女は道案内してくれた男のことなど、生霊になったときのことをしっかり覚えていたという。

●恐れられた怨霊の正体

こうした霊を恐れる習慣はもともと貴族階級から始まったとされる。当初は権力闘争に敗れ、非業《ひごう》の死を遂げた者たちの怨念が死霊になって祟ると恐れられた。

正史の上で怨霊の祟りとされたのは奈良時代、僧玄昉《げんぼう》の死が藤原広嗣《ふじわらのひろつぐ》の霊によるものという風聞《ふうぶん》が最初とされる。とくに権力闘争に敗れた怨霊の祟りは、天変地異《てんぺんちい》や疫病《えきびょう》の流行などの形でこの世に災いをもたらすとして畏《おそ》れられたため、彼らを「御霊《ごりょう》」として祀って慰める怨霊信仰へと発展した。不作や疫病が相次いだ貞《じょう》

怨霊となった貴族たち

藤原大夫神
大宰府への左遷後、朝廷に上奏文を提出して吉備真備と玄昉を糾弾するも、謀叛を起こした藤原広嗣のこと。

崇道天皇
早良親王を指す。桓武天皇の異母弟で、785年に藤原種継暗殺事件の首謀者とされ、死に追いやられた。

橘大夫
橘逸勢。842年、恒貞親王擁立を画策したとされて謀反の嫌疑を受け、配流先の伊豆へ向かう途中で病没した。

文大夫
平安初期の官人・文室宮田麻呂。843年に謀反の罪を着せられて伊豆へと流されたが、その後無罪と判明した。

火雷神
崇道天皇、井上内親王、他戸親王、藤原大夫、橘大夫、文大夫の荒魂とも、怨霊となった菅原道真ともいわれる。

井上内親王
光仁天皇の皇后であったが、772年、天皇呪詛の疑いを掛けられて幽閉された。

藤原大夫人
807年、伊予親王とともに謀反の罪に問われた伊予親王の母・藤原吉子。

他戸親王
光仁天皇の有力な親王であったが、母の井上内親王とともに天皇呪詛の疑いを掛けられて幽閉された。

桓武天皇が御霊会を開くなど、怨霊慰撫が盛んに行なわれた。こうしたなかで上御霊神社と下御霊神社が創建され、八所御霊が生まれた。

観《がん》五年（八六三）には、宮中で御霊を鎮撫《ちんぶ》する御霊会《ごりょうえ》が催されている。このとき、御霊として祀《まつ》られたのは崇道天皇《すどうてんのう》（早良親王《さわらしんのう》）、伊予《いよ》親王、藤原吉子《よしこ》、藤原仲成《なかなり》、橘逸《たちばなのはや》勢《なり》、文室宮田麻呂《ふんやのみやたまろ》で、おおむね権力争いで冤罪《えんざい》や濡《ぬ》れ衣《ぎぬ》を着せられて配流《はいる》にされ、非業《ひごう》の死を遂げた人々であった。

こうした御霊信仰は貴族から庶民の間にも広がり、『今昔物語集』にも藤原広嗣や応天門《おうてんもん》の変で憤死した伴善男《とものよしお》、不遇をかこった源《みなもとの》融《とおる》の御霊などが登場。伴善男がその死後、疫病神となったことが明らかになる説話（巻二十七第十一話）もみられる。ただしここでは、生前の国恩《こくおん》を思って、国に蔓延《まんえん》するはずだった悪病を咳病《しわぶきやみ》にとどめておいたという救いがある内容である。

恐ろしいのは、巻十一第六話の藤原広嗣の御霊だろう。広嗣は政治の中枢に関わる僧の玄昉と対立。これを批判して挙兵するも、追討を受けて命を落とした。これを恨んだ広嗣は悪霊となり玄昉に復讐を誓う。そしてついに、玄昉をつかんで空に舞い上がるや、その体をばらばらに引き裂いて地上にばら撒いたのである。こうして復讐を果たした広嗣だったが、陰陽道に通じた吉備真備《きびのまきび》によって調伏《ちょうぶく》され、鏡《かがみ》明神《みょうじん》として祀られた。

御霊から様々な悪霊、怪異が派生したが、怨霊がとくに畏《おそ》れられたのは、その多くが陰謀の犠牲になったと考えられたからにほかならない。人々が彼らの無念を思えばこそ、それが恨みを晴らす怨霊という形で表出すると考えたのだ。

このように平安時代は怨霊を初《はじ》めとした悪霊が人々を恐怖に陥れていた。『今昔物語集』に登場している数々の霊の物語は平安時代、日常的に人々が身近に霊を感じていたことを示すものでもある。

怨霊となった崇徳上皇

保元の乱に敗れ、讃岐に流された崇徳上皇は、京への帰還叶わず同地で没し、日本を呪う怨霊となったという。

第五章
異形のものたち の世界

鬼

平安京を恐怖に陥れた凶悪なる怪異の正体

霊に加えて、古代より日本人が恐れたのは鬼《おに》であろう。酒呑童子《しゅてんどうじ》や鬼が島など鬼にまつわる伝説は各地にみられるが、平安京《へいあんきょう》にもしばしば出没し、人々を恐怖に陥れた。

●身の丈九尺の鬼

巻二十七第十三話では安義橋《あぎばし》の鬼が登場する。近江守《おうみのかみ》の従者の腕自慢の男が、琵琶湖《びわこ》に注ぐ日野川《ひのかわ》に架けられた安義橋に出没するという鬼の噂を聞いて肝試《きもだめ》しに出かけた。

男が橋を通りかかると、薄紫色《うすむらさきいろ》の衣に、濃い紫の単衣《ひとえ》を重ね、紅《くれない》の長袴《ながはかま》を履《は》いた女が悩ましげに立っている。

とっさにこれが例の鬼だと考えた男が、馬に鞭《むち》打って飛ぶように逃げていくと、女の「つれないわ」という声が大地を揺るがした。

男が後ろを振り向くと九尺（二・七メートル）もある緑青《ろくしょう》色の体に、三本の指に五寸（十五センチメートル）もある刀のような爪《つめ》を持つ鬼が追ってきたが、ひたすら観音《かんのん》様を念じて何とか逃げおおせた。

その後、男の家に物忌《ものいみ》をするようにと陰陽師からお告げがあった。男は厳重に物忌していたが、遠国から帰ってきた弟を招き入れてしまう。ところが突然、この兄弟が取っ組み合いのけんかを始めた。

妻が見ていると下になった弟が押し返し、兄の首をぷっつりかき切り、妻の方を振り返り、「うれしや」と言った。

その顔は、夫が遭遇したという鬼と同じ顔だった。弟に化けた鬼はそのまま姿を消した。

このほかにも数多くの鬼が登場するが、どうやら鬼は家に巣食う存在でもあったらしく巻二十七第十五話では、ある宮仕えの身寄りのない女が父なし子をはらみ困り果て、ある山奥の古びた山荘で出産しようとする。ところが出産の世話をしてくれたその家の老婆が赤子を見て、「穴甘気《あなむまげ》、只一口《ただひとくち》」とつぶやいたことから、老婆の正体が鬼であると悟り、逃げ出した。物語では古びた家には必ず鬼が住んでいる

①内裏《だいり》

醍醐《だいご》天皇の時代、毎夜仁寿殿《じんじゅうでん》の灯火油が盗まれる事件が発生。調査を申し出た源公忠《きんただ》が怪物を発見し、深手《ふかで》を負わせた。（巻27第10話）

②武徳殿《ぶとくでん》

光孝《こうこう》天皇の時代、中秋の名月の夜に武徳殿の前を通りかかった女性３人のうち、ひとりが男に化けた鬼に松の木陰に連れ込まれ、食われてしまった。（巻27第8話）

③待賢門《たいけんもん》

太政官の朝政に遅参した官人が、上官の席を覗いてみたところ、あたり一面が血の海になり、髪の毛の付いた頭と、笏《しゃく》と靴と扇を残して、上官は鬼に食われていた。（巻27第9話）

④応天門《おうてんもん》

西の京に暮らす侍が、応天門の上層で声を立てて笑う真っ青な光を目撃した。（巻27第33話）

⑤朱雀門《すざくもん》

紀長谷雄《きのはせお》が得体の知れない光を見たとあり（巻24第1）、また、『長谷雄草紙』には朱雀門の鬼と双六をしたとされる。

内裏内部に現われた鬼の説話

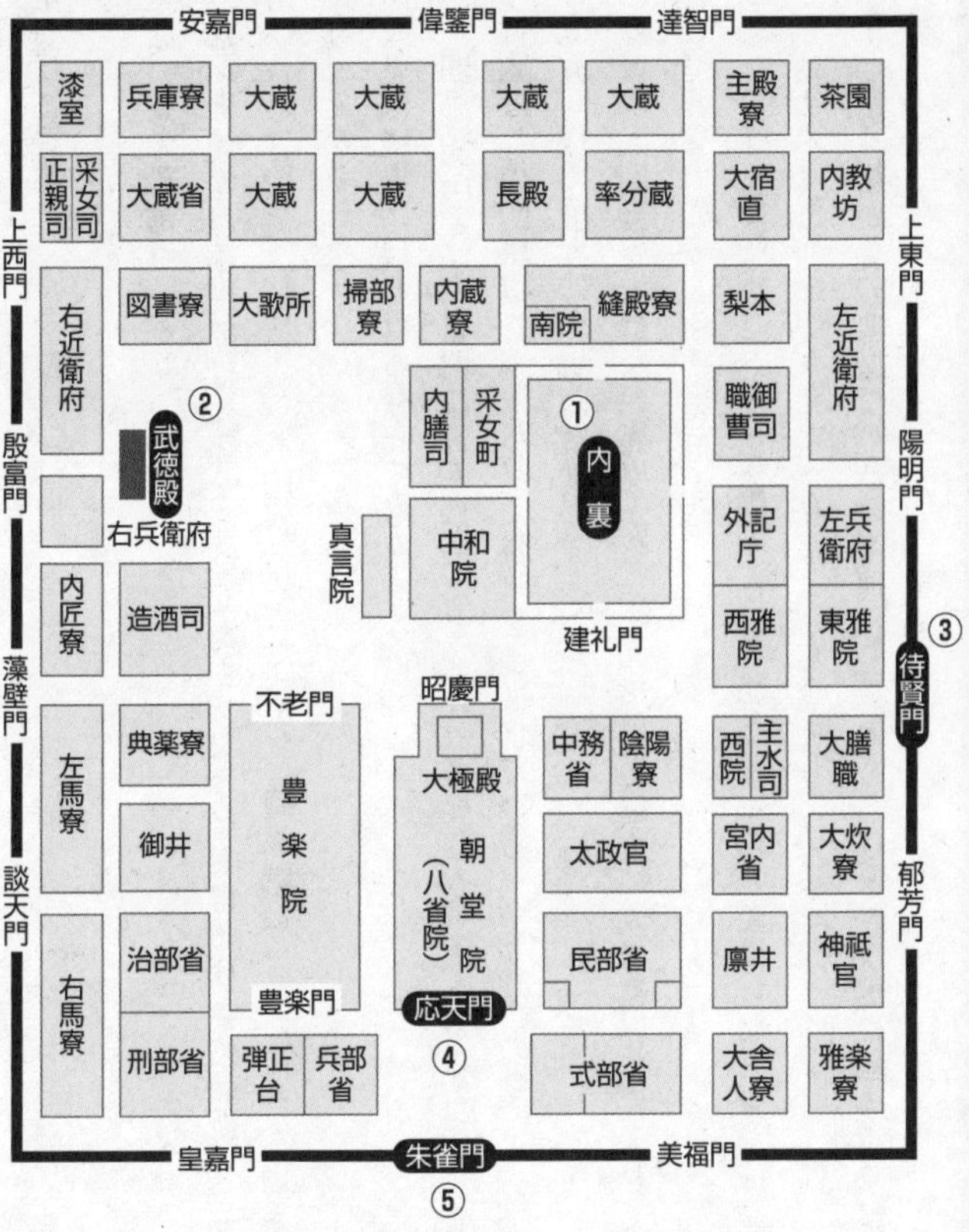

と結論付けている。

●見えない鬼の恐怖

「鬼」という漢字は中国では死霊を意味したが、日本におけるオニの語源は「隠」や「瘟《おん》」。目に見えない存在で、人知を超えた能力を持つ悪しきもの、恐ろしきものの総称とみなされた。

そんな鬼は境界に現われる存在でもあった。

巻二十四第一話では朱雀門《すざくもん》に天人がいたと記されているが、天人を見た紀長谷雄《きのはせお》という貴族はこの門に棲む鬼から双六《すごろく》勝負を挑まれている。羅城門《らじょうもん》の鬼、一条戻《いちじょうもど》り橋《ばし》の鬼も同様に境界に出現した怪異である。

これは鬼が人間世界ではない異界から、その境界を越えて人の世界に侵入してくる妖怪と考えられたからだろう。

ただし、『今昔物語集』では安義橋のような恐ろしい鬼の姿はむしろ少なく、多くは姿を見せずに恐怖をかき立てる存在として登場している。

巻二十七第八話がその典型で、若い女連れ三人のうちひとりが男に松の木陰《こかげ》に誘われたまま戻らないので、残りの女が近寄ってみると、鬼に食い殺されたのか、女の手足だけが散らばっていたという内容である。

当時は、得体《えたい》の知れない恐怖そのものが鬼の仕業《しわざ》と認識されたのである。

羅城門の鬼

羅城門に現われたという鬼は、源頼光四天王のひとり渡辺綱に腕を切り落とされたが、のちに老婆に化けて取り戻しに現われたという。
（月岡芳年筆　国立国会図書館所蔵）

第五章
異形のものたちの世界

橋姫

異界へと通じる橋の袂に現われる女の怨霊

安義橋に現われた女

古来、日本では女性は嫉妬《しっと》深いものとされ、その執着心ゆえに成仏《じょうぶつ》できないという考え方すら生まれた。そんな女性の恐るべき怨念《おんねん》にまつわる説話が巻二十七第二十一話である。

長門《ながと》前司《さきのつかさ》藤原《ふじわら》孝範《たかのり》に仕える紀遠助《きのとおすけ》という人物が、暇《いとま》を与えられて故郷美濃国へ帰ることになった。その道中、瀬田橋《せたのはし》にさしかかると、橋の上で女に声を掛けられ、絹《きぬ》に包んだ小箱を託され、この箱を方県郡《かたがたのこおり》唐郷《もろこしのさと》の収《おさめ》の橋《はし》の袂《たもと》にいる女に届けるよう依頼された。遠助が怪しみながらも渋々《しぶしぶ》承諾すると、女は決して中を開けぬよう念を押し去っていった。

やがて美濃国にたどり着いたが、遠助は箱を渡すことを忘れ、日が経ってしまう。箱は遠助の家に留め置かれたままであったが、嫉妬《しっと》深い遠助の妻がこの箱の中身を

瀬田の唐橋

巻27第21話には遠助という人物が瀬田橋の袂で出会った女性に箱を預かり、その怨念によって取り殺される話が収録されている。

見てしまう。

そこにはえぐり取られた人の目玉と、毛をつけたまま切り取られた男根《だんこん》がたくさん入っていた。

これを聞いた遠助は慌てて収の橋の袂に赴き、そこで出会った女に箱を手渡したのだが、なかを見たことを糾弾され、家に戻るとそのまま床に就き、間もなく死んでしまった。

この説話の主要な舞台は「橋」である。橋は異界への境界と考えられていたこともあり、妖怪が取《と》り憑《つ》きやすい場所であった。橋の妖怪は橋姫《はしひめ》伝説で知られるように、

橋姫

幕末に刊行された狂歌絵本『狂歌百物語』に挿画として描かれた橋姫。妖怪をテーマとした狂歌を集めた本で、竜閑斎の画。

女性が多いのが特徴。巻二十七第十三話には近江国《おうみのくに》の安義橋に現われる鬼も女性に化けて登場している。

このように女と橋が結びついたのは、橋が異界に通じた魔空間であることに加え、橋姫伝説の影響が考えられる。

日本では宇治の橋姫が有名である。これは夫を奪った女を呪い殺すべく貴船《きぶね》神社のお告げに従って宇治川《うじがわ》に二十一日間身を浸《ひた》らせた女が、生きたまま鬼となり、宇治橋に宿って渡る男女を次々に取り殺したという伝説だ。

第五章
異形のものたちの世界

天狗

修験道では崇拝されながらも道化役を演じる
反仏法的存在

山中を自由に飛び交う山の妖怪

鬼と並んで反仏法的存在として登場する妖怪が天狗《てんぐ》である。天狗といえば高い鼻をして、羽団扇《はうちわ》を片手に持つ山伏のような姿を思い浮かべるだろう。

古代中国では、天狗は「天狐」「天狗」という霊獣《れいじゅう》や彗星《すいせい》とされ、日本でも当初、天狗は星とみなされていた。山のなかに天狗が棲《す》むとされたのは平安時代後半で、『源氏物語』にその記述がある。山中で厳しい修行をする修験道《しゅげんどう》が広まるにつれ、修験者たちが山中での不思議な出来事を、山々を自由に飛び交い、験力《げんりき》を持つ天狗の仕業とみなすようになったのだ。そして天狗を山の妖怪として恐れかつ敬《うやま》い、山の神として祀《まつ》った。

その結果、愛宕山《あたごやま》の太郎坊《たろうぼう》や鞍馬山《くらまやま》の僧正坊《そうじょうぼう》、豊前国《ぶぜんのくに》英彦山《ひこさん》の豊前坊《ぶぜんぼう》など多くの天狗が日本各地に生まれた。そして、修験道の広まりとともに天狗は、山に棲む不思議な験力を持つ妖怪として庶民にも知られていった。

●天狗の失敗譚

験力を持つ天狗だが、『今昔物語集』では巻二十にみられるように、仏法を妨《さまた》げようとして失敗するケースが多く、圧倒的な恐怖を持って迫る鬼とは異なり道化役《どうけやく》として位置づけられている。

たとえば巻二十第二話に登場する震旦《しんだん》（中国）の天狗は、高僧に力比べを挑もうと渡来してきた。震旦の天狗は日本の天狗の案内で比叡山《ひえいざん》で老法師に化け、道の脇に座って僧が通りかかるのを待ち受けていた。そこへ餘慶律師《よきょうりっし》という高僧が通りかかった。

ところが震旦の天狗は力比べを挑むどころか慌てて隠れ、僧は何事もなかったように通り過ぎてしまう。それを物陰から見ていた日本の天狗が問いただすと、「いきなり僧の姿が見えなくなって輿《こし》の上に炎が燃え上がって見えたので、火に焼かれると思って見逃した」と弁明した。

次に深禅権僧正《じんぜんごんのそうじょう》が通りかかると、震旦の天狗はまたも意気込んで向かっていっ

天狗伝承地と天狗にまつわる説話群

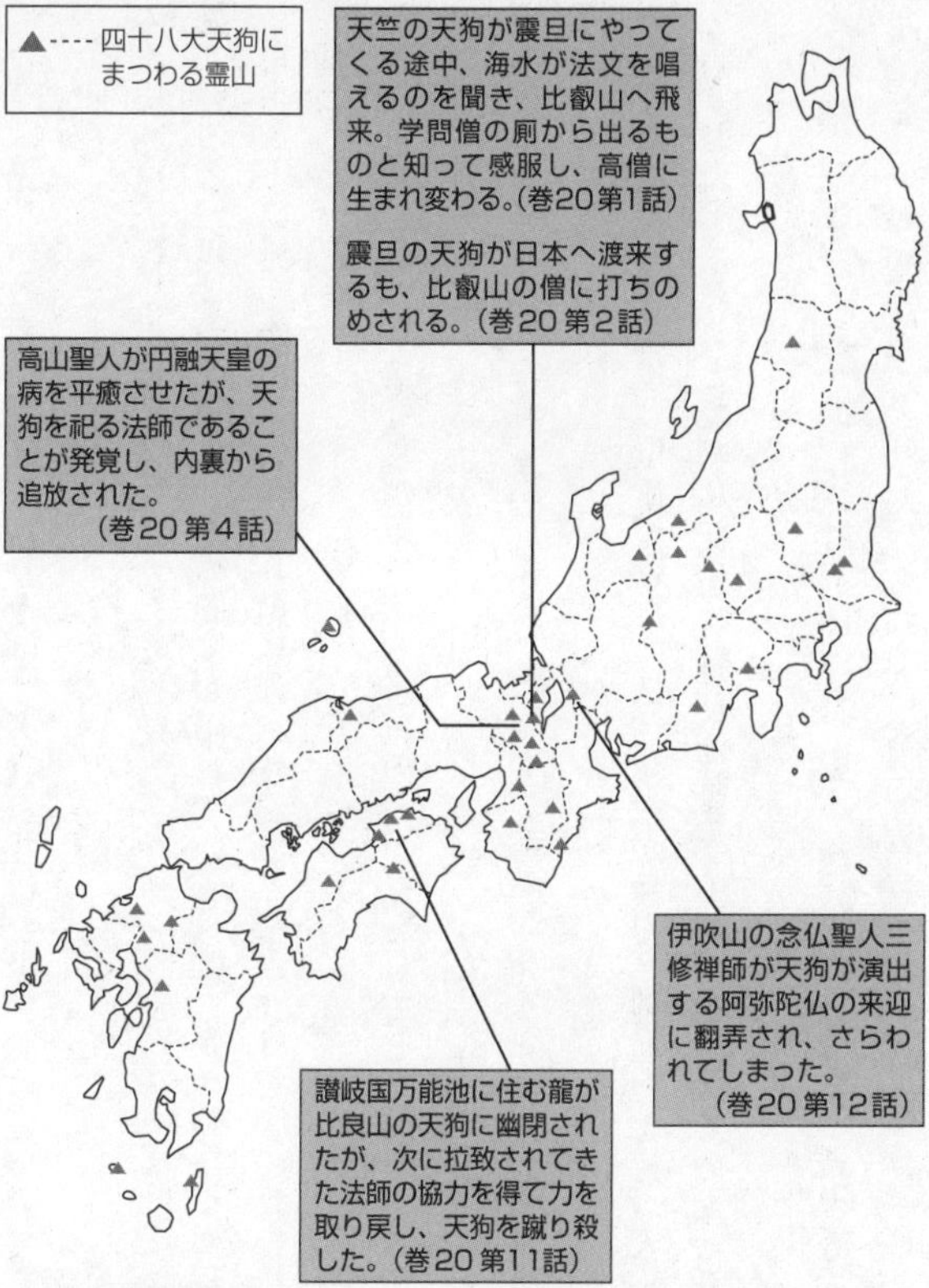
▲---- 四十八大天狗にまつわる霊山
天竺の天狗が震旦にやってくる途中、海水が法文を唱えるのを聞き、比叡山へ飛来。学問僧の厠から出るものと知って感服し、高僧に生まれ変わる。(巻20第1話)
震旦の天狗が日本へ渡来するも、比叡山の僧に打ちのめされる。(巻20 第2話)
高山聖人が円融天皇の病を平癒させたが、天狗を祀る法師であることが発覚し、内裏から追放された。(巻20 第4話)
伊吹山の念仏聖人三修禅師が天狗が演出する阿弥陀仏の来迎に翻弄され、さらわれてしまった。(巻20 第12話)
讃岐国万能池に住む龍が比良山の天狗に幽閉されたが、次に拉致されてきた法師の協力を得て力を取り戻し、天狗を蹴り殺した。(巻20 第11話)

天狗は鬼と並ぶ反仏法的存在として『今昔物語集』に登場するが、失敗譚が掲載されるケースが多く、道化役としての性格が強い。

たが、今度は先払いの童子《どうじ》が杖《つえ》を振り上げ、天狗が化けた老法師は追い立てられ逃げ惑った。

その次に慈恵大僧正《じえだいそうじょう》が通りかかった。今度こそはやっつけるだろうと日本の天狗が見ていると、震旦の天狗はいつの間にか隠れている。にもかかわらず僧正に従っていた小童子に見つかって引きずり出され、さんざん踏みつけて腰の骨を折られてしまった。

これらはいずれも、高僧たちが駆使する密教の術にやられてしまったものである。僧の術にやられたと嘆く震旦の天狗に、日本の天狗は「大国の天狗に在《まし》しければ、小国《しょうこく》の人をば、心に任《まかせ》て掕《りょう》じ給ひてん」と言い、お気の毒なことで、とあきれたという。

このように天狗を道化役に位置づけたのは、仏教が怪力と神通力《じんつうりき》を持つ天狗でさえ打ち負かしたとすることで、仏法の正統性を強調する意図を持っていたと考えられる。

仏教説話『今昔物語集』らしい設定といえよう。この話は後世、「是害房《ぜがいぼう》」という謡曲《ようきょく》になり、絵巻物もたくさん作られている。

第五章
異形のものたちの世界

物の精

霊魂を宿らせた古道具の怪異

●古道具の妖怪

わが国では生きとし生けるものには、すべて霊魂が宿っていると考えられていたが、その範囲は自然界のみならず、意外なものにまで広がっていたようだ。

その例が巻二十七第六話にある。重明親王《しげあきらしんのう》が東三条殿《ひがしさんじょうでん》に住んでいたとき、南の山を身《み》の丈《たけ》三尺《じゃく》（約九十センチメートル）ほどの小柄で太った五位《ごい》の服装をまとった人物がうろつくのを不審に思った。五位の姿は妖怪が人の姿をして現われるときの常服だったからである。親王が陰陽師に占わせたところ、これは物《もの》の怪《け》（人に乗り移る妖鬼《ようき》）だが、その正体は、「此れは銅の器《うつわ》の精也。宮の辰巳《たつみ》の角に土の中に有」、つまり銅器の精霊だという。

陰陽師の指示で地中を掘ってみると、酒などを注ぐ容器である銅製の提《ひさげ》が出てきた。それを洗い清めて大切にすると、五位の姿の男はぷっつり見られなくなった。

付喪神

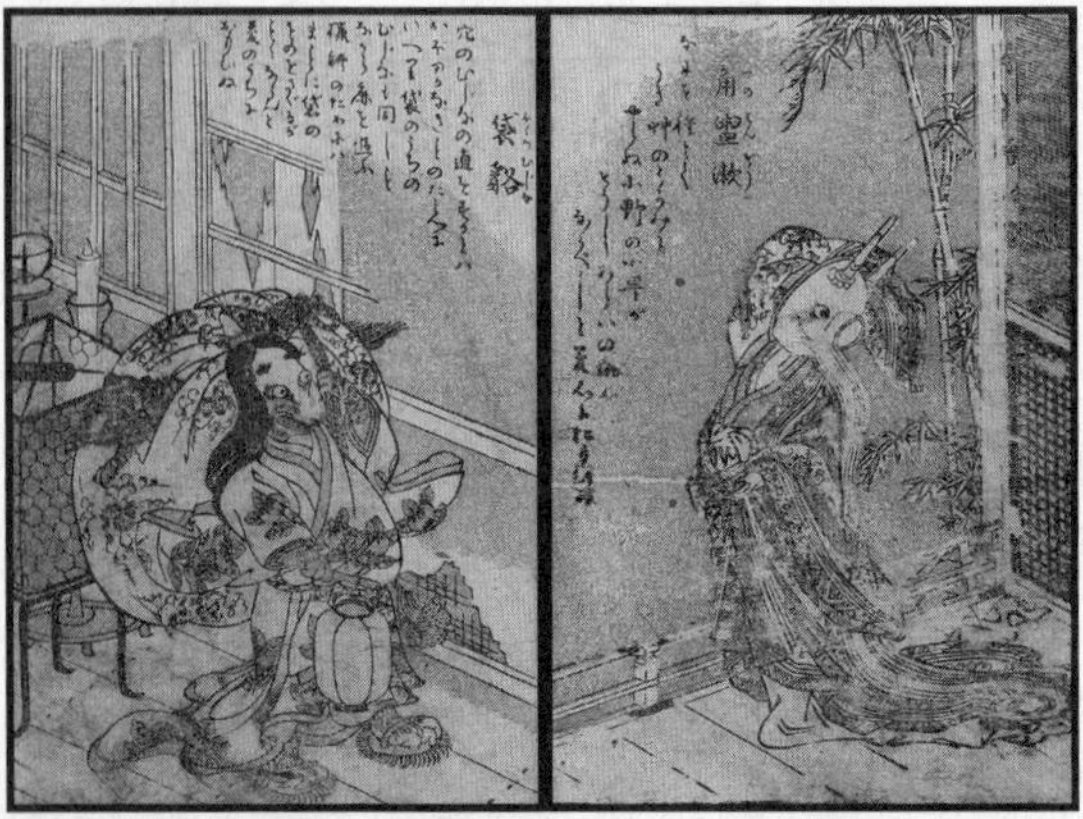

『百鬼徒然袋』に描かれた古道具に魂が宿った妖怪「付喪神《つくもがみ》」の姿。
（鳥山石燕筆／国立国会図書館所蔵）

この出来事により、人々は物の精が人となって現われることを知ったという。

このように、当時は古い道具や器物にも霊魂が宿ると信じられていた。

『今昔物語集』では古道具など無生物の霊を総称して精と呼ぶが、室町時代以降、古道具自体が化けるようになり、それらの妖怪は付《つく》喪神《もがみ》として広く伝えられた。

こうした古道具の妖怪たちは、やがてキャラクター化し、百鬼《ひゃっき》夜行《やぎょう》を行なうものと考えられるようになった。

第五章

異形のものたちの世界

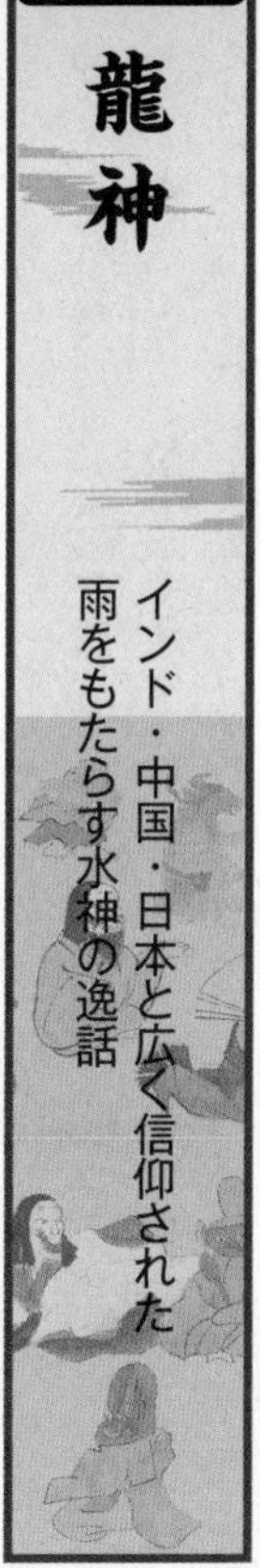

龍神

インド・中国・日本と広く信仰された雨をもたらす水神の逸話

水中に棲む龍神の験力

『今昔物語集』には龍神《りゅうじん》も多く登場する。龍神は水中にひそみ、天に昇って降雨をもたらすという想像上の動物である。平安京では神泉苑《しんせんえん》に棲むとされ、巻二十四第十一話では神泉苑の近くを通りかかったとき、雷鳴が轟《とどろ》くなかで金色の手（龍の手）を見てしまったために意識を失うという男の逸話が収録されている。男は医者の指示により、灰のなかへと埋められたところ、意識を取り戻したという。

さらに龍神信仰の浸透ぶりを示すのが、龍と天狗が格闘する巻二十第十一話である。讃岐国《さぬきのくに》の万能池《まんのういけ》（満濃池）に棲む龍神が、ある日、小さい蛇に化けて休んでいたところ、不意に飛来した天狗によって比良山《ひらさん》へとさらわれてしまった。水があれば龍の姿に戻れるのだが山中ではどうしようもなく、死を待つばかりとなってしまう。

一方天狗は、続いて比叡山から僧をさらってきたが、これが龍にとって千載一遇《せんざいいちぐう》の好機となる。僧は水瓶《みずがめ》で手を洗っているところをさらわれたため、手に水瓶を持っていたのだ。龍はこの水瓶から一滴の水を得ると、たちまち神通力を取り戻し、小童の姿となって僧を背負って洞窟《どうくつ》を飛び出した。と同時に雷鳴《らいめい》が轟いたという。僧を比叡山へと送り届けた龍は、京で法師の姿になって歩いていた天狗を見つけると、さんざんに蹴り倒して殺害。翼の折れた天狗は往来の人々に足蹴《あしげ》にされた。

●アジアを席巻する龍神

農耕を中心とする日本では、降雨を祈願する龍神は水神《すいじん》として古くから信仰され、インド、中国でも広く信仰の対象となっていた。『法華経《ほけきょう》』では龍は釈迦《しゃか》に教化《きょうげ》された存在とされ、八大龍王の名が見える。また、仏教を守護し、古来の水神としての性質も継承して降雨をもたらす存在とされた。

『今昔物語集』の天竺部《てんじくぶ》にも、龍王や龍にまつわる説話が見られる。巻三第七話では、嫉妬心《しっとしん》から死んで悪龍になった僧の弟子が、元の龍を追い出した挙句《あげく》、暴風雨を巻き起こしたり、伽藍《がらん》を焼き尽くすなど数々の乱暴を働くも、ついに大王によって屈服させられた。反省した悪龍は、自分の悪心を止めるために池の跡に建てられ

神泉苑周辺図

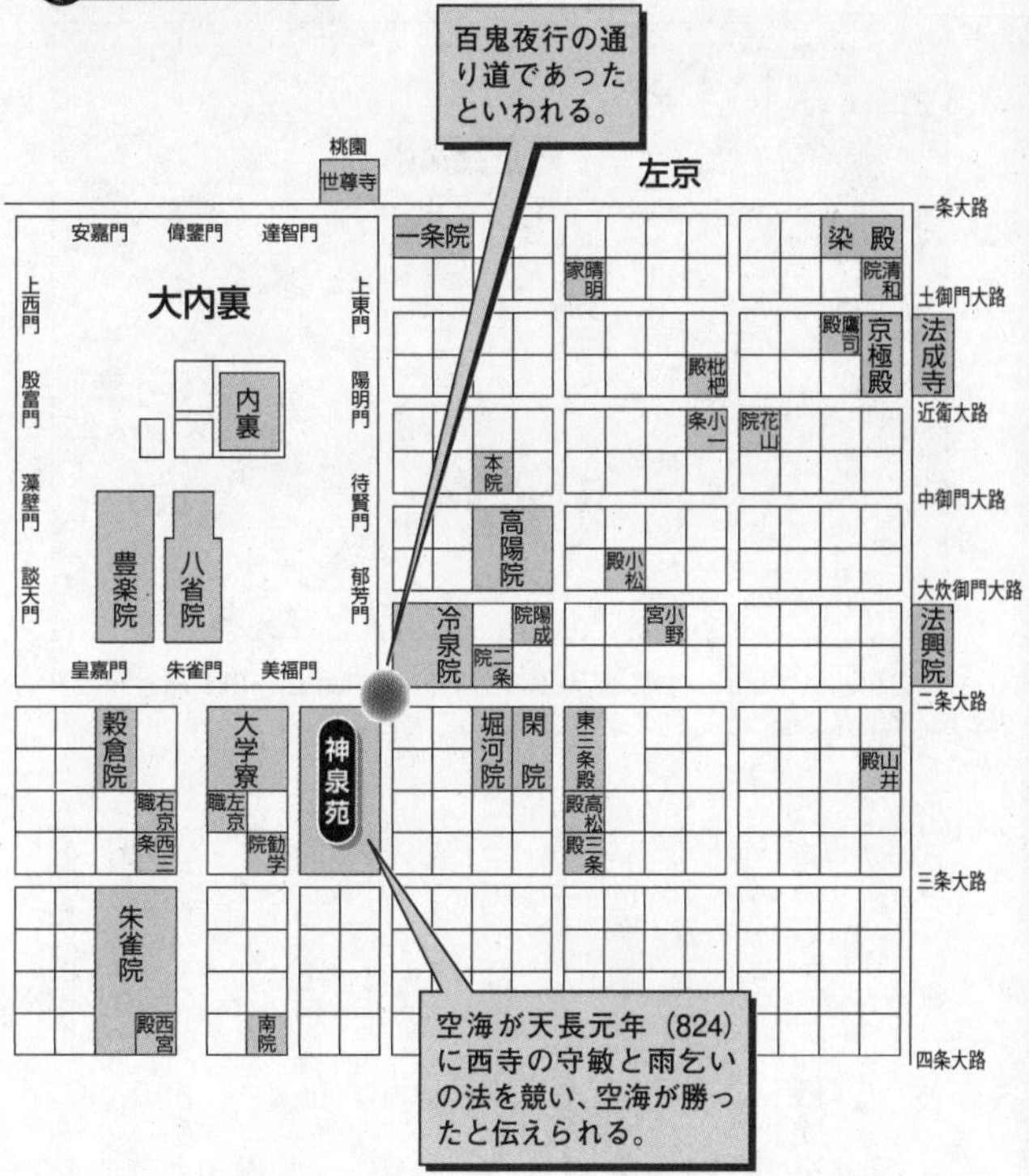

神泉苑の池には龍が棲むといわれ、空海が善女龍王を解放して雨を降らせたという。また、無念の死を遂げた怨霊を供養するため、貞観５年（863）に御霊会が行なわれるなど、霊域とみられていた。

世界の龍伝説

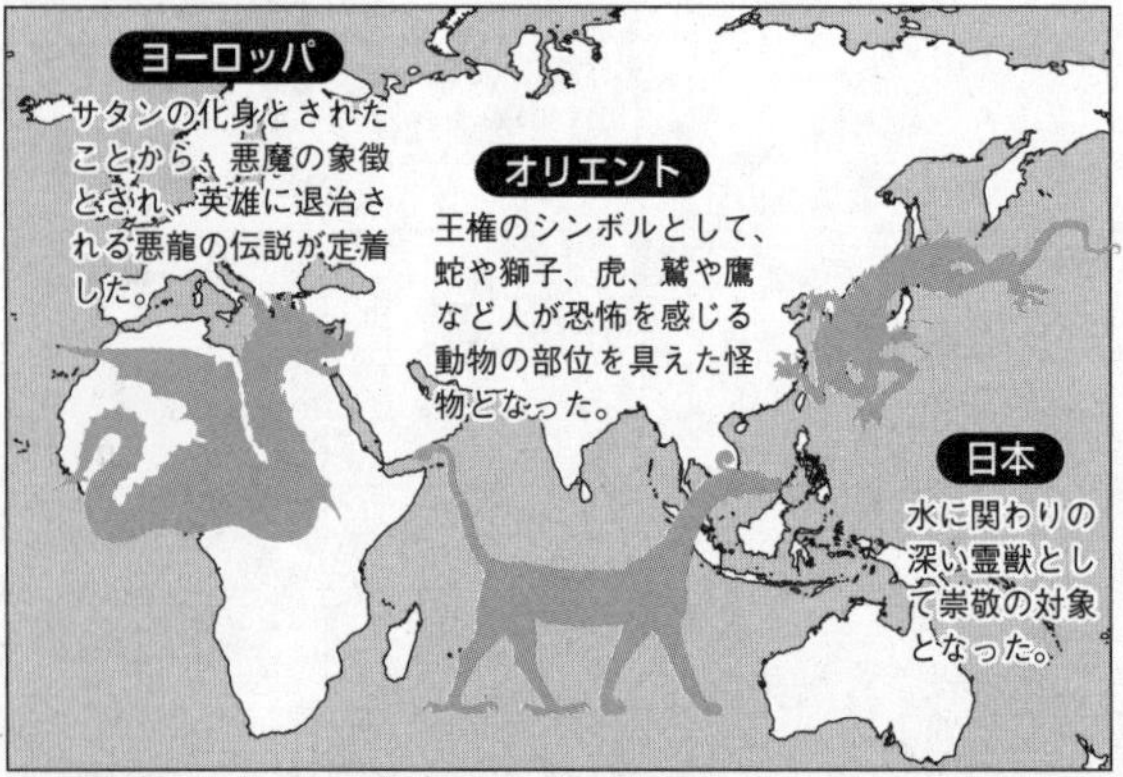
ヨーロッパ
サタンの化身とされたことから、悪魔の象徴とされ、英雄に退治される悪龍の伝説が定着した。
オリエント
王権のシンボルとして、蛇や獅子、虎、鷲や鷹など人が恐怖を感じる動物の部位を具えた怪物となった。
日本
水に関わりの深い霊獣として崇敬の対象となった。

龍の起源はオリエントにあるといわれる。これがヨーロッパ世界とアジア世界に伝わり、別の進化を遂げることとなる。

た伽藍に楗槌《けんつい》を打ち込んでほしいと頼んだという。

とはいえインドではいまだ蛇神《じゃしん》のイメージが強く、龍神信仰が名実ともに蛇から龍へと変身したのは、仏教とともに中国に伝来してからである。

中国では道教の影響を受けて雨と水をもたらす性質に加え、龍は皇帝の象徴として王朝を守る聖獣ともみなされた。

平安時代、干ばつ時に空海が神泉苑で雨乞いの儀式を行なったときには、インドの善女龍王《ぜんにょりゅうおう》を勧請《かんじょう》している。

第五章
異形のものたちの世界

貶められた神々

仏教的価値観により忌み嫌われる存在へと変化

邪悪で恐ろしい蛇

現代人にとって蛇《へび》というと、その姿から忌《い》み嫌われる傾向が強いが、『今昔物語集』でも忌むべき存在として登場している。

巻十六第十六話は、世に蟹満寺《かにまんじ》の縁起譚《えんぎたん》として知られる、蛇と結婚させられそうになった娘の話である。山城国《やましろのくに》に住む『観音経《かんのんぎょう》』に帰依《きえ》している娘が、あるとき捕らえられた蟹《かに》を助けた。その後、娘の父親は今にも毒蛇《どくじゃ》に飲み込まれそうになっていた蛙《かえる》を助けようと、蛇に「私の娘をやるから蛙を許してほしい」と口を滑らせてしまう。蛇はしばらく父親を見ていたが、やがて蛙を置いて藪《やぶ》のなかへと去っていった。

それを聞いた娘は倉に閉じ籠《こも》って蛇の訪れを待った。すると約束どおり五位の姿をした人が現われると、蛇の姿に戻って倉を取り巻き、尾で戸を叩いた。ところが蛇の悲鳴とともに叩く音がぱたりとやんだ。大きな蟹に率いられた幾千万の蟹たちが蛇を挟み殺したのである。

また巻十四第三話には、紀伊国《きいのくに》の安珍《あんちん》・清姫《きよひめ》の道成寺《どうじょうじ》説話の原型ともいえる内容が収録されている。

それは熊野《くまの》参詣へと向かう安珍に恋した女が、思いを遂《と》げられないと知るや死んで蛇と化し、道成寺の鐘のなかに隠れた安珍を焼き殺してしまうという話。蛇道《じゃどう》に堕《お》ちたふたりだが、『法華経』の書写供養を受けて天界に転生《てんしょう》したという。

●神から畜生道へ

このように忌むべき存在として描かれている蛇だが、もともと蛇は水を司《つかさど》る神、もしくは神の使いとされ、崇められてきた。

たとえば『日本書紀《にほんしょき》』や『常陸国風土記《ひたちのくにふどき》』など古代の神話には三輪山《みわやま》の神が蛇であったり、ある女が素性の知れない男と結婚したと思っていると、その男は神で、神の子蛇を産み落としたという説話がある。

ところが『今昔物語集』では蛇は罪深い畜生《ちくしょう》、蛇淫《じゃいん》の邪悪なる忌まわしい存在